續
巷說百物語
〈下〉
京極夏彥

目錄

船幽靈

相傳此怪異
乃出自西海之
平家一門亡靈所為

繪本百物語・桃山人夜話卷第參／第貳拾伍

【壹】

在寒風乍起的初冬，一個天色未明的清晨，山岡百介與山貓迴阿銀進入了讚岐國（註1）。先前，百介曾受小股潛又市所託前往淡路島，助其進行一樁不可思議的祕密差事。

這差事對他而言，還真是個奇妙之至的體驗。

百介在此異地度過兩個月，順利完成這樁差事後，心想既然都到這兒來了，便決定繞到四國瞧瞧。

對性喜四處雲遊、以蒐集各地奇聞怪談為職志的百介而言，四國一帶還真是個魅力萬千的寶地。承蒙小股潛分給了他一筆酬勞，這下哪可能甘心就這麼打道回府？因此他打算先來一趟八十八箇所巡禮（註2），悠悠哉哉地泡澡享受一陣子再說。

這下他可神氣了。

反正手頭這筆錢也是宜及早散盡的不義之財，乾脆大搖大擺地揮霍一陣子，待盤纏用罄再返鄉便成。

百介這個人，天生對金錢就沒什麼執著。

註1：古國名，位於今瀕臨瀨戸內海之四國香川縣。

註2：意指按一定順序，參拜空海和尚曾於四國修行時駐足的八十八座寺廟。

這個性和他的出身頗不相符，對金錢毫不計較的程度，教人難以相信他竟是個商家之後。就連理應由他繼承的家業，都讓他拱手託付給了掌櫃，只為換得一身逍遙。

不過——

這回阿銀主動表示欲與他同行。

阿銀是個不時充當小股潛得力助手的老滑頭，幹的當然不是些堂堂正正的勾當，但卻也非女鬼夜叉之流。她生著一張標緻搶眼的雪白瓜子臉，在江戶一帶可算得上是個鶴立雞群的美人兒。也不知她究竟是多大年紀，有時看來像個十七、八歲的小姑娘，有時卻又像個二十七、八歲的美豔婦人。

她的職業是山貓迴，也就是四處賣藝的傀儡師。

總之，這阿銀理應是個和百介八竿子打不著的女人。

百介對自己有多麼不起眼頗有自知之明。平日總是打扮得土裡土氣，終日披著一件帶股霉味的合羽（**註3**）四處遊蕩。原本就不配帶個女伴出遊，這下還得帶個年輕標緻的姑娘，看起來更顯滑稽至極。

想到旅伴和自己是如此不匹配，這趟旅途還真是教他走得尷尬萬分。

但對方既已主動要求，總不能強硬拒絕。雖然百介原本期望能隻身來一趟閒適悠哉的放浪之旅，到頭來也只能死了這條心。雖然有人同行其實也沒什麼好在意，但山岡百介這個人就是不懂得該如何與女人相處。

再者，百介也完全猜不透阿銀要求同行的理由。阿銀理應比百介更習慣在外流浪，絕不會是個害怕隻身旅行的女人。對她而言，應付地痞流氓、無賴惡棍根本是易如反掌，和膽小如鼠的百介同行哪可能有什麼好處？

她該不會是看上了自己吧？

這念頭一在百介腦海裡閃過，隨即讓他自嘲了起來。不可能，絕無可能。

直到乘上駛離淡路的船，百介才恍然大悟。阿銀原本雖是堂堂百姓出身，但如今畢竟是個無宿的江湖藝人，找上個有身分、好歹也是個在江戶赫赫有名的蠟燭大盤商少東的百介同行，當然是穩當得多。

原來，自己不過是被利用罷了。

如此暗自解嘲，也教百介放下了心。畢竟一搞清楚自己扮演的是什麼樣的角色，百介心中就不再有任何疑慮了。雖然百介尷尬依舊，但既然對自己的立場已是如此明瞭，一路上也就無須過於緊張。

常言出門靠旅伴，處事靠人情；一路上阿銀是如此平易近人，待抵達阿波一帶時，百介對兩人的奇妙搭配早已不以為意。

阿銀表示自己要上土佐（**註4**）辨點事兒。

註3：又名勝羽或南蠻蓑，由十六世紀葡萄牙傳教士所用之外衣演變而來。由於造型奢華，原深受織田信長或豐臣秀吉等武士階級所喜愛，但江戶時代則多為富商或醫者視為炫耀財富之象徵。後由於幕府立法禁止，演變成以塗布桐油之和紙為材質的平價外衣。

註4：古國名，位於今四國高知縣。

想必她又要調查些什麼了吧。沒人猜得透這些傢伙到底在打什麼主意，百介也知道此事不宜過問。

百介十分清楚，又市和阿銀這夥人，根本就是在一個和自己截然不同的世界裡生息。

再者，百介自己也想上土佐瞧瞧——

因為一則傳聞挑起了他的興趣。

——七人御前。

相傳土佐有這麼一群為數七個、任何人只要遇上便得命喪黃泉的妖怪。打從百介在一位土佐藩士口中聽到此類邪神傳說，便深受傳聞所吸引，因此不時向略諳土佐一帶情況的人打聽，並將聽來的消息悉數記下。不過每個人的敘述都略有出入，雖然不至於南轅北轍，但眾說紛紜總是教人難以窺見這傳說的原貌。今夏，與百介交情匪淺的租書舖老闆平八也曾提起這妖怪的傳言，內容與先前所聞更是截然不同。

首先，事發地點就有相當大的出入。

平八的故事是從若狹邊境聽來的，地點與土佐相距甚遠。雖然御前信仰分布範圍廣泛，但七人御前的傳說畢竟只流傳於土佐，難道此妖也會在遙遠的異地出沒？百介對此頗感質疑。

再者，平八也曾提及該地，也就是北林藩領內——已有數人因七人御前肆虐而死於非命。這並非遠古傳說，而是尚在發生的時事。平八還表示死者個個死狀淒慘，教人不忍卒睹。

百介認為諸如此類妖魔詛咒之傳言，實乃人們為了方便解釋災禍起因所創。若是如此，禁止某些行為的禁忌，實則不過是迴避危險之手段。將某些事因解釋為妖魔詛咒，真正目的實為勸導

他人遠離病魔或其他任何不測。突如其來之厲疾橫禍本不可辟，但若將之解釋為妖魔詛咒，或可收勸人迴避之效。

因此，死於妖魔詛咒者，多為禍死或病死。據信死於七人御前之手者亦是大同小異，就百介所知，遇害者死因若非溺水即為熱病。

但在此處，卻是被千刀萬剮、剝皮梟首，死狀甚為淒慘。

這真是教他納悶不已。

「御前」又名御先、御崎，均為先鋒之意，原意應為山神或水神之斥候。在某些地方，御前被當成神靈，但亦可能如熊野的八咫鴉、或八幡的鴿子等被解釋成各種小動物，其中尤以狼或狐狸等禽獸為多。當然，由於字義帶突出之意，亦有人認為此名與海角有關，也有人將之寫成美咲（註5）。一般認為狐狸為附體妖魔，因此御前與此等妖怪似乎也不無關連。

每一種解釋都是如此含糊不清，因此御前的面貌著實教人難以捉摸。

不過，就百介所聽聞的幾個例子推論，御前在土佐這一帶似乎被解釋成死於非命之孤魂野鬼——亦即無法超生之惡鬼邪靈，而且還是一種為人們帶來重大災禍的邪神。

事實上，御前信仰在備前及美作（註6）一帶似乎也頗為興盛，其形象為人避諱，據說也與

註5：日文海角作「岬」，和人名的「美咲」發音均與御前同為「みさき」。

註6：均為古國名。備前主要為今岡山縣東南部，美作則為今岡山縣東北部，兩國原為於一六〇〇年的關之原一役有功之小早川秀秋所統領，但兩年後隨小早川家滅絕而告分裂。

附體邪魔或民俗禁忌息息相關。在當地，御前有時指的是豺狼等猛獸，有時則被視為一種邪惡的神靈。

但後者並非表示御前為亡魂所化，而是死者若遭御前附體，其魂魄才將化為厲鬼危害人間。其面貌之複雜可見一斑。

只是，倘若加上了「七人」兩個字，御前的樣貌可就更為不同了。

除了御前之外，尚有許多冠有七人兩字的妖魔。

據傳伊予（註7）有名曰七人同行之「鬼怪」出沒。此怪現身於十字岔路，人碰上了不是教這鬼怪給拋出去，就是死於非命。此地亦傳說有另一名曰七人童子的妖怪，與前者同樣現身於十字岔路，撞見者皆難逃一死。

讚岐則有七人同志出沒。相傳此七怪乃寬延之百姓騷動（註8）時遭處刑之七人同志所化，於雨天著蓑衣斗笠現身，遇上者必感到通體不適。

至於七人御前，據傳多出沒於河畔、海濱、或海上等多水之處，多為溺死者所化。此種原為海難死者之鬼魅，較接近所謂的船幽靈或引幽靈（註9）。

不過，這邪神的定義也是因地而異。有些地方的御前出沒於十字岔路，備州一帶則傳說遇此妖魔者將產生自縊的念頭。若是如此，御前的性質則較接近縊死鬼——亦即一種死神。

這下其面貌可就更教人難辨了。因此百介一直期待有朝一日能親赴現地，親自做一番調查。在旺盛的好奇心驅策下，百介幾乎已是坐立難安。

因此這回造訪土佐，可正是合他所望。

只不過……

百介與阿銀並未直接進入土佐。

而是先在阿波度過十日，再越過大坂峠進入讚岐。

理由只有一個。

就是——為了擺脫一個男人。

這男人起先是由阿銀先注意到的。

他頭戴深編笠（**註10**）並穿著手甲腳半，是個一身旅行裝扮的浪人。

一開始，這男人便與百介兩人同乘一艘船。

雖然沒讓百介發現，但阿銀已在淡路島內瞧見了他幾回。

由於正忙著張羅手頭這樁隱密差事，教人不為此掛心也難。

不知道這男人是在什麼時候進入淡路的？

不過，看來他似乎是等到又市一夥人所設的局成事後，才離開島上的。畢竟這是樁須耗費多

註7：古國名，又作伊豫國，位置相當於今之愛媛縣。

註8：農民難耐自寬延元年至三年（一七四八～一七五〇）隨著接連發生的旱災、風災、與水災而來的飢饉，因丸龜、多渡津兩藩未曾祭出對策因應，加上官員橫暴與酷徵稅賦，導致農民於盛怒之下揭竿起義。其後，主謀大西權兵衛等七名被捕赴義，一家大小亦遭株連。故為後世譽為「七義士」或「七人童子」。

註9：應指尋找替死鬼之幽靈。

註10：古時武士或虛無僧用來遮臉的筒狀深草笠。

日的差事，因此這男人的行蹤顯得格外啟人疑竇。

而且在事成後，這男人似乎還跟著他們的腳步，與百介兩人乘上了同一艘船。

到這裡為止，還可以用出於偶然來解釋。

問題是，在兩人抵達阿波之後……

這男人也住進了百介兩人歇腳的客棧。

而且，就這麼在裡頭窩著。

百介兩人也選擇按兵不動。至少得沉住氣確定這男人的來意。

幸好百介和阿銀都沒什麼其他急事，讓百介得以利用這段日子，造訪客棧周遭的神社佛閣等古蹟遺址。阿銀則趁這段時日四處物色阿波人偶，或在人來人往的岔路賣藝掙點兒銀兩。

不過。

那武士也沒搬離這座客棧。

雖然每日一大清早都會出門，但也都會回去。

如此過了幾天，還是沒有絲毫即將搬離的跡象，活像是在觀察百介兩人將有什麼動靜。納悶不已的阿銀曾跟蹤過他一次，發現他終日四處遊走，似乎在悄悄打聽些什麼，形跡甚是可疑。

阿銀也佯裝若無其事地向客棧夥計打聽，並被告知他似乎正在等候時機前往土佐。

等候時機——這聽來果真古怪。百介和阿銀在船上時，曾就目的地做過討論。由於沒什麼必要保密，交談時也沒特別放低嗓子。

想必是讓他給聽見了。

這下……

還真不知他是什麼來意。

不過，別說是阿銀，這下就連百介也非清白之身，不論這來者為何人，對方的明察暗訪對自己絕對是個困擾。

總之，一切得力求謹慎。

因此在經過一番討論後，百介和阿銀便將目的地改為讚岐，同時還刻意挑個大清早悄悄上路。百介原本就打算放慢腳步遊歷四國各地，因此對前往讚岐並沒有任何異議，而阿銀似乎也不急著辦自己的事兒。

「原本還以為和先生同行……」

阿銀說道：

「這趟路可以走得稍微穩當些，這下又落得和平常沒什麼兩樣了。看來我還真是天生就沒堂堂正正走在路上的命呢。」

抱歉小弟幫不上什麼忙，百介聽了連忙低頭致歉。也沒什麼好道歉的吧，阿銀繼續說：

「先生這聲道歉，姑娘我可承受不起呀，聽來活像是我在找先生的碴似的。一切還不都得怪我自己——」

噢，天就要亮了，阿銀往東眺望著天際說道。

「走這條路也沒什麼不好呀，阿銀小姐。從阿波越過大坂峠入讚岐，這下咱們走的就正好是源平之戰時源義經曾走過的路。」

「源平之戰？」

阿銀蹙眉說道：

「那不是很久以前的事兒了？」

「是的。壽永二年，被逐出九州的平家一門擁立安德帝，試圖再次奪取京都，曾布陣於讚岐的屋島，意圖於備中水島討伐源義經，但翌年於一之谷之役兵敗而撤回屋島。一年後，義經由攝津進軍屋島，但因遭逢颶風而被迫登陸於阿波勝浦，並越過此大坂峠趕赴屋島。」

噢，沒想到先生還真是博學多聞哪，阿銀笑著說道。

「畢竟小弟可是以成為劇作家為職志的，而且……」

而且。

滅亡後，平家為後世留下了不少怪異傳說。以壇之浦為首的幾個戰場遺址，均有感嘆平家遺恨者傳頌許多怪聞。另外，平家之餘黨後來散居諸國，在掩人耳目悄然度日中，也留下了不少人稱「落人（註11）傳說」的軼事。

而此地流傳的七人御前傳說，有時亦被解釋成滿懷遺恨的平家冤魂。

噢——聽完百介這番解釋，阿銀高聲說道：「聽先生說了這麼多，這下我終於清楚了。」

「原來平家並非只是螃蟹（註12）。」

「平家的冤魂化為蟹也是此類傳說之一，與此相關的故事可是林林總總。有個地方甚至傳說平清盛入道（註13）即為河童之祖，因此若有人推說七人御前即為平家落人亡魂，其實也沒什麼好驚訝的。」

「他們也是溺水而死的？」

「並不是。根據小弟所聽聞，此七人應為墜落捉捕山豬的陷阱而死之平家落人。在此流傳於土佐之大川一帶的說法中，這妖怪乃於陸地出沒。還有另一批出沒於海上、但並不屬於七人御前的妖怪，名曰船幽靈。據傳此妖亦為平家冤魂所化。」

「這可是——船所化成的妖怪？」

「不，亡者船或舟幽靈的確是船所幻化而成的。但船幽靈多半指成群肆虐之溺水者亡魂，有時亦稱為引幽靈或底幽靈（**註14**），據傳會導致船隻翻覆，並將人拖進水中，使其氣絕喪命。」

聽來這妖怪還挺粗暴的呢，阿銀朝百介瞄了一眼說道：

「聽來是死得很不甘心吧。」

「是很不甘心，而且害起人來手段還很強硬。常聽說這妖怪起初會向船上的人借勺子。」

「勺子？就是用來舀水的勺子麼？」

「對。據說船上都備有大勺子，這妖怪就想先把它給借走。但這東西可是萬萬借不得，這妖

註11：即潰軍殘兵之意。

註12：日本稱關公蟹為平家蟹，自古相傳為一一八五年瀨戶內海之「檀之浦一役」兵敗葬身大海的平家武士所化身，故得其名。

註13：入道為出家之意。一一七六年當上太政大臣的平清盛因突患重病，僅任職約三個月便辭職歸隱、剃度出家，故人稱「相國入道」，並常以「平清盛入道」稱之。

註14：依附於船底，導致船舶停滯或翻覆的妖怪。此類傳說盛傳於九州及沖繩地區。

怪一取走勺子，就會舀起一勺勺的水，將整艘船給淹沒。」

還真是死心眼哪，阿銀蹙起兩道細眉說道：

「我最討厭這種小心眼的傢伙了。自己再怎麼不幸，也沒資格把其他人給拖下水吧？」

一點兒也沒錯，百介回答：

「不過亡魂就是如此是非不分。若是能講道理，不就和生者沒什麼差別了？人死後魂魄本來就會少個幾分，含恨而終者，死後心中亦僅有忿恨。因此這些船幽靈肆虐時，目的並非刻意使船翻覆，好為自己多找些替死鬼——僅是為了以水淹船罷了。」

「這豈不是毫無意義？」

「的確毫無意義。不過如此反覆進行相同的事乃亡魂之習性，因此碰上的人必將遭逢不測。若遇此妖怪，僅有一個法子能倖免於難，就是供其取走一只破了個洞的勺子。」

「有這種東西？」

「據說大船幾乎都會事前備妥。一把這勺子交出去，這些亡魂就會以此勺水，而且當然是舀不住，船也就不至於被淹沒。不過既然舀水的動作都做了，這些亡魂便會滿意地離去。」

還真是白費力氣呀——阿銀說道。

「是呀。這七人御前只要取得一條人命，其中便有一人能成佛，不過船幽靈則是永無超生之日。據傳這船幽靈亦為平家怨靈所化，曾有一德高望重的法師憐憫平家一門無法忘卻此經年積怨，而舉行大施餓鬼之法會。據說從此之後駭人異象便不復見。」

總之，一切都是白費力氣吧——阿銀再度重申。

「不過呀，先生。」

「怎麼了？」

「人生或許就是如此吧。人幹活是為了填飽肚子，但填飽肚子卻又是為了幹活。有時還真教人納悶哪個才是真正的目的呢？或許每個人都懵懵懂懂的，活像拿著破了洞的勺子在舀水似的。不過……」

這還是比七人御前要好些吧，阿銀以這句話作結。

就這番話聽來，她的意思應該是與其為了讓自己超生而危害他人，不斷重複同樣動作的無間地獄或許要來得好些。

或許真是如此，百介心想。

山道上雜草叢生，還吹著陣陣寒風。

距今正好一年前，百介也像今天這樣和阿銀並肩而行，相偕走向小塚原的刑場。由於百介因緣際會地被捲入一樁因曝曬於刑場中的獄門首級而起的異事，因此得知了阿銀悲慘的出身。

百介望著她雪白的頸子與腦勺後的秀髮。

若沒碰上那件事，這姑娘如今或許還是個過著平穩生活的富家百姓千金。

如今卻……

遠處傳來一陣鐘聲。

——想必是祇園精舍的鐘聲吧。

這聲響的確給人一種諸行無常的感慨。百介試著屏息聆聽，就在此時……

只聽到草叢中一陣沙沙作響。
百介霎時感到一陣毛骨悚然。
接下來。
真有一股冰涼的殺氣迅速朝他的咽喉襲來。
——是刀刃。
咚，這時阿銀突然一股腦兒地撞向百介，兩人一起滾到了路邊。
百介一屁股跌坐在地上，阿銀則是迅速翻身，擺出防禦架式。
兩人眼前站著一個手舉大刀、打扮怪異的男子。
他身披毛皮，腰上纏著看似藤蔓的東西。
這個突然從路邊草叢中衝出來的男子，原本從百介背後持刀抵住他的脖子。若沒有機警的阿銀助他脫困，後果還真是不堪設想。
百介伸手摸了摸自己的脖子。
緊接著，又有幾個人影窸窸窣窣地從樹蔭下跳了出來，每一個都做相同的打扮。
你們倆在探查些什麼——這男人語帶威嚇地問道。
「沒在探查什麼呀！」
阿銀回答。
「別再隱瞞了，聽說有兩位打阿波來的可疑人物四處打聽我等的消息。你們倆究竟打著什麼目的？」

男人架起刀子問道。

阿銀壓低身子，以掛在脖子上的箱子擋在胸前。

但任憑阿銀再怎麼習慣這種場面，一眼就能看出眼前是敵眾我寡，打起來絕對是毫無勝算。

百介嚇得尖聲說道：

「小、小弟名曰百介，絕非什麼可、可疑人等，平日隱居於江、江戶京橋之蠟燭大盤商生駒屋中。這位則是……」

百介望向阿銀說道：

「舍、舍妹阿銀。」

看不出阿銀到底是幾歲，說不定年紀要比百介大，但看起來絕對是百介比較老。

老子哪管你們是誰，男人說道：

「任何打聽我等、惹上我等的都得死。這是咱們祖先傳下來的規矩。」

「老娘也見過你們，哪管你們有什麼規矩。很遺憾，咱們倆是江戶人，可沒什麼閒工夫和你們這些山賊瞎攪和。」

少裝蒜，第一個現身的男人怒吼道：

「老子倒要問你們，一個蠟燭大盤商的隱士帶著妹子，在這種時候來到這種地方做什麼？」

「自己看看不就知道了？咱們正要趕往讚岐呀。」

「說什麼鬼話？」

男人將刀鋒指向阿銀說道：

「若你們倆真是普通百姓，為什麼不光明正大地走大路？」
「你也太多管閒事了吧？理由當然是有，但老娘在江戶至少也是個有頭有臉的姑娘，憑什麼要向你們這些山上土包子解釋？」
阿銀狠狠地瞪著這男人說道。
這下，這男人似乎開始膽怯了起來。
「喂～婆娘。」
「怎麼啦？」
妳到底是什麼人？男人語帶茫然地問道。
「你沒長耳朵嗎？到底要老娘說幾次才會明白？我可是……」
「你們倆真是打江戶來的？」
「還真是不死心呀。」
桓三，怎麼了！站在他背後的男人們喊道。
這名叫桓三的男人往後退了兩三步說道：
「這、這婆娘……長相和……」
「她的長相怎麼了？」
「和阿、阿楓夫人像極了……」
「怎麼可能？是你看走眼了吧？」
這下這群暴徒也開始動搖了。

阿銀旋即逮住機會拔腿就跑。

「先生！」

但是，百介兩腿早已不聽使喚。

納命來！那男人大喊一聲衝了上來。

同時還將手頭的大刀往下一揮。

一聽到凶刃劃過空中的聲響，百介眼前頓時一片發白，旋即又感覺到一股強勁的衝擊。他心想這下我命休矣，只能雙手抱頭往地上一蹲，但透過指縫窺探，卻看到阿銀正以箱為盾與對方纏鬥。在刀刃即將砍上自己身上的瞬間，阿銀將百介給撞向了一旁。

此時阿銀正在和這名曰桓三的男人對峙。

桓三的刀尖直指阿銀，雖然打扮成這副德行，看來他似乎是個劍術高手。

阿銀以繪有福神的小箱子護身，和眼前的男子隔開一段距離。

雖然周遭已為一群同樣揮著刀的黨羽所包圍，但阿銀依然不為所懼。只是，暴徒們正逐步縮小包圍。

「阿……阿銀小姐！」

「先生快逃吧。否則為此不明之冤而枉死山中，未免也太不值得了。要是讓先生丟了性命，我可沒臉再見到又市那傢伙。」

「可、可是……」

「快走吧，甭為我擔心。別看老娘我是個女人家，以一擋十可是絕對有自信。」

還不快逃！阿銀大喊，同時將箱子拋向桓三。殺氣騰騰的暴徒們霎時亂了陣腳。

阿銀乘機轉了個身，從懷裡拔出護身用的刀子。

剎那間，暴徒們的臉色為之一變。

「妳、妳這把小刀是——」

緊接著，只見一片血光飛濺。

【貳】

一切都發生在一瞬間。

包圍百介倆的五個人中，有三個沒來得及吭一聲就倒地不起。而朝百介撲來的一個連刀也來不及揮，便被斬倒在地上。百介的視野頓時被暗褐色的袴給塞滿，同時還從縫隙中看到了最後一名暴徒——桓三換了個持刀姿勢，直往後退。

「向無辜百姓揮刀成何體統？若想找人比畫比畫，在下隨時奉陪！」

來者以豪快洪亮的嗓音說道。

桓三先是凝視著阿銀半晌，退了幾步後，才以宛如禽獸般的動作迅速逃離。

鏗！只聽到一聲收刀的清脆聲響。

目送桓三逃離後，阿銀迅速起身朝百介的方向望去。不，她看的並不是百介。

而是這個拔刀相助的男子。

百介也緩緩將視線朝他移去。

「你、你是……」

威風凜凜地佇立在百介眼前的男子——

竟然就是那頭戴深編笠的浪人。

這浪人朝臥倒在地的暴徒們瞥了一眼說道：

「看來他們個個武藝高強。這夥人如此殺氣騰騰，在下急於因應而出手過重。雖不好殺生，但為了救兩位也別無他法。」

倘若下手過輕，或許魂歸西天的不是在下就是兩位了吧。語畢，這浪人便朝屍骸合掌。

「感、感謝大爺拔刀相助。請、請問……」

「這夥人並非野盜山賊。其實，在下才是他們的真正目標。只是他們找錯人了。」

「找錯人……？」

「這夥人打從昨天起，就在客棧周遭埋伏了。」

「埋伏？」

「當然，他們盯哨的並非兩位，而是在下。不過，看來他們似乎誤以為兩位與在下是同夥。」

「同夥？」

「是的。在下也知道自己被跟監，因此徹夜窺探屋外情況。發現兩位上路後，這夥人只留下一人，其餘的則悉數隨兩位離去。或許是看到兩位天色未明便急著上路，讓他們慌了陣腳吧。為了避免有任何閃失，在下便甩開僅剩的一人追上了兩位。」

說完，這浪人便望向阿銀。

我竟然也沒察覺——阿銀說道，並把頭給別了過去。

「雖然知道咱們倆受人監視卻沒察覺，竟然還讓他們跟蹤。」

「在下不也說過？這夥人武藝高強，當然難以察覺。」

阿銀表情黯沉了下來。

「那麼，這些傢伙究竟是什麼人？還有……」

阿銀以銳利的眼神望向浪人問道：

「你又是什麼人？」

「在下？在下乃——」

浪人話也沒說完，便轉頭望向東方的天際。

阿銀催他有話快說。

「都讓你救了一命，我是不想說這種話，不過咱們倆之所以遇襲，不都是受你這位武士大爺牽連？好歹也該報上個名來吧！」

「此言的確有理——但畢竟得挑對地方。若在此處久留，只怕再多幾條命都不夠用。這群暴徒還有其他同夥，而且對此山地勢肯定是瞭若指掌。看來，咱們還是先離開此地，以策安全。」

這武士環視左右說道：

「看來，兩位的讚岐之行也宜暫緩啟程。」

這建議的確有幾分道理。

倘若那夥人還有其他黨羽，逃過一劫的桓三必定會前去通知。雖然一時保住了小命，但百介倆仍未洗清這不白之冤，毋寧說這下教這浪人給救了一命，反而更是加重了他們倆的嫌疑。

那麼……

百介與阿銀已經告訴桓三自己將前往讚岐。姑且不論對方是否採信，他們還是極有可能派出追兵。

「折返客棧或留在山中均為死路一條。看來暫時先折回阿波找個地方藏身，方為上策。」

再加上值此天候，實不宜遠行，這浪人說道。

這話也頗有道理。雖然已是天明，但天色依然是一片昏暗。

百介只得緩緩起身。

一行人便這麼默默無言地走了約一刻。

看得出阿銀依然不改戒心。

這也是理所當然。他的確救了兩人一命，但並不能證明此人就值得信任，也不知道他所言是虛是實。這浪人的確斬殺了幾名暴徒，但這也不足以證明他和稍早那夥人完全無關。畢竟見識過又市一夥人如何設局，這段日子裡百介也學會了凡事謹慎的道理。

在不知不覺間，天色變得更形昏暗，更不巧的是雨點也開始一滴滴打在臉頰和月代上頭。

在這種情況下，要是被淋個溼透可就不妙了。

再往前走了半晌，一行人看到了一棟屋子。

看來是間佛堂。

眼看雨勢愈來愈強勁，百介便提議不妨入內躲個雨。

這不過是一棟簡陋的地藏堂，但堂內卻是出人意料的寬敞，三人全鑽進去亦不感覺擁擠。正中央安置著一尊地藏像，周圍搭有看似祭壇的檯子。只見上頭雜亂地擺放著繪馬（註15）及供品，看來仍不時有人前來祭拜祈福。

一行人才進入堂內，雨勢就真的開始大了起來。

眼見雨水也從格子窗濺了進來，百介只得移往祭壇旁，摘下了饅頭笠（註16）。

那浪人也取下斗笠，從懷中掏出手巾將雙手和脖子擦乾。

「在下名曰東雲右近，一如兩位所見，是個窮困潦倒的浪人。打從五年前曾奉仕的東國某藩覆滅至今，過的都是有一頓沒一頓的日子。」

浪人右近說完後，轉了個身子。

百介猶豫了半晌，接著才老實說道：

「小弟名曰山岡百介，為了編篡百物語而周遊列國，四處蒐集奇聞怪談。這位則是……」

「阿銀。」

百介還沒來得及介紹，阿銀便簡短地報上了名字。

「如大爺所見，是個山貓迴。」

這下百介終於鬆了一口氣。記得初次見到阿銀，也是在一棟小屋裡躲雨時。

好了，就把詳細經緯說來聽聽吧——阿銀說道：

「堂堂一個東國浪人，為什麼會到這個地方來？難道是來覓差事的？」

「噢……」

右近端正了坐姿。

這男人生得一臉精悍，看起來應是年近四十，感覺不是個惡人。

「此事原本不得向外人提及，但如今讓兩位遭此池魚之殃，在下就把自己所知的都全告訴兩位吧。」

「可是什麼不可洩漏的機密？」

「是的。」

這位大爺，阿銀說道：

「看來你並不知道咱們是什麼出身呢。這位先生也就算了，但相信大爺也看得出來，老娘我可不是什麼良民百姓。」

「這在下也知道。」

右近絲毫沒有一絲動搖。

「那種時候出現在那種地方，當然知道兩位絕非普通百姓。不過在下亦何嘗不是？因此不該問的，在下絕不會過問。」

註15：信徒為祈願或還願而捐贈給神社、廟宇的匾額，由於古時以馬犧牲祭祀，因此上頭多繪有馬匹圖樣，頂端則呈現屋頂的形狀。

註16：頂圓帽淺的斗笠。

「意思是你信任我們倆？」

「信任與否並非重點，畢竟能在此結識自是有緣。倘若向兩位洩漏此事讓自己惹禍上身，想必應為在下自身之不德所致。」

「還真是視死如歸呀。」

那就說來聽聽吧，阿銀說道。

「在下乃奉某藩之密令，四處搜尋某人。」

「什麼嘛。」

到現在還想隱瞞？阿銀噘嘴說道：

「哪管你是山王權現的特使（註17）還是什麼的，一介浪人奉哪個藩的密令行事──這種唬人的說辭，老娘我可不想聽。」

「姑娘請稍安勿躁。」

右近扯了扯袖子往板間（註18）一坐，繼續說道：

「此事說來話長。武士被解職將是如何不便，百姓出身的主子們或許難以理解。一旦沒了差事、少了薪俸，就連餬口都難，但也不想為了這就放下刀子。在下家中尚有妻子，丟了差事後生活真是困頓至極。」

「雖然情況如何我是不大清楚，但大爺武藝如此高強，要另謀差事哪有什麼困難？稍早那夥人悉數是老娘我對付不來的高手，不也全都教大爺給擺平了？」

右近蹙起工整的雙眉，語帶自嘲地笑著說道：

「值此太平盛世，空有這身功夫亦是英雄無用武之地，哪可能謀得一官半職？」

萬事無財休矣，阿銀說道。

右近再次露出笑容並開口：

「姑娘所言甚是。說來悲哀，錢財雖非萬能，但無財的確是萬萬不能。既無積蓄、舉目亦無任何推舉在下任職當差之親友，因此說來慚愧，在下夫婦倆只得漂泊各地，幾乎得靠四處乞討維生，目前定居於若狹境外之某藩領內。」

「若狹境外——？」

還真是個巧合。

「該不會……是北林藩吧？」

「兩位也聽說過這地方？」

那不就是租書鋪的平八聽說七人御前傳聞的地方？

「北林——」

阿銀瞇起了雙眼。

——噢。

這下百介又想起來了。對阿銀有養育之恩的傀儡師傅御燈小右衛門，據說也住在該地。看

註17：盛行日本之山岳信仰，主神日吉大社亦名山王權現。相傳其以猿猴為使者。

註18：鋪有地板的房間。

來，阿銀也從又市那兒聽說了這回事兒。
阿銀拭去頭髮上的水滴問道：
「大爺住的地方還真是個窮鄉僻壤呀，可曾想過上江戶碰碰運氣？」
「人說——生活若無著落便應上江戶。到了江戶確實不愁吃穿，在下昔日同儕亦有多人於江戶落腳。只是——」
在下畢竟不適合於該地生息。
江戶的確是潮溼、紛亂，絕非適合安身之地。但即使如此，生於江戶、長於江戶的百介依然認為江戶是個方便的地方。再者，即使原為武家出身，百介依然無法理解武士特有的矜持。只不過，他又是為了什麼要住到那麼偏僻的地方？
「北林藩——應該是個小藩吧？」
為某貧窮外樣大名（註19）之領地是也，右近回答：
「並非在下對該地情有獨鍾，不過是目前難以遷徙。不久前，在下之妻——有了身孕。」
「這——」
阿銀表情為之一變：
「可不是喜事一樁？」
是的，右近低聲說道，並露出了一個和藹的笑容。還真是個誠實的男人呀——百介當時如此想道。
「結縭十載，至今才初獲子嗣，當然是好事一樁。只是在下如此困頓拮据，就連嬰孩衣物也

買不起。因此，為了覓個差事，只得向一位偶然結識的藩士打聽。在下身無一技之長，僅略諳劍術。數年來未曾碰上任何機會，其實早已死了這條心，未料這回竟然有了點著落，而且還有幸獲得城代家老大人的面見。」

真是不簡單哪——阿銀高聲驚呼道：

「他們可是看上了大爺這身武藝？」

「是的。因此家老大人給了在下一個密令，若順利完事便可正式任職。」

原來如此呀，阿銀伸直雙腿說道：

「大爺奉的原來是個攸關飯碗的密令。不過這可奇怪了；雖說是個小藩，家中仍應坐擁大批武士才是。即使武藝再高強，也無須委託一個浪人行事吧？」

小姐所言甚是，右近回答：

「實乃此事不宜對外張揚——其實是個尋人的差事。」

「尋人——要尋個什麼樣的人？大爺之前不是去了淡路一趟？」

是的，右近敲了一記膝蓋回答：

「倒是兩位不也曾到過淡路？這下事情就好解釋了。不知兩位可曾聽說過，先前曾有隻狸妖於該地肆虐？」

豈止聽說過。

註19：與主家關係並不密切，無須輔佐家政，僅有響應軍事動員等義務的諸侯、武士。

這場騷動根本就是又市一夥人精心籌畫的局。不只是阿銀，就連百介也曾與事。

「在下進入淡路，就是為了追那隻貍。」

「貍……？」

其實是個攔路斬人的惡徒——右近回答：

「其實，近日北林領內攔路斬人的惡匪橫行。而且並非單純的殺戮，手法至為慘絕人寰。這惡匪不僅逢人便殺，而且至今尚未伏法，嚇得領內百姓個個人心惶惶，甚至有人傳言此乃惡鬼作祟所致。」

這不就是租書舖老闆平八所言的七人御前一案？

「惡鬼作祟——請問是個什麼樣的惡鬼？」

「這在下也不清楚。在下亦是初到此地，對此地之傳聞並不熟悉。只是，不僅是百姓，就連藩士中亦不乏相信此說而倍感惶恐者。」

請問先生可有聽說任何消息？右近向百介問道。

此傳言小弟亦曾聽聞，百介回答：

「是從小弟認識的一位租書舖老闆那兒聽來的。這位友人則宣稱自己是在北林殿下位於江戶的藩邸中聽說的。」

事實上，平八甚至曾親身前往該地，以確認此傳言真偽。

是麼……右近面有憂色地問道：

「原來這流言已經傳到江戶去了。」

「這不過是個流言?」

「是的。領內發生攔路斬人的確屬實，但若誇張地聲稱其乃惡鬼作祟，可就是無謂的流言了。對北林這種小藩而言，此類無稽之談實乃百害而無一利。若此流言傳入幕府大目付（**註20**）耳中，甚至可能左右北林藩之存亡。」

不至於如此嚴重吧?百介說道：

「幕府哪可能為了區區一個惡鬼作祟的傳言廢了一個藩?」

「這可不一定。」

右近否定道：

「只要廣為流傳，再怎麼無稽的傳聞都可能變得引人側目。一旦如此，就可能被當成找碴的把柄。只要派人來探查，必定抖得出些什麼；畢竟沒有任何藩是完全沒把柄的。尤其是對北林這類石高（**註21**）稀少的小藩而言，一切皆應避免引人側目方為上策。」

真是如此?

的確，幕府似乎總喜歡找些碴，藉故廢藩或分割領地。這種情況並不出百介的意料。

幕府與各藩國的關係，其實是頗為微妙的。一個藩若是經營不善，對幕府無甚貢獻可能釀成問題；若經營得有聲有色，幕府也會擔憂其大名因此掌握過多權力。畢竟一個藩國的國力愈強，

註20：幕府派駐於大名、名門、或朝廷中，負責監視是否有謀反意圖的官員。

註21：「石」乃統計土地生產量之單位，故石高為統計大名或武士從領內所得之收入或俸祿的單位。

對幕府謀反的可能性也就愈高。

因此幕府積極掌握各藩動向，一逮到藉口便動輒廢藩。這是個頗為有效的手段，既可牽制反對勢力，若可因此徵收領地，亦能為幕府增加稅收。

實乃一石二鳥之舉。

只是，這政策通常僅針對規模較大的藩。說老實話，百介認為如北林藩這類生產量低的小藩，理應不至於被找這種碴才是。這個藩不僅國力不足以向幕府挑釁，沒收其領地亦得不到多少好處。

因此，百介對他的說法頗為質疑。

「其實，該地曾有不祥的前例……」

右近繼續說道。

「不祥的——前例？」

「該地在北林氏統轄之前，一時曾為天領，意即原為幕府之領地。原因乃當時——似乎在近百年前，統治該地之大名曾出了什麼紕漏，導致家系斷絕，領地亦遭沒收。」

「是什麼樣的紕漏？」

「據說是該位藩主得了心病。也不知這種心病害他出了什麼樣的紕漏，但據說患了這個病的原因是——」

「惡鬼作祟？」

似乎正是如此，右近說道：

「雖然在下並不清楚此傳言的詳情，但據說當時有多名百姓斃命。由於有此前例，因而此次事件才會讓家老倍感惶恐。如今藩主尚無嫡子，藩內又有飢饉等天災，財政甚為吃緊，因此不得不謹慎行事。」

「原來如此。因此大爺得——噢，儘早找出行兇惡徒，以消弭此無稽流言？」

「並非僅是如此。」

右近這似乎另有玄機的回答，聽得百介蹙起了眉頭。

大概是察覺了百介的心中疑慮，右近旋即繼續說道：

「山岡大人，實不相瞞，家老認為此事似乎是某些人的陰謀。」

「陰謀？」

「亦即，可能是北林家的仇人所策劃的陰謀。懷疑或許是這些人刻意在城下興風作浪，藉此散布不利於該藩之流言……」

「噢。」

這做法聽來還真是繞了個大圈子。

不過——

或許毫無權勢的百姓欲與大名作對，真的只能做到這種程度。而且如今看來，對方即使僅做到這種程度，就已經收到出乎意料的效果了。

「家老表示若事實真是如此——那麼兇手應該就不難猜出是何許人了。因此便命在下務必將此人給找出來。」

「找出來——再將他殺掉？」

阿銀問道。

「非也。畢竟這不過是個推測，或許此人與本案完全無關也說不定，也或許兇手根本是另有其人。若是如此，則須另尋對策。總之，在下奉的命令只是先將此人給找出來。」

「這號人物……難道不能光明正大的找？」

「沒錯。因為此人即使真有嫌疑，也質疑不得——」

「究竟是什麼人？」

「乃前代藩主正室之弟是也。」

右近回答道。

「藩主正室之弟——此人與北林家有什麼仇？」

右近眼神憂鬱地望著地藏像說道：

「家老告訴在下此仇乃出於誤解——五年前，前代藩主北林義政公病逝，其正室為追隨殿下，躍下天守（註22）自盡。」

「躍下天守自盡？」

聽來頗為悲壯。

「不過，據說有些人認為前藩主正室乃死於謀殺。原因是這位正室對現今的藩主彈正景亘頗為不滿，因此曾反對由其繼承家位。雖然現任藩主名義上為義政公之弟，但實乃是兩代前的義虎公側室之子——或許正因如此，雙方才會如此不睦。」

「是為了爭奪家位？」

「或許實際上並沒有爭奪，若要爭也沒有對手。由於前代藩主並無嫡子，因此現任藩主原本就有正當理由繼承家位，否則亦別無選擇。只是，畢竟僅有這位前代藩主正室一人反對，因此再怎麼不服也無法改變事實。不過，正室表示反對之後卻如此亡故，其側近當然不會高興。因此若據此推稱其乃遭現任藩主所害，也不是毫無道理。」

「因此，才有人決意報仇？」

也不知這是否稱得上報仇——右近先是遲疑了半晌，接著才又說道：

「此正室之側近還不至於如此愚蠢，多少也懂得道理，因此城內的紛擾不出多久便告平息。只是，正室之弟卻就此行蹤不明。」

「行蹤不明——雖說是個小藩，但畢竟是個堂堂大名之奧方（註23），這位正室之弟家世如此顯赫，怎麼可能就此行蹤不明？」

「情況頗為複雜，此奧方之娘家已無後人。」

可是絕後了？

「前代正室為四國本地出身。」

右近說道，接著便環視了堂內一周。

註22：設於古日本城正中央最高處的瞭望塔。

註23：有身分者之妻的敬稱。

「本島之四國分別由數個藩分治。淡路與本地阿波為蜂須賀公之德島藩所統轄；讚岐之主為高松藩與丸龜藩；伊予由松山藩、宇和島藩為首之八藩分治；土佐則為山內氏之高知藩所屬。事實上，在土佐與讚岐之間曾有個如今已不復存在的小藩，名曰小松代藩——」

的確是聽也沒聽過。

「一如其他多數四國大名，小松代氏亦為外樣大名，是個石高不滿一萬石、規模甚至不及北林藩的小藩。義政公之正室即為此小松代藩之公主。但雖說是公主，其實似乎為側室之女。」

這正室、側室的名堂還真是麻煩，讓百介深感自己果然不適合武家的生活。

「此正室名曰阿楓公主。」

「阿楓……？」

這名字似乎曾在哪兒聽過。

「據說阿楓公主之父君，亦即當時之藩主小松代忠教膝下無子，僅生下一女阿楓公主，其正室亦早已辭世。依常理，此藩主理應為公主招贅，但顧及公主當時年紀尚輕，加上又是側室之女，因此也沒打算以招贅延續香火，而決定將家位讓予其弟忠繼。但不巧的是如此決意後，其側室竟再度有了身孕，生下一名男嬰。雖為側室所生，但此男嬰畢竟有嫡子之資格，這下便無須將家位讓予自己的弟弟了。只是，事發之先後次序實在不湊巧。」

時機的確不對，阿銀問道：

「因此城內便起了爭執？」

「當時似乎沒起什麼爭執。藩主於不久之後辭世，但由於早有定論，因此忠繼便順利繼承了家位。雖然順利繼位，但這下前代藩主側室之兩名子女該如何安置，可又成了難題。公主只需嫁人便可，但其弟之事可就不易決定了。雖然亦可考慮由其繼任次期藩主……」

「只是既然已經繼位，要讓位也該讓給自己的兒子吧。哪會甘心把這個位子讓給哥哥的妾室之子？」

「或許正因如此，其後雙方便起了爭端。」

「還真是麻煩呀。」

的確麻煩，右近說道：

「該側室——亦即阿楓公主之母，原為鄉士之女，並不好被捲入此類事端。因此在開始起爭執前便帶著男嬰離去。」

「從此行蹤不明？」

「是的，但阿楓公主仍留在城內。相信其母亦希望藩主能將她嫁入名門，為其覓個好歸宿。」

「因此，這位公主便嫁進了北林家？」

這下，似乎就不難理解她當時為何反對由妾室所生之弟繼承藩主之位了。想必是憶起了原為藩主的父親也曾以同樣的決定，讓自己的母親遭蒙不幸使然吧。

接下來。

就躍下天守自盡了。

「原來如此。因此若要找出誰和北林家有仇，大概就只有這位正室之弟了。在這個弟弟眼中，北林藩豈不就是逼自己姊姊步上絕路的仇人？」

「容在下重申，這充其量不過是個推測。至今不僅無法確定阿楓公主之弟與此攔路斬人案有關，就連其是否尚在人世亦屬不明。假設……純粹是個假設，若此案兇手與如今在京都、大坂肆虐的斬人惡徒為同一人，那麼行兇者應該就只是個毫無關係的狂徒罷了。」

「因此大爺才……」

是的，右近回答道：

「正是因為如此，一聽聞血染京都的攔路斬人惡徒似乎也在淡州（註24）現身，在下隨即動身趕往淡路。沿途又渡海入島，四處探查，只是——到頭來終究是徒勞一場。」

若相信真是隻貍作怪，只怕要讓人取笑——右近說道。

「不過，還真是教人難以置信。在下曾遊走諸國，也不是沒聽聞過任何狐、貍等畜牲幻化之傳聞，但如此明目張膽的倒還是第一次聽說。即使如此，在下對此傳聞依然存疑，因此原本期望能將整件事的經緯看個清楚。不過說實話，萬萬沒想到結局會是那麼的曲折離奇。不過在了解實情之後，看來還是得將那人給找出來，因此，在下便來到了四國。」

在時間上和百介倆幾乎相同。

而這樁案子，當然是百介一行人解決的。

「那麼，那個武家，也就是小松代藩——是否已不復存在？」

「到頭來，由於忠繼公尚未有子嗣便突然猝死，小松代家傳到了這代便告無後。依據在下所聞，甚至有人臆測其乃死於殺人咒術。」

「是詛、詛咒？」

「是的。甚至聽聞銷聲匿跡的忠教公側室，亦即阿楓公主之母——即為信奉具備這種能力的淫祠邪教者之後。」

「能力——指的可是殺人咒術？」

右近點了點頭。

「雖然難以置信，但據說此地如陰陽師般能操使不可思議法術的術者為數頗眾，只是通常並不招搖。再加上這一帶鄰近屋島及壇之浦，平家的落人村似乎也不少。」

「據說其實為數甚眾——是麼。」

「常聽聞此等落人藏身山中，以咒術祈求源氏一族能死於橫禍。因此，姑且不論是否真有妖術詛咒或惡鬼肆虐等不可思議之怪象，此類信仰在當地似乎依然殘存，亦有人尚在授徒傳存。」

這應該是事實吧。

因此那狸妖作祟的局方能生效。

「只是在下認為，若行蹤不明的側室母子試圖找這些人求助，看來還是該追本溯源地找出這妖術的起源。」

「那麼——」

大爺可有找著？阿銀問道。

「沒有，不過倒是探聽到了些許關於這群人的傳聞。」

註24：淡路之別名。

「就是襲擊咱們的那群人？」

「是的。不過稍微查查，對方就有了反應。因此，看來這些人與此事的確是有些關連。」

「是些什麼人？」

「土佐的川久保一族。」

「川久保——？」

阿銀露出了一個詫異的表情。

這表情教百介感覺似曾相識。

記得是一年前的事了。

在與阿銀的出身息息相關的那件事開始頭一天，於仕置場那顆獄門首級前，阿銀也曾有過同樣的表情。

在下也只打聽到這麼個名字，右近說道：

「似乎是一些棲息於阿波與土佐國境之劍山一帶者。由於該地與前小松代藩比鄰，想必是錯不了。不過畢竟純屬傳聞，有人指其為鄉士、木地師（註25），亦有人稱其為獵師，更有人稱其乃操船沿物部川航行至土佐灣劫掠之海盜，其真實樣貌實難掌握。也不知大家是出於畏懼而隱瞞或者真不知情，只是當在下四處打聽時……」

「還是讓人給盯上了？」

「是的，讓他們給盯上了。」

「原來如此，意思是這夥人絕非普通山賊？」

「看來的確如此。而且這回還襲擊了兩位，想必絕非泛泛之輩。倒是那夥人在襲擊兩位時，是否曾說了些什麼？」

——任何打聽我等、惹上我等的都得死。

——這是咱們祖先傳下來的規矩。

那群人曾這麼說過。

規矩——右近納悶地歪著腦袋複誦道。

「看來，這夥人果然有著什麼祕密。」

百介偷偷瞄了阿銀一眼。

在被煙燻得一片焦黑的堂內，她那身草色的半纏、以及雪白的膚色顯得是格外亮眼，看來活像個活生生的人偶。

——這婆娘的長相。

——和阿楓夫人像極了。

「對了，他們還提到了阿楓夫人。」

「阿楓……？」

「是的，記得當時也聽到了這個名字。」

「他們說阿楓公主怎麼了？」

註25：自行尋找材質適合之原木，並以其刻製器物傢具的木匠。

「沒說什麼。只是，在見到阿銀小姐的長相時……」

百介窺探著阿銀的表情說道：

「曾脫口說出阿楓這名字。」

「什麼？」

右近開始端詳起阿銀的臉孔。

原本他一直避免直視阿銀，或許是擔心直盯著一個女人的臉瞧乃失禮之舉。這種心態百介也頗能理解。

「難不成阿銀小姐的相貌與阿楓公主十分神似？」

看來似乎就是這麼回事。

阿銀一句話也沒說。

按常理，她理應會回一句少開這種玩笑還是什麼的。

這下百介開始感到不安了。

「噢，雖不知阿銀小姐與阿楓公主是否神似，不過，看來那夥人——也就是川久保之民與小松代藩的確是有著什麼牽連，而且在廢藩後的今日亦如是。」

「看來——她或許還活著呢。」

望向一旁的阿銀說道。

「的確不無可能，那麼……」

「阿楓公主的弟弟也還——」

右近使勁點了個頭說道：

「看來可能也尚在人世。」

「這下大爺可有什麼打算？」

「既然知道了這些事，這會兒在下非得前往土佐一趟不可。不論這夥人與北林所發生的怪事是否有關，在下畢竟奉了確認實情之命——」

右近話及至此，突然有人打開了地藏堂的門。

【參】

來者是個看不出有多大年紀的男人。

看起來是上了年紀，但似乎又沒這麼老。他撐著一支破傘，一身襤褸的務農裝束，上頭還披著一件白色的長羽織。

這男人以出人意料的尖銳嗓音說道：

「各位切莫慌張。老夫名曰文作，負責打理這座地藏堂。只是看到一大早就下起滂沱大雨，過來看看堂內是否漏雨罷了。」

如此叨擾真是抱歉之至，右近起身致歉道。無須如此多禮，文作回答道：

「這種事有什麼好道歉的？既然遇上大雨，本來就該找個地方避雨，地藏大人哪可能為了這種事生氣？只是——」

還真是嚇了老夫一跳呀，文作說道。

「還以為會不會是斷首馬又來了呢。」

「斷……斷首馬？」

百介不由得探出身子問道：

「請問那是什麼？」

「噢，那是個從阿讚（註26）一帶的山上下來的妖怪。這一帶有所謂的七天神七地藏，也就是有七座天神廟、七間地藏堂。這斷首馬會發出鈴聲，帶著叫做七人童子的妖怪往返於七天神廟與七地藏堂之間。」

「帶著七人童子……？」

「牠的聲音老夫也曾聽見過，就是鈴聲。」

「噢。」

這件事也沒什麼好提的，文作說道：

「倒是各位窩在這兒可是要受風寒的，待雨歇了，要不要到老夫家裡坐坐？雖然也沒多舒服，至少取個暖不成問題。」

「感謝大爺的盛情邀請——」

右近望向百介，百介又看向阿銀。

只見阿銀以那對眼角微微泛紅的杏眼看向文作，這時他雙手擺出一個彷彿摑住了什麼的姿勢，接著又揮了揮手說道：

「牠的聲音就像這樣……」

文作一臉哭笑不得的表情說道：

「鈴、鈴的響個不停，而不是通常的馬嘶聲，聽起來還真是教人悲傷呀。鈴、鈴，這可嚇人了，斷首馬畢竟是個妖怪嘛。」

的確是頗嚇人的，阿銀說道。

「各位待在這座堂裡，牠可是會找上門的。」

哼，阿銀笑著說道：

「倒是……想必你聽到咱們說些什麼了吧？」

「什麼！」

右近跪坐起身子喊道。

「看來大爺沒看穿這回的把戲呢。瞧瞧這老頭的衣服，想必已在屋外待了半晌。若是剛剛才徒步抵達，哪可能淋得這麼溼？」

呵呵呵，文作高聲笑道：

「的確是聽到了。原本還以為只是幾個男女私通密會，沒想到是幾個淋得渾身溼透進來避雨的。不過老夫也沒聽到幾句就是了，畢竟雨下得這麼大。不過最後幾句倒是真的聽見了。各位可是惹上了川久保那夥人？」

註26：位於四國德島縣之鄉名。

鏗，右近一把握住了刀柄。

「住手！」

阿銀制止道：

「大爺，沒必要做無謂的殺生。」

「是呀，殺了老夫也沒什麼用。反正老夫這條命也值不了幾個子兒。斬殺這麼一個糟老頭，大概連血都流不了多少。所以別再一臉凶神惡煞的，此刻還是保命要緊。那夥人不僅消息靈通，動作也快得很哩。」

「你、你知道那夥人的身分？」

「當然知道，老夫原本也是從土佐逃到這兒來的。要上寒舍就得趁早，否則老夫這身老骨頭，可受不了在這兒給雨淋到渾身發冷。老夫若知道些什麼，保證都將坦承告知——」

語畢，文作再度露出了哭笑不得的表情。

文作的住處十分簡陋。

與其說是棟房子，充其量只能算是一棟小屋，只比地藏堂要來得寬敞些許。屋內除了板間鋪有一張草蓆，可說是家徒四壁，看來更是顯得寒酸。再加上隨處都有漏雨，若只看天花板，那座地藏堂或許都要比這兒來得強。

不過和地藏堂相較，這兒至少有板門和板窗，屋內正中央還有座炕爐，裡頭的木炭燒得紅通通的，的確頗為暖和。

「老夫昔日曾於土佐的韮生一帶一座小莊園當過莊稼漢。但礙於天性慵懶不愛幹活，才逃到這地方來的。有段日子也曾在山中隨一些山師——也就是樵夫討過生活，但也是幹不了多久，因此就遷到阿波來了。」

到這兒來之後也沒幹什麼活，文作說道。

「韮生是在哪一帶？」

「噢、從阿波這頭一直朝南走，不是有座劍山麼？就在翻過那座山的土佐那頭。」

「那，那兒豈不是……？」

「沒錯，曾收留過老夫的山師，正是川久保那夥人。」

此話可當真——右近問道，接著又將探出的頭轉向百介。

「山岡大人……」

難不成這純屬偶然？抑或是上蒼的巧妙安排？右近語帶興奮地說道：

「果真是船到橋頭自然直呀！」

這絕不是上蒼的巧妙安排。

對於這種神祕力量是否真的存在？百介是頗為質疑的——雖然很希望真有這回事。因此無論運氣是好是壞，一切應是純屬偶然。

不過，這陣子百介就連這種偶然也不再相信了，因為他最近數度發現所謂的偶然，也不過是又市和阿銀所設的局。旁人根本看不出來其中有多少是自然推移、又有多少是人為操弄的。若偶然是可以用人力捏造的，可就真要成奇聞了。

「不知各位——」

有沒有聽說過久保家？文作問道。不過姓久保的也並非僅有一家，因此右近便回問是哪個久保家？毀於山崩的久保家呀，文作回答。

「山崩——難道是……？」

「先生聽說過？」聽到百介這麼一喊，右近連忙問道。

「小弟曾在土佐聽聞——有整村人悉數死於山崩。煩請大爺稍候。」

百介從行囊中取出了記事簿。每當聽到任何奇聞異事，百介都會將之記在上頭，巴不得能將古今東西的怪談全都給記下。

「待小弟瞧瞧——噢，有了。土佐國物部川上游久保村消失之經緯——就是這一樁。」

「對，所以先生也知道嘛。物部川位於土佐東側，打阿波正中央流過，直入土佐灣，與吉野川並列為土佐兩大河。」

這在下也知道，右近說道。

「噢。韮生鄉就位於那條河上游的上韮生川沿岸。到天明年間為止，曾有一群姓久保的鄉士在那兒居住。不過他們可不同於一般的鄉士，而是官拜白札（註27）的尊貴之士。」

「這兒寫著……」

百介追著記事簿上的記載說道：

「這久保家——根據小弟所聽聞，據說是平清盛之弟，亦即於壇之浦一役戰死沙場的平教盛的次男平國盛之後。於壇之浦兵敗後，國盛遁逃至阿波國之祖谷山，因受蜂須賀家賞識得以定居於窪谷——此乃久保家之起源。」

「祖谷位於劍山西方的讚岐，近吉野川之上游。那一帶平家人可多著呢！」

文作左右搖晃著身子說道：

「總之，也無法確定久保的祖先是否真的源自平家，若果真是也沒什麼大不了，反正平家已經是後裔滿天下了。」

那麼，這家人後來怎麼了？文作問道。

百介再次翻閱起了記事簿。

「這兒寫著——後來戰禍又起，這久保一族越境入侵土佐國韮生鄉，擊敗當時的領主山田氏後，據該地為自己的領地。之後，久保家又與稱霸四國之長宗我部元親聯姻，更曾於高知藩的藩祖，山內一豐的麾下仕官——看來果真是家門顯赫。」

「是呀，據說阿波與土佐的國境番所，亦是由久保家所統轄。畢竟白札的地位，可是要高過鄉士的。」

意即這久保家是為詛咒所滅的——右近這麼問道：

「不過，若久保家真為平家餘黨的子孫，那麼理應是操弄咒術者，而並非為詛咒所滅才對吧。滿腔遺恨辭世者的子孫，豈有為咒術所滅之理？」

「為何被施咒老夫是不知道，不過武士大爺，你們武士一聽到詛咒馬上就想到遺仇、舊恨什麼的，此事其實不然。這回施咒的並不是人哪。」

註27：鄉士因歷代累積功勳而獲頒的上級武士身分。

「不是人——這是什麼意思？」

「詛咒這種東西有多邪門，可不是人所能想像、也不是人所能辦到的。山會詛咒、河會詛咒、山谷、草木也會詛咒。舉凡世間萬物，皆有成精肆虐的可能。因此人當然也能詛咒，但遺仇舊恨這種東西，其實根本是微不足道的小事。或許平家亡魂也會肆虐，但區區一個鬼哪有什麼了不起？要不就該整個平家一起作怪，若是只有其中一、兩人化為厲鬼，也起不了多大作用吧？怨氣若不夠強，哪可能有能耐興風作浪？人的邪念是阻止得了，但荒野或山嶽的妖氣，可就非人力所能對抗了。」

那可是山川的詛咒呀——文作說道。

「山川的詛咒……？」

「據說當時久保家的領主曾犯了什麼禁忌？」

「是呀。據說那領主名叫久保源兵衛，生性十分大膽。這源兵衛曾和樵夫還是木地師什麼的，結夥在轟釜放空川哩……」

「何謂轟釜？」

「轟即瀑布，釜即深水，轟釜乃冬谷川之瀑布與深水之總稱。那兒有一釜、二釜、三釜，算是個瀑布潭吧，總之水勢頗為兇險。相傳水底有大蛇棲息，因此該地總是怪事不斷、魍魎橫行。因此人們在那兒祭祀水神，祈求驅除河川御前。」

聽起來似乎是個神靈聖地。

「放空川又稱放空金，是一種將鐵屑、花椒皮等摻合廢土製成劇毒撒入河裡，將河中生物悉數連根剷除的狠毒捕魚法。」

「在河裡下毒？」

「沒錯。想不到這位源兵衛大爺竟然也幹起這種勾當。這下捕到的魚可多了，要多少就有多少。不過，這麼做當然會招來天譴。因此接二連三地開始發生在莫名其妙的地方長出蘑菇、或者池水被染得一片血紅之類的怪事，甚至還有孩童慘遭神隱（註28）。最後……」

「還發生了猛烈的山崩——是吧？」

百介問道。

「大風、大雨、甚至地震頻繁發生，接著就是山崩了。據說這場山洪十分猛烈，就連河川都為之阻絕。因此整個久保村，連同久保一族與其家臣、乃至為其所雇的百姓等，均在一夕之間為土石所吞噬。」

「這可是有根據的史實？」

右近問道。百介回答：

「聽聞這故事時，小弟曾略事調查，發現確有留下記錄，看來應為史實無誤。」

「記錄上也提到一家九族悉數死於這詛咒？」

「無法證實是否真為詛咒，但記錄上確實有提及這場災禍，以及該地曾有名為久保之一族居住，至少這點應不假。」

註28：意指身處荒野者，為神鬼所迷而失蹤。

聽到百介如此回答，原本默不作聲的阿銀這下也轉身向文作問道：

「那麼，川久保就是劫後餘生的久保家後人？」

「並非如此。雖然如今仍有久保村，但久保家血脈早已悉數斷絕。雖然仍有親族散居各地，但均非本家之後。源兵衛的叔父之子雖然繼承了全滅的久保家血緣，但傳到第二代亦告斷絕。」

「看來久保家早已絕後，那麼川久保又是些什麼人？」

「川久保是昔日久保家越境入侵韮生鄉時，與其離散者之後。」

「久保家曾有過分裂？」

「還是該說是分家？」

百介與右近幾乎同時脫口問道。由於對家世並無執著，百介並不理解分家的概念。因此對百介而言，分裂大概是對這種事的唯一解釋。文作思索了半晌，接著才回答：

「分家……應該也算不上分家吧。一個家族其中的成員可能是形形色色，或許其中也不乏不願稱名道姓者吧。」

「不願——稱名道姓？」

「是呀。韮生鄉雖地處深山，但水源豐沛，極適於耕作。因此對百姓而言，也是塊值得安居的樂土，惹了其他百姓覬覦也不無可能。但原本寄居於祖谷的久保家並無意務農，為何入侵該地可就費人疑猜了。若這些傢伙真為平家後裔，難道還在守著什麼本分？當初究竟是為了什麼要遷到一個安全的地方落腳？」

應該是為了重振家威吧？右近說道：

「或許他們打算找個地方養精蓄銳，以待日後伺機向仇敵源氏報一箭之仇？」

有道理——百介高聲喊道：

「因此移居韮生鄉的久保一族寧願放棄顯赫的武家門楣，隱姓埋名當起一群鄉士。但其中有些人硬是不從——」

右近瞇起眼睛說道：

「這怎能不從？武士若無法維生餬口，空有滿腔熱血亦是夙願難成。因此落人多半亦得臥薪嘗膽，化身鄉間百姓埋首耕作，只為靜待一償夙願的時機到來。」

並非如此，百介說道：

「後來，久保家與長宗我部氏聯手、並於山內氏麾下仕官，目的應是以鄉士的身分嶄露頭角才是。若真有再興平家門楣之意圖，難道真需要這麼做？山內氏原本可是平家旗下之被官（**註29**），後來倒戈至賴朝旗下的叛將之後裔呢！」

「有道是——忠臣果然不可事二君呀。」

右近皺眉說道。

看來這種事還真是教他感慨萬千。

正是為了不事二君，這名浪人如今才得如此為生活奔波。

「右近大爺所言甚是。為了一償夙願，或許化身一群鄉士方不失為最佳手段——不過久保一

註29：日本中世在上級武士旗下擔任家臣之下級武士。

族似乎不作如是想。打從入侵韮生鄉時起……」

「他們便已放棄了這個夙願？」

百介認為這也是無可厚非。

一如右近所言，光靠悲憤或夙願可是無法填飽肚子的。

但是……

「或許真有些人不願選擇這條路，寧願堂堂正正地以落人後裔的身分隱居山中，因此選擇放棄為了貫徹再興平家、討伐源氏的初衷，化身鄉士以求保身的久保一族……」

盤腿而坐的文作搖晃著身子說道：

「唉，老夫不過是個百姓，難以理解武士的想法。只是老夫方才也說過，這夥人似乎想守著什麼本分。而且，他們對久保一族也沒多大憎恨。這夥人並非因為不屑耕作，而是為了守護些什麼才被迫離去的。」

雖然不知他們想守護的是什麼——文作裝得一臉糊塗地說道。

「而這本分對以鄉士的身分討生活已不再有必要。不，甚至可說是個障礙。因此大家紛紛拋棄了這個矜持。不過其中有幾個對此依舊難以忘情，因此便離開了久保一族，遷往物部川主流沿岸，後來代代又朝上游繼續遷徙。」

對以鄉士的身分討生活已不再有必要？

——這到底是什麼？

「為了守護這祕密還是什麼的，這夥人至今仍以類似在下一行稍早目睹的那副模樣度日？」

聽到右近這麼一說，文作笑著回答：

「並非如此。」

「難道不是如此？由於在下四處打聽川久保一夥的消息，還連累了這兩位朋友遇襲。剛才兩人差點兒就要沒命了呢！」

「川久保一族可是不會下山的。」

「但是，文作大人……」

大人這兩個字老夫可承受不起，文作說道。

「老夫哪配被稱作什麼大人，不過是個糟老頭罷了。川久保那夥人，可是不管發生什麼事都不會下山的。論人數，這夥人如今大概超過三十人。這種事諒武士大爺再怎麼在街坊打聽，也不可能查得出個所以然。對了——襲擊幾位的人，帶的是什麼行頭？」

「他們用的是刀。」

而且是大得嚇人的刀。

「那就對了，川久保那夥人是不用刀的。老夫受他們照顧是三十年前的事，當時他們並沒有刀。這夥人靠伐木與木工維生，有時悄悄進入土佐或讚岐做點買賣以圖餬口，也盡量避免與這些地方的百姓照面。身上並沒幾個子兒。他們有的是山刀和木鋸，刀倒是沒有。」

「那麼，那夥人究竟是什麼身分？」

右近眉頭深鎖地問道：

「不過，在下對川久保也僅是稍事打聽，並不記得曾招惹過什麼人。想必山岡大人和阿銀小姐亦是如此吧？」

百介當然沒有被人盯上的理由。再者……

「再者，那夥人還脫口說出阿楓公主這名字。意即——」

「沒錯。這夥人是曾提及這似乎與川久保有關連的人名。」

不過——文作故意裝糊塗地說道：

「最近倒是有些傢伙裝扮成樵夫或殺生人的模樣，四處幹些壞勾當。」

「哪些壞勾當？」

「破門劫掠、攔路劫財、或幹山賊什麼的。在土佐一帶則有人身著甲冑，幹些和海盜沒什麼兩樣的惡事。」

就是這個，右近說道：

「在下探聽到的就是這則傳言。據說這些海盜的真實身分，即為川久保一族——」

「老夫可沒這麼說。阿波這群傢伙……噢，原來是這麼回事兒呀。」

文作雙手抱胸，面帶一臉哭笑不得的表情說道：

「原來如此呀。」

「是怎麼一回事？」

看來他——必定知道些什麼。

百介心想。不過文作馬上岔開了話題：

「噢，也沒什麼大不了。倒是年輕人呀，瞧你一副滿腹經綸的模樣，可曾聽說過一種名叫古杣的妖怪？」

「倒是沒聽說過。」

「噢，這是一種出沒於韮生一帶的妖怪。老夫在兒時也常聽說牠的故事。樵夫在伐木時，不是常喊些行話麼？樹往橫向倒時得大喊『朝橫山倒』，朝下倒時則大喊『朝逆山倒』。古杣就會發出這種喊聲，接著也會傳來樹倒下的聲響。但人們若是趨前一看，卻會發現那兒根本什麼都沒有。」

聽來似乎屬於常見的幻聽一類的妖怪。

有人稱之為伐空木，也有人稱之為伐木天狗，雖然有形形色色的稱呼，但諸國均有這種妖怪的傳說。

「這也與老夫先前提到的轟釜有所關連。據說這是七個曾砍伐一株巨大櫸樹，受到這株神木詛咒而死的樵夫所化成的。」

「七個——樵夫？」

「是呀，是七人。據說這株神木有四丈高，為了鋸倒這株樹，村民雇來了七個樵夫。但任憑他們再怎麼鋸，過了一晚樹幹又會恢復原狀。因此這七人想出了一個法子，就是將鋸木時落下的木屑全給燒掉。即使如此，他們還是連鋸了七天七夜。但這株樹依舊沒給鋸倒，而且還嘰哩嘰哩地叫個不停。三天後，樹終於倒下了，但就在神木倒下的同時，這七人也悉數喪命。」

「這七人後來就成了古杣？」

「兒時長輩們是這麼說的。這種妖怪還真會發出聲音呢，嘶嘶的鋸木聲、鏗鏗的砍樹聲、大樹將倒的警告聲……老夫自己也曾聽過好幾回。但長輩總說那是古杣的聲音，吩咐咱們萬萬不能回應。但是——」

文作的額頭上擠出了數不清的皺紋。

「直到老夫離開村子進了山裡，才發現那其實是川久保那夥人的聲音。」

「噢——」

原來是這麼回事兒。

「不過，可別將兩者混為一談。古杣可不是人，而是妖怪。只不過古杣的聲音是川久保那夥人所發出來的。」

——原來如此。

這下百介終於弄明白了，原來大家是刻意說服自己人這川久保一族並不存在。由於和村民並沒有往來，沒有人知道他們究竟是什麼身分。因此，即便告訴大家那怪異的聲音其實是川久保那夥人所發出的，只怕也沒有任何人會相信。

不僅如此，對村民而言，這群人竟然就在近鄰生息——可是一件極為駭人的事。妖怪神靈尚可藉由祈禱平撫，但若是活生生的人可就沒這麼容易了。要是出了什麼差錯，這群人或許還可能成為危害自己生計的威脅。如此一來，只有將他們解釋成妖怪，方能維持村內的秩序。

就當作妖怪到頭來成了盜賊吧，文作說道：

「人心雖不古，但川久保這夥人可是一點兒也沒變。這些人是不會幹這種勾當的。老夫在前去巡視地藏堂的途中，瞧見一群傢伙提著大砍刀在路上跑，就直覺你們一定是教他們給跟蹤了。」

不過呀，他們可不是川久保那夥人。」

「是麼？」

右近眉頭深鎖地說道：

「那麼，川久保一族——能操弄咒術取人性命的傳聞是否屬實？」

「這種事在那一帶可是稀鬆平常的。」文作滿不在乎地回答。

「稀鬆平常？」

原本以為答案會是否定的，這回答還真教百介大吃一驚。

「稀鬆平常，指的可是那殺人咒術？」

「是不至於一天到晚殺人，但這種事每個人都會呀！」

「每個人都會？這怎麼可能？連老爺也會麼？」

這種麻煩事兒老夫可不幹，文作揮了揮手回答道：

「不過咱們老家有陰陽師也有祭司。在這一帶，每個村子裡都有幾個大夫（**註30**），有些地方甚至家家戶戶都有。逢年過節，這些大夫都得負責主持家中或村內的祭祀，既可為人治病，亦可消災解厄，同時當然也懂得操弄咒術。畢竟他們也得驅除帶來災厄的詛咒。」

「這可是一種宗教？」

右近曾提及似乎有個淫祠邪教。

註30：於神社中主持祭祀活動之神主、彌宜等神職人員之統稱。

「哪是什麼宗教。宗教也得有間和尚廟，好讓人虔誠信奉吧？這些人可不理會那些無謂的繁文縟節。因此對這兒的人來說，這種事是再稀鬆平常不過的。」

百介望向右近，發現右近也正看向自己。

「再請教老爺一件事。老爺提到自己三十年前曾投靠川久保一族，當年他們與小松代藩可有任何關連？」

文作搖頭回答道：

「正好相反。」

「正好相反……？」

「小松代城內宣稱自己與這夥人完全無關。詳細情況老夫就不清楚了。」

「完全無關——如此言明，豈不代表雙方其實是有所往來？聽起來，這不過是對完全與外界隔絕的村民們的交代罷了吧？」

「或許真是如此罷，老夫也不清楚。」

「老爺哪可能不清楚？就連與他們比鄰的村民，對川久保一族的情況都不甚了解不是麼？再者，為何城內要主動發布這等聲明？」

這老夫真的不知道，文作回答：

「而且，老夫也不知為何如今有人造謠指稱川久保那夥人為盜賊。若你們真的這麼想弄清楚，為何不親自去問他們？」

「親自去問？」

「見得著他們麼?」
右近不禁拉正了衣襟:
「真的見得著川久保那夥人麼?」
「去的話就見得著呀,只是沒人知道他們人在哪兒就是了。路是難找了點兒,不過他們又不是野熊,不至於把人的腦袋瓜給咬掉。」
「不過,他們不是守著什麼祕密?」
「不得讓外人知道的事,他們當然是不會說。但也不至於一遇上他們就得死就是了。」
七人御前是——一遇上就得死。
去吧——阿銀說道。
「噢?」
「大爺非去不可吧,這可攸關大爺的宦途呀。」
「沒錯,在下非前去確認不可。」
「也讓我一道去罷。」
阿銀說道。
「一道去?但阿銀小姐……」
「先生,我可是為了此事才到這兒來的。」
「什麼?」
這句話教百介打從心底大吃一驚。

是呀，阿銀說道：

「右近大爺，『偶然』這回事有時還真是嚇人哪。其實我就是為了上土佐找川久保那夥人，才刻意隨這位先生到四國來的。方才聽到大爺提起這個名字時，就連老娘我都吃了一驚呢！」

的確，阿銀曾表示要上土佐辦點事兒，但是——

「阿銀小姐——為何要找川久保那夥人？」

他們非但是平家餘黨，而且不惜為了名節遺世孤立，還真是貨真價實的落人。

阿銀把玩著自己的鬢角思索了半晌，最後才露出一副下定決心的表情，轉頭向百介問道——

先生也知道吧？

「那個在我流落街頭時收留了我，把我養大的恩人。」

「阿銀小姐指的可是小右衛門先生？」

「沒錯，御燈小右衛門——」

這名字百介的確聽說過。

不過，百介並非直接從阿銀口中得知這個名字，而是不時聽到又市在無意間脫口說出的。由此看來，他應該不是個平凡的角色，必定和又市或阿銀一樣，是個在超乎百介所能想像的世界——亦即陰影中的世界裡生息的人物。

同為又市同夥的事觸治平也曾告訴過百介，據說——這小右衛門，在那世界裡可是個無人不知、無人不曉的大人物，每個小角色光是聽到他的名字就為之顫抖。也聽說他數年前突然從江戶銷聲匿跡，如今定居於北林藩，也就是右近的雇主的領地內某處。

「這小右衛門著實教人難以捉摸。即使他視同己出地把我當女兒養大，我也猜不透他究竟是什麼身分、淨在想些什麼？」

這番獨白聽來完全不像出自阿銀口中的話，教百介不由得感到一陣驚訝。

「小右衛門表面上是個傀儡師。但他的出身是眾說紛紜，有人說他曾是個武士、也有人傳言他曾為木地師、甚至花火師，但實情至今無人知曉，骨子裡也並非盜匪或流氓，但在江戶的黑暗世界卻能叱吒天下，而且還在八年前突然銷聲匿跡——」

阿銀垂下目光繼續說道：

「表面上，許多人推測他之所以這麼做，乃是為了躲避官府找碴，但這絕不可能是理由。」

「官府找碴？」

「是的。八年前他受人之託雕製的殘酷傀儡（**註31**）在兩國大受歡迎，這些傀儡，想必先生也曾聽說過吧——生地獄傀儡刃傷。」

「噢——」

百介也曾去見識過這場傀儡展示。

這些傀儡的手藝還真是巧奪天工，教人難以相信是這世上的人做出來的。

那是一場以幾可亂真的精巧傀儡重現戲劇或讀本（**註32**）中的知名殺戮場面的展示，其實旨

註31：原文作「生き人形」，意指與真人同樣大小、模樣栩栩如生的逼真傀儡。

註32：江戶時代後期白話文學「戲作」之一種，自中國白話小說發展而來。

趣還頗惹人爭議。

「原來那些殘酷的傀儡——就是出自小右衛門先生之手呀。的確，這些傀儡造型殘酷至極，再加上實在是幾可亂真，為此遭到官府以破壞公序良俗為由，勒令舉辦者生意規模減半，傀儡師則須雙手加銬十日。」

「沒錯。坊間都認為他就是為了躲避這刑罰而銷聲匿跡的。但這並不足以構成逃亡的理由吧。因此……」

這的確不成理由。

只要忍耐個十天不就沒事了？

「他隱遁的理由至今仍不明。不過有件事我倒是知道，那就是小右衛門乃土佐出身，而且他的本名就叫——」

百介刻意望向屋外。

總覺得阿銀接下來似乎要說出一個不祥答案。

雨依然下個不停。

「川久保小右衛門。」

阿銀說道。

「川、川久保？」

噢，右近若有所思地應和了一聲。

原來是這麼回事。因此阿銀她……

——才要上土佐一趟。

「因此阿銀小姐才要……」

不對不對，先生——阿銀回答道：

「我可沒把小右衛門當親爹。他對我雖有恩，情倒是沒有。不過，我實在是氣不過。」

「氣不過？」

「因為他也沒來向我說一聲就銷聲匿跡了。雖不知他究竟碰上了什麼事，但至少也該給我個交代再走罷，哪有就這麼不告而別的道理？即使是我，臨別前至少也會知會一聲。倒是不知為了什麼，小右衛門在隱遁之前好幾年，就曾向小股潛那傢伙透露過自己終將離去。」

自己若是有個三長兩短，阿銀的事就拜託他了——據說小右衛門曾如此託付又市。

而且，也不知是本人曾告知，還是他自己查出來的，又市也知道小右衛門在哪兒棲身。不過看來，阿銀卻不知道小右衛門的居處。

實在是氣不過呀——阿銀說道。

「這種傢伙若是死了倒也乾脆。但小右衛門隱遁鄉間後，還在鬼鬼祟祟地不知做些什麼。要躲也不躲得乾脆些，三不五時卻還在我們面前露臉……」

今年初夏。

又市一行人之所以到尾張設局，追本溯源也是為了小右衛門的一番話。

「先生可記得——」

阿銀抬起原本低垂的目光說道：

「我上回燒毀的那具傀儡？」

就是在尾張設局時那具酷似年輕姑娘的傀儡。

「那亦是小右衛門所雕製的。其實我手頭的傀儡——不論是唐子還是山姥（註33），皆出自小右衛門之手。」

原來如此。

百介從沒見識過阿銀獻藝。

但倒是偶爾看過她的傀儡。

記得這些傀儡個個精巧得教人讚嘆。

「我也曾向淡路的市村大夫買過一具淨琉璃傀儡，但用起來就是不順手。因此才想到應該找小右衛門那傢伙雕製一具。只是——」

但要去見他，總得先給他點顏色瞧瞧吧，阿銀說道。

「給他點顏色瞧瞧？」

「老娘在道上可也是有頭有臉的，總不能狼狽地出現在他面前，對他說『苦思多年，這下終於找到你了』什麼的吧。因此在見到小右衛門之前，必須先逮住他的狐狸尾巴才行！」

「狐狸尾巴？」

「先生，小右衛門這傢伙想必是打算下什麼險棋吧。」

「下險棋？」

「沒錯，而且還是非常鋌而走險的棋。想必就是因為如此，那傢伙當年才會瞞著我隱遁的

吧。只因他擔心我若是知情，必定也會出手，屆時恐怕要礙了他的事。」

阿銀皺起細緻的雙眉說道。

「可是阿銀小姐，即使真是如此，也不過代表他不想連累妳——不是麼？」

這哪有什麼兩樣？阿銀說道。

「到頭來還不都代表他沒把我給放在眼裡？因此我才——」

大爺——阿銀轉頭看向右近。

右近只是默默不語。

百介則是一臉迷惑。

最後右近終於面色凝重地開口說道：

「在下對阿銀小姐的身世一無所知，因此難以詳細判斷——不過對小姐與這件事的緣由已略有了解。不過，此行畢竟頗有風險……」

「這位老爺不都說不會有事了嗎？」

「不，即便與川久保一族見面本身不會有危險，但似乎有一夥凶神惡煞正極力阻止任何人打聽川久保村之事。而且，兩位都曾遭蒙這群刺客襲擊，若欲深入探究，實在過於危險。」

「那夥人究竟是誰？」

這在下也不知道。語畢，右近轉頭望向關閉的板窗。

註33：亦作「鬼婆」或「鬼女」，傳說中棲於山中，以人肉為食的老女妖。

雨仍在下著。

鈴。

這下似乎傳來一聲微弱的鈴聲，百介不禁凝神聆聽了起來。

但除了雨聲，什麼都沒聽見。

「正如同你們武家……」

阿銀說道：

「正如同你們武家有武士的矜持，咱們這種惡棍可也是有所堅持的。」

鈴。

右近定睛凝視著阿銀。

「就拜託大爺讓小女同行吧。」

「好吧。那麼，山岡大人——」

可有什麼打算？這問題教百介一時回不上話。

儘管百介有興趣探究，但又不想丟了小命。雖說也不是沒遭逢過任何危險，但這回的確是非同小可。

前幾回，百介都是站在設局者的立場，而且身邊總不乏又市一夥人的保護。但今回非但是敵暗我明，隨時還有遇襲的危險，沒有任何人能保障自己的性命安全。但是——

「若兩位不嫌小弟累贅……」

最後他選擇如此回答。

且慢且慢，文作說道：

「要去是可以，但總得換身行頭吧。各位的模樣實在是太顯眼了。」

他照例露出了那副哭笑不得的神情，接著便從小屋一隅的一具箱子裡拖出了些東西來。

原來是幾套骯髒的白衣。

「一、二、三，噢，正巧有三套。這些是從死在路旁的朝聖者身上剝下來的。穿上這些再戴上斗笠，應該就不會讓人識破了。在這一帶，朝聖者多得像什麼似的——」

鈴、鈴——

似乎又聽到了這幻聽的鈴聲。

「哎呀，看來是斷首馬來了——」

文作說道。

【肆】

換上一身朝聖者裝束的百介一行三人，緩緩移動了將近兩個月。

他們的判斷是——畢竟是敵暗我明，行動起來實在不得不慎重。雖然多少會錯了意，但那夥人總能迅速捕捉右近的動向，看來絕對不是簡單的對手。雖已如此扮裝，並不代表就不會被他們識破，甚至可能早就遭到他們的監視了。

因此……

為了混淆視聽，百介一行人只得實際巡訪各大靈場，觀望情勢。

同行二人（註34）。

南無大師遍照金剛（註35）。

雖無信仰、也無須祈願，佯裝朝聖者的一行人還是一路奔波地參訪了各大寺院。

阿波國乃四國八十八箇所靈場之入口。

從位於鳴門第一座靈場的竺和山靈山寺到第二十三座的日和佐、醫王山藥王寺為止，二十三座被統稱為發心道場的寺廟就座落於阿波國境內。

要不匆不忙地走完一趟，便需要近半個月的時日。

因此，雖無法如先前所願地以悠閒心境踏上旅途，百介還是誤打誤撞地達成了巡訪八十八箇所的心願。

在參訪諸寺的過程中，也一點一滴打聽到些許消息。

一行人在阿波並沒有任何顯著的收穫。

只是聽到了不少盜賊的傳聞。

而且還是海賊的傳聞。

百介一行人是沿著海岸朝土佐前進的。

除了部分例外，八十八箇所的靈場幾乎都有村鎮比鄰，幾乎沒有一座位處山岳。一行人原本就判斷走山路過於冒險，即使沒這層顧慮，逐一參訪每座靈場，也自然而然就成了一條沿海岸走的旅程。

不過，這段路繞得可真夠遠。

即使在進入土佐國後，要沿路逐一參訪靈場也等於是繞室戶岬一大圈，這段路就耗掉了他們不少時間。

一如其名，位於八十八箇所中的第二十四座，亦即土佐國境內的第一座修行道場室戶山最御崎寺，就座落在室戶岬的最外緣。

在這條蜿蜒的路上僅見得到海岸和漁村，就連一座寺廟都沒有。不過，幸好並沒有遭遇刺客襲擊。雖然天候寒冷，但畢竟風光明媚，不時教百介忘了自己仍身處險境。

過了室戶，就來到了土佐灣。

沿土佐灣內側通往安藝（**註36**）途中，有三座相隔甚遠的靈場散布其間。

直到再往前走——也就是到了第二十八座靈場的法界山大日寺時，百介一行人便來到了物部川的河口附近。

不過，這兒並不是終點。

百介一行人的目的地並非河口，而是位於遙遠的物部川上游。

因此——百介一行人在冬季已經過了大半時，才開始為溯物部川而上作準備。

註34：意指每個參拜四國八十八箇所的朝聖者雖肉眼看不見，但沿途必有空海大師相伴之意。
註35：空海大師之法號。
註36：今高知縣安藝市。

在土佐國境內即便沒刻意打聽，也會頻繁地聽到許多與川久保一族有關的傳聞。

平家餘黨。

駕船劫掠的海盜。

隱居深山的兇賊。

能幻化成妖魔鬼怪。

威脅村民安全的異邦之民——

諸如此類的傳言，在每座村裡皆有流傳。

而且無須四處探聽，便可從村民的閒聊雜談中聽到這些傳言。不，這類傳言在阿波僅為流言，但在土佐卻被當成活生生的時事流傳。據說還真有人被他們奪走性命、財產，家人為其所殺、或船隻為其所奪者亦不乏其人，大家認為這一切慘禍均為川久保所為。

看來這夥人可真是聲名狼藉。

此時，聽到沉甸甸的金屬撞擊聲以及布料的摩擦聲。

只見右近已將大刀插上了腰際。

「簡直是費人疑猜——不知進入土佐之後，聽到的這些惡評到底代表著什麼？」

右近已有兩個月沒佩戴這大小兩把刀了。由於一身朝聖者打扮卻佩掛兩把刀看來未免可疑，因此到了室戶的最外緣時，他只得花點銀兩，悄悄將刀託付給文作代為保管。

這是阿銀想出來的主意，事後回想起來，還真是個藝高膽大的奇謀。如此將武士的靈魂交付給一個素昧平生、而且身分成謎的外人原本就已夠草率，而且這下竟然還由這個身分不明者越過

國境將刀送到，冒的還是更大的風險。不過文作還真是個不可思議的角色，竟然爽快地答應承接如此艱難的差事，而且還輕輕鬆鬆地將事情辦好。

當然，右近此時也褪去一身白衣，換上了原本的武士裝束。

原本的障眼法對接下來的旅途已經不管用了。

右近使劍的武藝，這下便成了三人唯一的依靠。

理由是在這段並無靈場的路上，一身朝聖者裝扮反而更引人側目。

「這還不簡單，一定是有誰刻意散播的吧。」

阿銀並沒有換回醒目的山貓迴裝束，而是穿上一身樸素的男裝。

腰際則插上一把小刀。

「為了什麼目的？」

「這就教人猜不透了。不過，看來這兒不僅是有傳言，實際上還有許多人遇害不是麼？這些應該就是散播這類流言的傢伙所幹的勾當吧。如此看來，這些人可真是設了一個天大的局呀。」

在河裡或河岸遭到妖怪襲擊——

目睹怪異船隻順河而下——

小舟為船幽靈所沉——

看來真的丟了性命或受威脅者為數頗眾。看到當事人並不把這當傳聞，而是當作親身體驗來陳述，教人即使想否定也無從。就連已聽說過形形色色奇聞異事的百介，也是首次聽到如此煞有介事的怪談。

「意即真有一群盜匪在從事這些燒殺擄掠的勾當?」

並嫁禍給川久保一族麼——右近戴上深編笠問道。

「若真是如此，這夥人做得可真是成功。瞧大家不都相信這些事全都是川久保一族所犯下的?沒瞧見有任何人質疑呢。」

沒有人會質疑的——百介說道。

怕冷的百介弄來了一件厚厚的合羽，在股引（註37）外頭還穿上一件裁付袴（註38），但並沒有攜帶任何武器。雖然至少也該帶著一支懷劍防身，但實在不符合他的個性。想到自己也得身懷刃物，便讓他感到肚子發冷，因此經過一番衡量，最後還是決定不帶。

也不知是為什麼，阿銀說道：

「發生的明明都是攔路劫財、破門劫掠、或幹海上掠奪一類的人禍，若說是當地的盜賊兇犯所為也頗為合理。但在這一帶跳樑的盜匪——卻個個裝神弄鬼地扮妖怪。」

「扮妖怪?」

「是的。攔路盜匪全都是七人一夥，在海上肆虐的傢伙身穿甲冑成群現身，總是先逼遇難者把勺子交出來。這些傢伙不都是在扮七人御前或船幽靈麼?他們所扮的，悉數是相傳為平家冤魂所化的妖怪呢。而且除了大多出現在長門國的船幽靈外，全都是在與平家相關的傳說盛傳之處出沒。這麼一來——這些地方的居民當然會認為這些都是妖怪在作祟，而不是人所犯下的。不過都已經這個時代了，妖怪出沒這種說法理應沒什麼說服力才是。淡路那案子乃肇因於狐狸鬧事的說法，右近大爺原本不也是不相信?」

右近頷首回答：
「沒錯，在看到那屍骸化為貍之前——是不相信。」
「是呀，通常是這樣沒錯。即使親眼看到了，心裡應該也還是會半信半疑的。因此，接下來就可以散播流言，讓人認為這些妖怪其實是人扮的。亦即這些擾亂世間的妖怪，其實就是相傳為平家落人的川久保一族——」
「有道理——」
這和又市一夥設局的方式可是完全相反。
又市等人所設的陷阱，也悉數設計成宛如妖怪所為。遺憾、惆悵、怨恨、傷痛、嫉妒、哀愁、乃至憎恨，只要將形形色色的現實苦痛歸咎為妖魔所為，似乎就能有個圓滿的解釋——這就是又市一夥人設局時所依循的道理。要成功達成目的，光憑半吊子功夫可是辦不到的。
這些案子則是完全相反。
看來這夥人打算先佯裝妖魔進行暴戾劫掠，事後再把罪推給他人。雖不知兇手是什麼身分，亦不知是為了什麼目的，百介認為這些人的做法實在卑劣。
「唉，看來幾乎沒有任何人見過川久保一族的真面目，但大多又都知道山中似乎住著這麼一群人。是不是？」

註37：原文作「股引き」，為日本傳統的男用保暖內褲，左右兩條褲管以一條固定在腰部的繩子連結。
註38：江戶時代初期原為武士所著用，後來農人或旅行者也常穿著的日式寬褲裙。

「或許不知道他們姓什麼，但理應知道他們的存在才是。」

「沒錯。這一帶流傳著不少落人的傳說，不似川久保村般保持孤立，成為鄉士與同化共生之落人後裔亦不在少數。或許咱們這種外人不易體會，但對本地百姓而言，這可就成了個極易理解、且頗具說服力的解釋了。」

「亦即——川久保一族正好是極適合嫁禍的對象？」

看來正是如此，百介說道：

「再者，若只是空泛的傳聞，或許不易教人信服，但川久保一族畢竟是真有其人。大家都知道，至今仍有此類與外界毫無接觸的異民。因此對這夥布下這殘酷之局的兇手而言，他們可就成了最好的標的。欲模擬傳說之情節為惡，再找人推卸罪責，川久保一族豈不是再適合不過的對象？畢竟他們真的存在，因此若須差人搜捕，亦非不可為。」

搜捕——噢，右近歪著脖子納悶了起來。

「刻意蠱惑人心，只為了滿足一己之私慾——這種宛如為政者所作所為的惡劣行徑，著實教人厭惡。」

「還真是教人費解。」

正為左手套上手甲的右近，再度歪著腦袋納悶地說道：

「山岡大人這番推測，聽來的確有理——但在下依然有些不解。若果真如此，盜賊之目的應是圖利，為了脫罪而意圖嫁禍於川久保一族——亦或是某些得知川久保一族實情之惡徒，冒用其名義為惡。」

「看來──應是如此。」

右近停下了正穿戴手甲的右手。

「但在下總覺得情況似乎是相反。」

「相反？」

「在下懷疑──或許川久保一族才是這夥惡徒的真正目的。」

「真正目的？」

「是的。這些暴戾行徑總教在下覺得似乎不過是藉口。」

聽右近這麼一說──的確有道理。

這奸計看來規模極為龐大，但絲毫看不出有任何堪與這規模匹敵的利益可圖。雖不知海盜、山賊憑劫掠能得到多少好處，總覺得似乎不到值得如此精心設局的程度。

即使刻意布置成兇手另有其人，若犯案時有所閃失，亦是萬事休矣。而若遭嫁禍的川久保一族遭到拘捕，真兇若想再犯亦將無以為繼。雖然如此布局或許安全──

但看來也並不划算。

右近站起身來。

就在此時。

請留步──突然聽見有人喊道。

紙門被拉了開來，只見一個身穿白色羽織的矮個子男人跑了進來。就在一行人一切準備就緒，正欲出門上路的當頭，原本已踏上歸途的文作突然又面帶驚恐地折返。

「各位先別急著上路。」
「出了什麼事麼？」
「老夫是特地回來報信的。」
語畢，文作以羽織的衣袖遮掩起紅通通的面頰，並使勁吐出了一口氣烘暖自己的臉。
「不知何故，這下外頭可是戒備森嚴。」
「戒備森嚴？又發生了什麼事麼？」
各位真沒注意到？文作說著，一屁股坐了下來。
「大家也坐下吧。瞧你們忙得連外頭來了一堆人都不知道。滿腔熱血不是壞事，但為此失了謹慎，可是會傷了自己的。」
阿銀立刻湊向窗邊，窺探起屋外的情況。
「這是怎麼了？」
可有什麼異狀？右近問道。
「正如這老頭說的，就連捕快也來了。」
「捕快？出了什麼事麼？」
為了一張布告呀，文作說道：
「各位也知道，老夫是無法堂堂正正走在路上的。因此在上大街前得先找地方藏身，找個好時機再上路。那時突然發現怎麼湧來了一大群人，而且其中還有些是捕快，教老夫想出去也無從。起先還納悶是怎麼一回事，後來發現在那頭的大街上立了張布告，前頭聚集了許多人。」

「布告？」

什麼樣的布告？阿銀質問道。

「那種布告好像叫──高札（註39）還是什麼的？老夫目不識丁，看不懂上頭寫著些什麼，不過倒是聽到湊在布告前頭的傢伙直呼川久保、川久保的，還說船幽靈就是川久保。」

「什麼？」

在下這就去瞧瞧──右近說道，也沒戴上另一具手甲便飛奔而出。這浪人可真是精悍呀，瞧他幹勁十足的，文作咯咯笑著說道。

「不過，文作先生──沒想到您這趟竟然來得成。」

百介感到十分不解。

國境設有番所，即便如百介或右近這等有身分的人，要想通過都不容易。而如阿銀這種名字不在人別帳內的人等，要想靠正常手段堂而皇之通過更是不可能。文作自稱原為逃離家鄉之百姓，從他如今過的日子看來，理應也不被記錄在人別帳上，竟能泰然自若地往返於國境之間。

但文作似乎不把百介的疑慮放在眼裡，依舊露出那哭笑不得的表情說道：

「也沒什麼，不過是騎斷首馬來的罷了。」

聽不出他是在開玩笑還是老糊塗了。

只不過──在他說出這句話的一剎那，似乎也有一陣微弱的鈴聲隨風傳來。想當然爾，這不

註39：江戶時代高掛於行人往來的顯眼處，細數罪犯罪行等的布告。

過是斷首馬這個字眼所引發的聯想帶給人的錯覺罷了。

此時，右近一臉憂心忡忡地回來了。

「看來得趕快出發才成，上路吧。」

「怎麼了？」百介問道。

「那張布告為高知藩的御船手奉行（註40）闢山兵五所發布的。上頭寫著——領內頻發之慘案實非妖魔詛咒，一切均為居住山中之川久保黨所為。」

「是御、御船手奉行發布的？」

「沒錯，上頭是如此寫的。上頭還明載——此黨於領內定居多年，從未繳交年貢稅賦，亦拒絕一切勞務課役。如今甚至以暴虐無道之行徑威脅領內百姓之生活，實為法理所難容，故將於近日舉兵討伐，以儆效尤。」

「要討伐他們？」

「是的。奉行所既已如此認定，一切便已成定局。如此一來，即使川久保一族真為清白，業已無法全身而退。此地雖氣候溫暖，如今亦值嚴峻寒冬，山居者絕難長期據守。這下只能被一網打盡，膽敢違抗則有喪命之虞，說不定全村都將遭殺戮殆盡。」

「若果真如此——」

右近的任務不就完成了？

一旦知道要找的人是否在裡頭，至少北林藩所賦予的密令就算達成了。唯一須確認的，僅有欲尋找的人是否也名列其中。若在受拘捕者的名單上沒這名字，便無須再深查；若真在其中，右近也無須進一步行動。不論這夥人這回是遭到拘捕還是討伐，從此均無法繼續為惡，實無必要再冒任何自找麻煩的險。

不過，右近似乎不打算保持沉默。

「右近大爺……」

「在下知道山岡大人想說什麼。不過不論在下的任務是否告終，阿銀小姐的心願還是沒能達成。再者，若這罪名真是欲加之罪——在下也必須向上級稟報，絕不可放任不管。」

「大爺——」

右近也沒看阿銀一眼，逕自套上了右手的手甲說道：「此亦為武士的一點小小矜持。」

這段山道十分險峻，走起來是舉步為艱。

但也無法在散布山中的任何村落歇腳。這回連捕快都現身了，若被見著必定得接受盤查，如此一來肯定要遭到拘捕。

一行人只得沿著河岸隱身潛行，不分晝夜地往上攀爬。

川流濺出的水花冰冷刺骨，清水捲著漩渦轟然流動。

途中，一行人遭遇了許多雖看似近乎咫尺，卻須翻山越嶺、跋山涉水才能抵達的天險。

——這段路可謂呼喚可聞，實則一里呀！

上路前，文作曾給了一行人這麼個忠告。意即向前方呼喊一聲，也聽得到另一頭的夥伴喊聲

註40：隸屬於德川水軍，以取締海盜為要務之武士。

回應——這種距離聽來或許感覺不遠，但實際走起來卻可能有一里之遙。

大清早，四下均為晨霧所籠罩。

河面的曉靄與湧現自山谷間的朝霞，將眼前景物掩蓋成一片雪白。

入夜後則變成一片漆黑、冰冷難耐，且不時傳來各種怪異聲響。

百介首度有了親身體會。

原來山中是如此可怕。

可怕得教人毛骨悚然。

與碩大無朋的山嶽相較，人的愛恨情仇根本是微不足道。

即使胸懷令人刻骨銘心的深仇大恨、悲歡離合，只要身處這龐然大物之中，一切都顯得輕如鴻毛。

到了第四日，百介一行人來到一個座落於山禿上、擁有大片壯麗梯田的村落。此處似乎就是昔日的久保——亦即曾遭大山崩掩埋的村莊之遺址。目睹這片尋常至極的景色，百介這才體認到原來人無論身處何地，總是有辦法堅忍不拔地活下去。

舉目所及，淨是豐饒的大自然與棲息其間的百姓。

在這片景色中，並沒有一絲不尋常。

繼續往上攀爬，一行人又來到了一座令人瞠目咋舌的水淵。

——這就是轟釜吧。

百介如此確信。

此地是如此聖潔。

是無比嚴峻。

而且——還蘊藏著幾分不祥。

這片景色雖然看似莊嚴清靈，但也說不上是好是壞——多少教人感覺到一股拒人於千里之外的敵意。

溯此淵而上，便能到達位於韮生川上游盡頭的源流。

筆直往上攀登再越過白髮山，一行人便抵達物部川的源流一帶。

前方就是劍山。

到了第五日，百介已是疲憊到了極點。

踩著踉蹌的步伐，他蹣跚地絆到了一條藤蔓。在藤蔓斷裂的瞬間，他的腦袋變得一片空白，緊接著便感覺自己正朝下方滑落。

他心想自己此命休矣。

但不可思議的，心中竟沒有絲毫恐懼。

反而還感到一絲舒暢。

鈴，他聽到一聲鈴響。

噢——是斷首馬麼？

不對，這鈴響是——

不是又市麼？

鈴、鈴，只聽到鈴聲從四面八方傳來。
是有些什麼人包圍了百介麼？
鏗，只聽到一陣梵樂般的聲響在腦海裡迴盪——
霎時，身體感受到一陣衝擊。
咚——
也不知道自己究竟昏迷了多久。
醒過來時，百介發現自己正置身一片紙海。
這兒究竟是何處？只見四方一片白花花的。
這片雪白——全都是紙。不過並非普通的紙，悉數經過加工的紙片。
這些紙片被剪成各種形狀，看來似乎象徵著形形色色的事物。
看起來不知是像人，還是像獸臉。難道這就是神明的模樣？
直到一張熟悉的白皙面孔撥開注連繩鑽了進來，就在這些紙海隨之搖動的瞬間，百介發現這些紙片原來是形狀極為特殊的御幣（註41）。
「先生！百介先生！」
「噢。」
他喊不出聲音來。
緊隨在阿銀之後，右近也鑽進了結界裡來。
——結界。

沒錯，百介正躺在一個以注連繩和御幣所圍成的四角形神域中。

「這兒是……？」

「這兒是一座祭壇——」

「祭壇？」

百介身邊散落著一些看似供品的東西。

打山禿上滑落的百介，原來是摔到了一座祭壇上。

「雖然在下頭的村子裡也看到了類似的擺設……」

「不過，沒想到竟然連這種地方也有如此的布置。就這份地圖看來——雖不知此地圖是否正確，此處位於物部川最上游之別府，與上韮生川之久保均有一段距離，與阿波國之國境已是十分接近。」

鈴。

鈴。

鈴。

鈴。

「這鈴聲是——」

這絕非幻聽，的確是搖鈴的聲響。

註41：即祭神驅邪用的幡旗，將兩串以白紙組成的紙垂繫於木柄或竹柄上而成。

這聲響從四面八方傳來。

「來者何人？」

「為何闖入山神之祭壇中？」

「吾等乃此地山民，來者應心懷畏敬，儘速離去。」

「莫遭天譴，莫遭天譴，應心懷畏敬，儘速步出此神域。」

「倘若破了日名子之結界——供品將為御前所奪。」

「心懷畏敬，儘速退去。」

沒什麼好畏敬的——右近說道：

「在下乃房州浪人東雲右近，此二人則為江戶京橋之山岡百介、與江戶無宿之阿銀，想必各位就是川久保一黨。在下一行人為了面見諸位，特此前來。」

這下外頭立刻安靜了下來。

同時，一群人影從四面八方現身。

「吾等的確以川久保自稱，不過知悉此名者理應是寥寥可數——」

話及至此，這男人突然驚訝得啞口無言。

「妳……妳是——」

一看到阿銀，這男人頓時驚訝得渾身緊繃了起來。

【伍】

這兒並不是個村莊。

而且，川久保也不是個姓氏。

這不過是此一集團的統稱。

這群人昔日佔據了祖谷之窪谷（註42）並在該處落腳，故取了這個姓氏，原本應算是個地名。冠了這個姓，或許代表這群平家餘黨決心棄血緣而取地緣。原本除了平國盛之外，尚有多數家臣亦得以隱遁延命，其中有些定居窪谷、改姓久保，此即為久保村之由來。

川久保一族似乎非國盛或其血親族之子孫，而是其家臣之後裔。此名稱之由來，乃這群人從自稱久保之集團分流而出後，代代逐河而居，便以川之久保自稱，故此得名。

由於這群人四處遷徙，因此從未正式發展成村落，原本亦無統一姓氏。

因此，此地不該被稱為川久保村、此民亦不該被稱為川久保民，再加上亦無川久保家，因此無一人以川久保為姓。

若硬要有個稱謂，或許以川久保黨稱之較為合適。

諷刺的是，立於城下的高札上所敘述的悉數屬實。

川久保黨果真是四處遷徙，因此每經過一段時間，便拆毀住居移居他處。其房舍以挖穴併木搭建，並覆以枯葉乾草——其前所未見之奇特造型，就連百介看了都嘖嘖稱奇。上座同樣設有奇

註42：日文中「久保」與「窪」同音。

特的祭壇，中央有座圍爐，其四周鋪有草蓆，四隅則置有行李箱、桌子、與小櫃等不甚搭調的傢俱，每個看起來都是年代久遠。雖不像是傳自源平時代，至少都有百年以上的歷史。

川久保黨的頭目，為一名曰太郎丸的老人。

太郎丸表示自己於離開久保時便放棄原姓，故無姓氏。這年邁的落人表示，川久保的男丁代代均為有名無姓，因此對家世出身並不重視。

「亦即——川久保黨之諸位並不以再興平氏為夙願？」

與太郎丸隔著圍爐面面相對的右近問道。

百介坐在右近右側，阿銀則坐在左側。正座於太郎丸身後的四個男人，每個均是年事已高，門外則有約十名年輕得多的男人守衛。

這是當然——太郎丸回答道：

「吾等雖為平氏落人，但無一人為平家血親之後。再加上中興大業亦早已無望，因此吾等已非武士。之所以化身山民、移居山中，僅是為了守護一個先人傳承之祕密。」

右近聞言頗感納悶。

據傳，為守護此一祕密而被選出的川久保黨人原有約五十男女，如今卻僅餘十五人。

一個與外界隔絕的聚落，要想永續繁衍是至為困難的。除非採行近親通婚，否則不出數代香火便將斷絕。為此，據說川久保一族曾自本家的久保村娶親、或透過久保村的媒妁仲介自其他村子娶親。

由此可見，此地並不似原本想像般封閉。看來擁有久保村這個對外連絡的窗口，就是川久保

黨方得以存續數百年的最大理由。

不過，自從久保村已在天明年間毀於大山崩，如今就連這最後的維繫也斷了。久保本家滅絕後，川久保黨也因而斷絕了與外界的一切聯繫，被迫步入如今這段完全孤獨的時期。

現存的十五名成員，似乎悉數為男丁。

意即——如今群聚於百介一行身邊的，就是川久保黨的所有人口。

文作曾臆測此黨目前尚有三十餘人，想必三十年前的確曾有如此規模。雖然如今的人口遠較文作所預想的稀少，但這差異似乎也是基於某種原因，絕非文作誤判。

首先，川久保一族似乎將初長成的姑娘都賣到了鎮上。不知是否是承襲了平家血緣使然，據說川久保的姑娘們大都氣質高雅，因此總能賣個好價錢。

而且，他們也將年輕人悉數送到了鎮上。

「為何要這麼做？」

這麼一來不就要斷了香火？

「因為吾等已無必要繼續留在此地。」

太郎丸回答道。

「在下還是無法理解。」

聽到這回答，右近眉頭更為深鎖地問道：

「雖然並非為了中興大業，但諸位不是得恪遵嚴守某個祕密的本分麼？」

「是的。」

「那麼，先前的回答是否代表嚴守這祕密已失去價值？」
「正是如此。」
靜坐不動的太郎丸語氣平淡地回答道。
坐在他背後的五個人也是動也不動。如今晃動得最顯眼的，反而是右近自己。
「在下依然不解。諸位不是已將這個祕密保守了數百年了？」
「沒錯。」
「這究竟是個什麼樣的祕密——噢，這在下不宜過問。不過，還是懇請回答在下一個問題。諸位究竟是為了什麼，如此心甘情願地將這個祕密嚴守至今？」
「最初應該也是——」
為了復興家門吧，太郎丸回答道：
「吾等的祖先與其本家——亦即久保一族，皆判斷憑一己之力無法再興家門，因此才選擇捨棄原有姓氏，以鄉士的身分討生活。有此覺悟，實在頗教人欽佩。不過平氏血親四散天下，或許有朝一日將有人點燃復興之烽火，屆時吾等也應為此大義略盡棉薄之力——此乃吾等奉命守護此一祕密的理由。只是……」
此事並沒有發生，太郎丸說道：
「後來，隨著時勢物換星移，這祕密也失去了價值。」
「失去價值？」
「是的。已經是毫無價值了，而且也失去了守護它的價值。」

「理由是……?」

「這祕密在昔日曾是價值連城。吾等的祖先之所以能受蜂須賀家優遇而定居窪庄，也是為了這個緣故。長宗我部也是看上這點，才與久保接觸的。」

「蜂須賀與長宗我部——皆是為此?」

「是的，可見此祕密在昔日曾有多大價值。不過，這祕密畢竟應為平氏所用。從桓武流、仁明流、文德流、到光孝流，平氏的家世悉數承襲天子流的血緣。長宗我部屬秦氏，蜂須賀則為尾張世族後裔，這祕密怎可為這些人所用?欲藉此安身立命，豈不等於與自家為仇?因此久保家才遷出蜂須賀領地，化身為鄉士討生活。不以此祕密求功名，心悅誠服地當個莊稼漢謀生，對吾等而言就等於是盡忠職守。」

這究竟是個什麼樣的祕密?

百介不由得感到好奇。

看來——這應為某種武器、或技術吧。

不過，就連蜂須賀與長宗我部都欲取得——這究竟是個什麼樣的武器?

「這祕密在當時是十分危險的。」

太郎丸說道。百介則問道：

「如今已不再危險麼?」

如今也很危險，這頭目回答：

「只是已經派不上用場了。不，該說是絕不可派上用場才是。再者，吾等也推測，這祕密如今或許已不再希罕也說不定。」
「因此，已不具有繼續嚴守的價值？」
太郎丸點了個頭說道：
「因此吾等才讓年輕人下山，但並不代表自己也該一同離開。自己畢竟是年事已高，來日無多，待吾等十五人命絕，一族血脈也將就此告終。」
大家沒有異議吧？太郎丸同背後數人確認道。
絕無異議——背後的人同聲回答。
「血脈斷了也好，否則不知下一個小松代是否會再出現。」
背後一位老人說道。
「提到小松代……」
右近坐正身子說道：
「在下想知道的，就是諸位與小松代藩有何關係。」
「小松代乃最後一個欲得知吾等嚴守之祕密的藩。」
「就連小松代也想知道？」
「是的。長宗我部覆滅後，吾等便帶著此一祕密入山隱居，久保家則化為鄉士自力更生，許多人因此忘了此一祕密的存在。爾後數百年歲月流逝，到了天明年間，久保家之主源兵衛大人突然登門造訪。」
「源兵衛大人，可就是那位……？」

因於轟釜下毒而遭天譴，導致一族滅絕的領主？

「天明年間，全國遭逢嚴重飢饉。當然，對定居山中的吾等而言，日子是沒有多大改變，但對靠耕作維生者來說，的確是度日為艱。據說土佐亦因大雨成災，民生至為艱苦。」

天明年間，此國曾因天災地變發生嚴重飢饉，火山爆發、天寒地凍、加上大雨為患致使莊稼歉收、暴動頻仍，導致坐擁權勢的老中（註43）田沼意次因此失勢。此即天明大飢饉是也。

「久保家的日子似乎也不好過。當年，久保家於山內家旗下任白札鄉士，今傳領主源兵衛行徑傲慢，只曉得強迫鄉民為其勞動，實則不然。源兵衛不忍鄉民遭蒙疾苦，因此提議供出吾等所嚴守之祕密。」

「可是要將該祕密——售予他人？」

「是的——買主則為小松代藩。但絕不可廉價出讓，至少得換取足以供所有久保村民熬過飢饉的金額。只是這買家根本負擔不起，畢竟小松代乃全四國最窮的藩。」

「那麼……」

右近打了個岔問道：

「為何選上了小松代藩？即使是原本的主子山內家、或原本就有往來的蜂須賀家，規模都要比小松代大得多不是？」

「若將此一祕密售予大藩，恐怕後果堪虞。」

註43：江戶幕府中職位最高的執政官，由將軍直屬，全國約四至五名，自石高二萬五千石以上之大名中篩選而出。

「後果堪虞？」
太郎丸雙手抱胸，朝圍爐中的火凝視了半晌。
接著才又緩緩說道：
「如今已無須隱瞞，其實吾等所保守的祕密——乃是火藥。」
「火藥？」
果真是個沒什麼大不了的祕密。
不過……
「且、且慢。」
百介耐不住性子打岔問道：
「不過，此乃自源平時代嚴守至今的祕密不是？」
「是的。」
「那麼，時代上是否有所謬誤？源平之戰距今七百年有餘，再怎麼想，當時火藥理應——」
難道正因為如此，這才曾是個天大的祕密？
那麼，這祕密如今的確已不再希罕。
「尚未傳來才是。」
「吾等亦無千年陽壽，因而此祕密並非親眼所見，僅止於口耳相傳。不過火藥之製法，的確連同名曰飛火鎗之投射武器的製法代代相傳至今。」
「飛火鎗曾見於唐朝之古代文獻。不過，時代仍有不符，未免太早了些——」

不對。

或許真有可能。

鐵砲實際傳至日本，似乎也較坊間相傳的年代更早。

「此等危險技術，實不宜售予規模大的藩，畢竟吾等並不期望世間大亂。原本之所以傳承延續，僅為有朝一日能助平氏一臂之力，而且就連吾等祖先亦未曾動用，實因畏懼貿然使用將導致天下大亂。不過若為規模如小松代之小藩，即使獲得此一技術，亦難以有所作為。想必為了解決燃眉之急，源兵衛亦曾就此做過一番考量吧。」

「燃眉之急——」

右近複誦道。

「是的。畢竟久保原為本家，吾等亦只能從命。由於小松代表示只要能展示此技術之威力，便願意支付本家所要求的報酬，因此吾等便在守護數百年後，首度展現此祕密之威力——」

「噢？結果如何？」

「結果——以失敗告終。山巒因此崩裂，久保亦隨之滅絕。」

「噢，如此說來，那場據傳為天譴的山崩乃是……」

「乃是飛火鎗之誤射所致。」

太郎丸簡短地回答道。

「飛、飛火鎗的威力果真如此驚人？」

竟能讓整個村子在轉瞬間灰飛煙滅。

「因此吾等才說這是個危險的技術。那武器投射的並非彈丸，而是火藥本身，一命中就能迸裂爆發。」

「這……？」

若此言屬實，可就是個前所未聞的厲害武器了。聽來此族所傳承的似乎是一種調和了「發射用」與「爆炸用」兩種火藥的方法。正如太郎丸所言，火藥本身沒什麼希罕，但技術卻是……

「這、這在今日豈不仍是個有效的武器？」

當年若用了它——平家或許就不至於覆滅了吧，百介不由得幻想了起來。

「正是因為如此，吾等才認為它了無意義。」

太郎丸打斷了百介這場幻想說道：

「因此吾等才將之塵封數百年，不敢輕易動用。不，原本在源平時代，就嚴禁使用這門技術對付人。直到親眼見識到這結果，吾等方才了解當年將其封印嚴守的理由。」

「嚴禁使用這門技術對付人？」

「沒錯。一旦在沙場上用了它，就不再是人與人之間的戰事。雖然用了它便能取勝，但也將讓戰勝變得了無意義。」

太郎丸說道。

「了無意義，意即……」

右近似乎也無法意會：

「意即用了它雖能滅了源氏——但如此結果也將是毫無意義？」

「是的。」

太郎丸神色沉穩地解釋道：

「平氏為源氏所滅，其餘黨再興兵消滅源氏——如此你來我往，豈有任何意義？吾等放棄經年之夙願並非討伐源氏，而是重振平家。靠這飛火鎗可能成就此中興大業麼？絕無可能。它不過是個殺人放火的工具，即使用了它能取勝，亦不可能得民心。」

「民心……？」

「民即百姓是也。大爺看來像個武士，借問何謂武士的本分？」

不出百介所料，右近一時半刻果然答不上話來。

「這沒什麼好迷惑的。從大爺腰上插的兩把刀就可看出，武士的本分乃是征戰。那麼，究竟是為何而戰？為了自己？為了主子？為了道義？都不是吧。以上均不過是武家的藉口。征戰並非為了武家而存在的，絕無為了征戰而征戰的道理。其實，征戰之真正目的乃是為了百姓。倘若違背民意、失了民心，豈不就變得了無意義？」

右近眉頭深鎖地闔上了雙眼。

「對吾等而言，征戰之意義在於求生，而非殺生。因此吾等之祖先才會捨棄夙願，以百姓的身分安身立命。相信久保所選擇的路至為正確，不知大爺感想如何？」

右近默默無言地低下了頭。

「其實早在當初，就應該及早捨棄這門技術。但由於從未實際使用，吾等原本並不知道這飛火鎗的威力竟是如此駭人，因此才默默將這祕密守護至今。因此——在實際展示前，原本也是半信半疑，後來才發現其駭人程度遠非想像所能及。本家隨山崩滅絕後，吾等之生活也頓失著落。這才發現此技術為何不可貿然動用。」

「這麼一來，小松代藩可有任何表示？」

還是想得到手——太郎丸回答道：

「但吾等已失去了將其售予該藩的目的。」

因為久保村已經灰飛煙滅了。

畢竟這原本是場為了拯救久保村民而展開的交易。

「因此，這場交易就此告終，吾等亦決定將此祕密塵封。畢竟這技術實在太駭人了，付出慘痛代價後，吾等這才切身體認原來自己經年守護的，竟是個太平盛世最不需要的祕密。因此決定永久留守山中，讓此祕密隨族群斷後而滅絕。不過小松代仍不死心，在利誘多年後終於開始強硬要脅。」

「要脅？」

「是的。彼等揚言既然吾等寄居其領內，便應繳納年貢、繳稅賦、服勞役，如此要求其實也不無道理。事實上，原本小松代藩乃透過一位名曰關山將監之山奉行與吾等進行交涉，但當時此人已成為次席家老（註44），將吾等原本所受之優遇悉數取消。因此，小松代藩勒令吾等若不聽命傳授飛火鎗之製法，便得乖乖納貢。」

遺憾的是，吾等並無任何年貢銀兩可支付，太郎丸說道：

「吾等未曾擁有任何土地。七百年來均漂泊山中，僅能仰賴每年數度出售平日製作之木工製

品維生。」

不過，也不能就此下山、化身百姓，老人語帶堅毅地說道：

「吾等已是山民，既非武士亦非百姓。正因為如此，更是不能將此祕密公諸於世。為此——在經歷天明慘禍之十五、六年後，吾等被迫表明雖不願傳授飛火鎗之製法，但願奉上一熟悉火藥用法之同志入城仕官。這已是三十年前的往事了。」

「這位同志——」

阿銀這句突如其來的話，將百介從七百年前的夢想拉回了現實。

「是否就是小右衛門？」

「真、真是如此？」

太郎丸點了點頭。

接著定睛直視著阿銀問道：

「姑娘妳——可就是小右衛門之女？」

「雖非其所親生，但確為小右衛門所撫養之養女。」

「是麼？」

太郎丸皺起一張黝黑的臉孔，再度凝視起圍爐中的通紅炭火說道：

「姑娘與老夫曾許配給小右衛門為妻之小女，生得是一模一樣呢。」

註44：武家重臣，負責主宰武家內之家政。每一藩內均有數名，多為世襲。

「許配給——小右衛門為妻？」
不知此言是虛是實？不，阿銀不是和小松代的公主長得一模一樣麼？
「老爺千金名曰——？」
「小女名曰千代。」
「千代？」
「這把護身小刀，就是老夫贈與千代的。」
「什麼？」
阿銀握住小刀問道：
「原來這就是老爺女兒的名字？」
「是的。千代她——」
就是小女，太郎丸說道：
「因此老夫才納悶——姑娘是否就是小右衛門與千代所生。」
接著太郎丸首度露出落寞的表情說道：
「小右衛門原本預定要在將來繼承老夫，成為川久保的頭目；吾等的規矩乃代代均由二十戶人家輪流擔任此職務。而且現任頭目若膝下有女，應將女兒許配給次任頭目，以保血緣純正——此亦為代代相傳的規矩。」
右近表情緊繃地問道：
「這位小右衛門大爺，便奉派前往小松代藩仕官？」

「是的，記得當年小右衛門還只有二十出頭。」

相傳其曾為武士、木地師、甚至花火師。想不到這些與小右衛門出身有關的傳言，竟然全都不假。

「在決定派出小右衛門仕官時，老夫便下了決心。」

太郎丸繼續說道：

「決定從此讓川久保成員自行離去。再者，千代嫁給武士也應比較幸福，否則繼續待在這兒也難有任何前途。在山上討生活，還比不上被賣到鎮上當風塵女子。因此打算待小右衛門成了個了不起的武士，就將千代許配給他並解散川久保，反正守護這祕密也已不再有任何意義。遺憾的是，事情並沒這麼順利。就在小右衛門入城仕官的三年後——」

右近以一副難以啟齒的語調問道：

「千代小姐——可是遭逢了什麼不幸？」

太郎丸低下頭去回答：

「正是如此。當時老夫認為時候到了，便差千代下山到小右衛門那兒去。但是，小松代的領主竟然——對千代一見鍾情。」

果然是這種事，右近感嘆道。

百介察覺右近的語調漸趨溫和。看來聽著聽著，右近對太郎丸的為人已是益發敬佩。對此，百介亦有同感。

老人有氣無力地搖頭說道：

「小右衛門與千代雖曾激烈抗拒，但吾等實在是無法回絕。若就此回絕——註定得再遭受將祕密公開的要脅。」

「呵呵。」

阿銀笑著說道：

「這麼一來可就沒輒了。和領主爭風吃醋，可是得顧及對方的體面呀！」

可不是麼？先生——阿銀依然望著另一頭便向百介喊道。

太郎丸眼神哀怨地望向阿銀繼續說道：

「這下小右衛門可就左右為難了。後來時任家老的關山還使出奸計拐走了千代，強押著她送到了領主的跟前。幾乎是被霸王硬上弓的千代——就這麼被領主納為側室。」

老人的語氣不帶抑揚頓挫，但心中想必是感慨萬千，看得百介是百般不忍。他所陳述的——可是發生在自己親生女兒身上的悲劇呀！

「想必，這教小右衛門是悲憤難耐吧，因此與吾等斷絕關係，並斬殺了關山家老，逃離小松代藩後就此音信途絕。」

這已是三十幾年前的事了。

後來，川久保小右衛門浪跡至江戶，成了叱吒黑暗世界的霸主。

太郎丸依舊凝視著圍爐裡的炭火。

阿銀則目不轉睛地注視著太郎丸。

雖然尚無法證明是否血脈相繫，但這兩人似乎有著某種不可思議的緣分。

「後來，千代小姐怎麼了？」

右近問道。接下來的事和右近可就是息息相關了。

「小右衛門逃離後，千代就產下了一個女兒。」

「可就是——阿楓公主？」

「是的。小松代藩以關山遇害與阿楓公主誕生為藉口，正式斷絕了與吾等川久保的關係。據說正室未產下子嗣，因此城內或許期待千代能為其產子襲位吧。」

原來如此。產下繼位子嗣者若為山民出身，對城內而言的確是有失體面。

為此只得對外宣稱……

——與川久保毫無關連。

這應該是文作寄居此處期間所發生的事吧。

「吾等付出慘痛代價，但原本的生活卻也隨此再度得到了默許。不過，繼位子嗣直到十年後方才誕生。」

在下欲尋找的就是這位子嗣，右近說道。

「乳名志郎丸——據說若尚在人世，算來應有二十歲了。」

是否尚在人世，可就不得而知了——太郎丸說道：

「只聽聞志郎丸生後不久，領主便告辭世。城內決定由其弟繼位，因此千代與志郎丸便被逐出城外。」

「兩人沒有回到此地？」

「想回來也難，千代十分清楚回來只會殃及吾等。」

「原來如此——」

右近陷入一陣沉思。

太郎丸瞇起雙眼凝視著右近說道：

「依我猜測，千代或許前去投靠小右衛門。不過……」

「她——已經死了。」

阿銀說道。右近聞言抬起頭來問道：

「阿銀小姐可知道些什麼？」

「我曾見過她的牌位。」

「牌位？」

「小右衛門在家中立了一座和那一樣的祭壇——」

阿銀指向太郎丸背後說道。

在他身後的，是一座和百介滑落時所掉進的十分相似、掛有古怪御幣的祭壇。

「其中立著一只牌位，後頭寫有俗名千代幾個字。」

「如此說來——」

「牌位只有一只。雖說是個大惡棍，若有此心意立牌，理應不忍將一對母子拆散。因此，這位志郎丸若隨母親一同辭世，想必應會將兩者牌位並陳才是。」

是麼——老人有氣無力地說道。

「千代她……已經死了麼？」
「享年三十五——記得上頭是這麼寫的。」
「千代若還活著，今年應是五十來歲了。原來是在十五年前過世的呀。」
老人駝起背感嘆了起來。
真是抱歉，大爺……阿銀一臉同情地凝視了太郎丸半晌，接著又轉頭向右近說道：
「並非我刻意隱瞞，而是作夢也沒料到那牌位竟然就是大爺所欲尋找之人的母親。」
看來大爺白費了不少力氣哩，阿銀說道。
的確是徒勞一場。
「沒能幫上浪人大爺什麼忙，祈請見諒。」
太郎丸先是抬起頭來，隨即又低頭致歉道。
「老爺何須致歉？在下一行人不請自來，明知對諸位造成困擾，仍不顧冒犯執拗詢問，而老爺與諸位前輩不嫌對在下一行素昧平生，仍毫無隱瞞慷慨解囊，實讓在下一行感激萬分——該致歉的應是在下才是。」
右近恭謹地行了個禮，接著又抬起頭來，定睛凝視著太郎丸說道：
「承蒙老爺解惑，在下心中疑問亦已澄清。事前對川久保曾稍有疑念，這下證明諸位絕非如鎮上流言所述，實教在下至為羞愧。」
「鎮上對吾等有所質疑？」
「是的。如今，諸位已非無人知曉之山民。不僅在土佐國內，就連鄰國阿波、讚岐，對諸位

亦多有傳言。」
「究竟是何種傳言？」
太郎丸問道。
「外界均傳言，棲息於物部川上游劍山山腹之川久保黨乃劫財害命之無賴惡賊。近日甚至入侵人里公然洗劫民居，或如海盜般出海掠奪。」
「此、此話當真？」
「是的。有幸面見諸位後，在下方得以確信。這——應是個陷阱。」
「陷阱？」
「諸位應是遭人誣陷。」
「誣陷？是何許人欲誣陷吾等？」
「在下亦不知對方為何許人。但的確有匪徒盜用諸位名義，頻頻於城內犯下暴虐無道之惡行。數日前，官府終於下令討伐川久保。」
「討伐？」
就連原本默默靜坐於太郎丸身後的四人，這下也個個為之動搖。
「這究竟是怎麼回事兒？」
「此布告乃五日前由高知藩御船手奉行關山兵五所發布。討伐軍——極有可能正朝此處步步近逼。」
「關山兵五？」

「老爺聽說過這號人物？」
「此人即為小右衛門所斬殺之小松代藩次席家老——關山將監之子。」
「什麼？」
原來如此。
「如此說來——」
「原來小松代藩覆滅後，關山便投靠了高知藩。」
「不對，右近大爺。」
百介慌忙打岔道：
「襲擊咱們的那夥人，正是冒用川久保之名義為惡的匪徒，這應是錯不了吧？」
理應錯不了，右近回答道。
「因此發現在下四處打聽川久保時，才會如此緊張。」
「沒錯。因此小弟發現其中似有玄機。見到阿銀小姐時，這夥人曾驚呼其相貌酷似阿楓公主。記得麼？阿楓公主。」
那又如何？右近問道。因此，百介繼續說道：
「而方才太郎丸老爺亦曾提及，阿銀小姐與太郎丸老爺之女千代小姐生得一模一樣。依此推論，阿銀小姐與阿楓公主的相貌似乎也應頗為相像，畢竟千代小姐與阿楓公主本為母女。」
「因此長相神似也是理所當然，看來阿銀小姐的相貌的確酷似兩人。」
「不過，川久保之諸位見到阿銀，卻無一人提及其與阿楓公主相貌相似，亦即此處之諸位並

不知道阿楓公主生得像千代小姐。大爺說是不是？」

「吾等從未見過阿楓公主。」

太郎丸回答。

「果不其然。就連太郎丸老爺都沒見過孫女阿楓公主的長相，而那夥人卻知道阿楓公主生得是什麼模樣。」

噢，右近應和道。

「見過千代小姐之女——亦即阿楓公主樣貌者，理應是屈指可數。依此推論，這些人可能是什麼人？」

「前小松代藩出身者？」

「是的，正是如此。若該御船手奉行乃小松代藩家老之子——」

「山岡大人難道推論——高知藩之御船手奉行即為幕後指使者？」

「豈不是如此？咱們在城下內外聽聞許多傳言，悉數為受害者傳述之遇害經緯或妖魔怪談，但竟無任何官府調查議論之跡象，如今又突然舉兵討伐，大爺難道不認為其中必有蹊蹺？」

「原來是闢山之子——」

事到如今，為何又來為難吾等——太郎丸感嘆道。就在此時。

屋外傳來陣陣號令聲，接著又聽到為數眾多的腳步聲將整棟屋子團團圍住。木造小屋劇烈搖晃，棍棒從木板間的縫隙一支接一支地戳了進來。最後聽到有人在門外高聲咆哮道：

「兇賊川久保黨——乖乖束手就擒吧！」

【陸】

被捕後，百介首度被關進了唐丸籠（**註45**）裡。

包圍川久保黨小屋的，是高知藩所派遣的百名捕快。相較之下，川久保黨則僅有十五人，即使加上百介一行也不及二十人，這下右近的武藝再怎麼高強，也不可能以寡敵眾。再者，川久保黨原本就沒有任何抗爭的手段。一如文作所述，這群人似乎已有多代未曾舞刀弄劍，而且個個都是年邁體衰。就百介所見來判斷，這群人生性至為溫和，並無任何好戰的傾向。

他們不過是擅長使用火藥——並知悉火藥兵器的製法罷了。

因此數百年來，均未曾引發任何爭端。

雖然太郎丸一再堅稱百介一行僅為旅人，與自己毫無牽連，不過儘管態度再從順，還是沒有任何捕快願意聽從被捕兇徒的解釋。對此百介與右近早是心裡有數，只得乖乖就縛。

不過——

情勢實在頗教人絕望。

完全看不到一絲獲救的希望。

雖摸不清敵方打的是什麼主意，但至少猜得出對方是什麼身分。根據百介的推測，幕後指使

註45：江戶時代用來押解犯人之帶網竹籠。

者即為高知藩之御船手奉行。高知藩坐擁二十四萬百餘石，規模居全四國藩國之冠。憑他們區區幾個普通百姓、無宿人浪人和山民，即使團結抗敵也絕非對手。

這下自己是有罪還是無罪根本不再重要，反正一切均將由敵方定奪。

情勢可說是窮途末路了。

不過，百介倒是看得很開。

雖然被關在籠中，但望出去的景色還是很優美。

由於是一段難行的山路，相較於走得萬分艱辛的捕快和小廝，被關在籠中反倒落得輕鬆。唯有被吊在倘若摔落便準死無疑的絕壁上時，才稍微感覺到一絲絲的恐懼。

行列似乎正從別府穿越位於物部川上游的市宇，朝下游的方向走。

和百介一行人上山時走的並非同一條路。

沿途經過了幾座小村落。

每經過一座村子，百介便得尷尬地低頭掩面。

因為每到一處，村人們均是傾巢而出地前來圍觀。看來這也是理所當然，想必自建村以來，至今未曾有過百名捕快攀登至此來逮人吧。

只是，百介之所以不敢抬頭並非出於羞愧，而是由於浮現在村民目光中的驚惶恐懼。對村民們而言，坐困籠中的百介一行人，乃是盤踞村外的七人御前一類的妖魔。

人群中不乏身穿古怪裝束虔心祈禱者，就是一個證據。

只見五顏六色、四處搖晃，想必這些色彩均為懸掛在斗笠上的飾物。

隨處可見那奇形怪狀的御幣懸垂而成的結界。

這下百介想起文作亦曾提及，這一帶的村落住有許多執掌此類祭祀的大夫。

原來他們就是這副模樣呀，百介漫不經心地想道。

看來，他們是將這擾亂寧靜生活的空前騷亂當成凶兆吧。

也或許這些祈禱，是為了清除他們這些過路妖魔所留下的晦氣。

這是一場毫無歇息的強行軍。

途中，百介曾數度陷入昏睡。但也沒有真正睡著，毋寧說是因飢餓、困頓而失去了意識，因此不知一行究竟走了多久才走到山麓。

也曾數度掛念在行列後頭的阿銀是否安好。

不知那強悍的女中豪傑，在籠中是否依然正襟危坐——

百介歪著腦袋往外窺探。

但就是不見關著阿銀的籠子。

在一個不知名的地點被放出來後，百介一行人便被押入牢裡監禁了一晚。

除了被關進女牢的阿銀外，所有人都被囚禁在一起。不過，沒有任何人開口說一句話。看到右近默默無語，百介也不敢貿然吭聲。

也曾有人送來伙食。雖然是饑腸轆轆，但百介卻連一口飯也嚥不下。

因此，只喝了幾口水就睡著了。

並且還作了個陣陣鈴聲作響的夢。

那是個斷首馬載著七人御前踱步的夢。此時這哀怨與恐怖夾雜的鈴聲，在百介夢中竟成了撫慰人心的音色。

一夜過後——

百介一行再度被捆上繩索。原本以為自己將被押往白洲（註46）審問，但竟被押進了一間鋪有地板的大廳，並在大廳正中央被排成了三列，四隅與出入口均有持棍棒的捕快站崗。一行人就這麼在房內等候了半刻。

後來——站崗的捕快突如其來地離去，只見一個穿著一身峠（註47）的武士，在隨從的陪伴下走了進來。

看到其中一個隨從的臉孔時，百介差點沒喊出聲來。

——桓三。

這張臉絕不可能忘記，他就是曾襲擊百介與阿銀的那夥暴徒中的殘存者——桓三。

百介朝阿銀使了個眼色。阿銀一如往常地以端正的坐姿跪坐著，但似乎是感覺到了百介的視線，只見她雙眼朝百介瞄了過來……

並露出了微微一笑。

「還不把頭低下？」

隨從怒斥道：

「來者乃御船手奉行關山殿下是也！」

太郎丸迅速低下了頭，其他人也紛紛仿效。

百介也連忙低下頭，但或許是太急了，竟然鞠了個滑稽的躬。

「行了，把頭抬起來吧。此並非正式審問。」

關山說道。

接著便走到了太郎丸面前。

「你就是川久保黨的頭目吧？宜逕直回答。」

「是的。」

太郎丸依然低著頭回答：

「老夫即川久保之頭目，名曰太郎丸。」

「是麼，昔日曾聽先父提起過你。」

「如此說來——」

「沒錯，本大爺乃為汝等同黨之叛徒小右衛門所殺的小松代藩次席家老——關山將監之子。」

「那麼，這回的逮捕與該事可有任何……」

毫無關連，關山回答道：

「先父當年是自尋死路。其之所以喪命，乃肇因於一己之愚昧。」

「此……此言何意？」

註46：江戶時代的法院。

註47：包含上衣、裙、褲的全套武士禮服。

「緊抓著小松代這種小藩不放，換得的卻是如此結果，豈不是死得毫無意義？在一氣數將盡的藩國當上家老，哪有什麼好值得開心的？先父正是為了這點小小成就得意忘形，才會換來如此下場。」

太郎丸緩緩抬起頭來。

「本大爺對汝等並無遺恨，亦不抱持再興小松代藩的這類愚蠢夙願。太郎丸，你可還記得這張臉？」

這個奉行指著其中一名隨從問道。

「你……你不是桓三麼？」

只見太郎丸削瘦的喉頭蠕動了好幾回。

想必是驚訝得嚥下了好幾口口水吧。

「沒錯，此人正是當年隨同你女兒千代一同被送來的男人。後來改姓窪田，正式成為小松代之藩士，負責守護小楓公主。如今——此人已是本大爺的得力助手。」

久違了，桓三笑著說道。

「如、如此說來，是你將——」

「膽敢無禮！」

關山以扇子使勁一敲，將太郎丸往前伸出的手給打了回去。

「你可是個罪人，膽敢用這等語氣同奉行之側近交談！」

太郎丸再度低下了頭。

「給本大爺仔細聽好，太郎丸。如今，土佐盛傳諸多擾亂風紀之妖魔傳言。七人御前、船幽靈、平家冤魂，均為愚昧至極之流言蜚語。但麻煩的是——竟然真有人遇害。」

一眼就看得出他這是在裝蒜。

百介偷瞄了關山一眼。這一切絕對是他們這夥人幹的。

這可真是麻煩，關山繼續說道：

「畢竟，若僅止於傳聞迷信，大可放任不管。但若有善良領民慘遭奪財喪命，可就非得取締不可了。只是平民百姓畢竟愚昧，只曉得一味推稱妖魔詛咒，對其多所畏懼，教藩主山內公見狀心疼不已。」

「這一切與吾等毫無關係。」

「太郎丸，和你們有沒有關係……」

關山屈身湊向太郎丸面前說道：

「可得由本大爺來決定。」

「但是……」

「這裡可沒你插話的份兒。給本大爺聽好，太郎丸。領民紛紛認為，最近肆虐的妖怪其實就是你們川久保黨。由於已有多人遭慘殺掠奪，領民們終於也發現自己是何其愚昧。」

世上哪有什麼鬼怪?關山大言不慚地說道：

「妖魔鬼怪或許會取人性命，但可不會奪人財產，證明這一切均是人為，因此當然要將汝等嫌犯繩之以法。聽聞兇賊已被一網打盡，殿下亦甚感欣喜。」

闕山以闔攏的扇子戳了戳太郎丸的鼻尖繼續說道：

「不過呢，太郎丸。本大爺和你們自先父時代即有交情，也不忍只因聽信流言便將你們處以死罪。因此才在正式審判前，特此給你們這麼一個抗辯的機會。」

「那麼，請容老夫直言。」

太郎丸刻意低頭迴避闕山的視線說道：

「首先，此三人與吾等毫無關連。」

闕山轉頭朝三人望去。

百介緊張得兩肩緊繃。

「此三人純為旅人，與吾等一黨毫無牽連。望汝儘快放行開釋。」

「這可不成。」

「為什麼？」

「這浪人和町人，知道了太多不該知道的事。」

「不該知道的事？」

右近抬起嚴峻的視線望向闕山。

「而這個女人則是和阿楓公主生得太相像了。」

阿銀一句話也沒回。

「可是——」

「讓本大爺給個提議吧，太郎丸。」

這哪算抗辯？簡直就是恫嚇。

「咱們來場交易如何？」

「交易？」

「告訴本大爺飛火鎗的製法。」

「這……」

原來這就是他的目的。

但究竟是為了什麼？

瞧你這什麼神情——關山說道：

「本大爺想要的，正是昔日一砲便將全村毀滅殆盡的飛火鎗的製法。」

「要、要這做什麼？」

「要這做什麼？當然是要當武器用呀。太郎丸呀，你們這種在山中窩了幾百年的土包子想必是不懂，如今時代已經不同了，這世界可是無時無刻不在改變的。倘若哪天有異國自大海另一頭來襲，後果鐵定是不堪設想；這哪是光憑弓矢、種子島、和大砲就能因應的？腰上只掛大小兩把刀就能耀武揚威的日子，很快就要過去了。」

「你……該不會是意圖謀……謀反吧？」

「謀反？這個字眼很快就要說不通了。時下的幕府全是一群毫無先見之明的傻子。聽懂了嗎？好好考慮考慮吧。」

關山把臉朝太郎丸湊得更近說道：

「只要有了飛火鎗這種強力武器，甚至能守護坐困京都的天子陛下，討伐食古不化的幕府，再建這百廢待舉的國家。這豈是謀反？擁立天子陛下，為維護國益發起討幕攘夷之戰事，豈可以謀反稱之？再者，這難道不符合你們的夙願麼？別忘了，德川可是清和源氏呀。」

「這、這可是——？」

此話倒是不假。德川家康以足利家之祖新田義重的後裔自居。若是如此，德川家的確有源氏的血統淵源。

這可是山內公的意思？太郎丸問道。

「難道高知藩之藩主殿下有意這麼做？」

闕山笑著回答：

「山內公對此毫不知情。」

「什、什麼！」

「此藩國如今正忙於整頓內政，無暇顧及任何藩外事物。我說太郎丸呀，這個藩的未來興亡，本大爺是毫無興趣。方才也說過了，時代已然改變。若能助本大爺一臂之力，不也能助你們一償夙願？」

「吾等早無任何夙願。」

「是麼？噢，反正那種老掉牙的堅持也沒什麼好計較的。再者，這場交易也不是為了這個目的。好了，這下就看你是從還是不從。若是答應，本大爺就放了你們。若不答應——」

就將你們全部處死。

闞山瞇起雙眼笑著說道。

「絕——」

太郎丸說到這兒就止住了，同時還朝百介與阿銀望了一眼。

絕不答應——想必他是想這麼回答吧。不過若就此拒絕，便將禍殃百介等人，看來他這下必定正為此躊躇不已。

「為何不從？難道這守了七百年的祕密是如此意義深重，教你寧可將它給帶進墳裡？」

「此一祕密早已不再重要。吾等原本就準備讓它和自己一同湮滅。只是——」

「只是什麼？本大爺是認為這條件對你們已經夠優厚了。桓三，你說是不是？」

「頭目呀。」

桓三走到太郎丸面前說道：

「我是不想殺了把自己養大的恩人……」

「桓、桓三……你……」

「也好，一切就憑頭目的回答決定吧——看來，我就先從那個女人開始殺起好了。」

桓三兩眼緊盯著太郎丸走到阿銀面前，作勢要拔刀出鞘。

「住手！」

就在太郎丸如此失聲大喊的同時，門被砰的一聲拉了開來，一個武士拖著腳步走了進來。

「奉行大人——！」

「怎麼了？這是怎麼一回事！難道不知道審問時嚴禁外人闖入的規矩麼！」

「不過殿、殿下他……」
「殿下？殿下他怎麼了？」
「殿下有令，宜暫緩對這群嫌、嫌犯行刑。」
「什、什麼？」
關山一張臉開始漲得通紅。
「這是怎麼一回事？快說！」
「昨、昨晚船幽靈又現身了。」
「船、船幽靈？」
「不僅是昨晚，前晚、大前晚亦曾出現。」
「那、那又如何？」
「按照常理，若這群嫌犯真為肆虐城下之妖魔兇賊，且既已悉數身繫囹圄，這種東西理應不復現身。但打從殿下收到兇賊已伏法的通報後，每夜均有船幽靈在桂濱出沒——」
「這……怎麼可能？」
關山嚇得一張嘴張得斗大，接著便朝桓三瞪去。
桓三連忙把刀給收回刀鞘裡。
「船幽靈？這世上難道真有船幽靈？」
關山低聲呢喃了一句，緊接著又厲聲說道：
「絕、絕無此理。一定是誰看走眼了。想必是一群不知這夥人已就擒的愚昧漁師出海作亂，

也可能是哪個膽小如鼠之徒看到釣船後的一派胡言，絕對是無稽之談。」
「但就連殿、殿下本人亦曾目睹。」
「殿下也看見了?」
絕無可能，竟敢在此妖言惑眾?關山語氣強硬地說道。畢竟一切都是自己設計佯裝的，關山這下當然會慌張，也當然得強詞否定。
「殿下公務如此繁忙，哪可能親眼目睹此類海上妖物?」
「乃因德州公於日前遣使快馬通報。」
「什麼?就連蜂須賀殿下也……」
「該使者稟報，日前曾有怪異船隻於阿波領內海域出沒。自鳴門經蒲生田岬、阿瀨比鼻航向土佐灣——」
「豈有此理。」
「使者亦表示此即為長門瀨戶內傳聞之船幽靈是也，宜謹慎防之。同一期間，安藝濱海處亦開始流傳船幽靈之傳言，而桂濱幾乎每夜都——」
「但這、這絕無可能為幽靈作祟。」
「不過殿下也納悶——若為人為，那麼究竟是何人所為?畢竟根據奉行大人稟報，嫌犯已遭一網打盡。」
「因、因此殿下認為真有此妖魔?」
「想必奉行大人亦曾聽聞先前發生於淡路之貍妖之亂——阿波殿下曾遣使通報殿下，故此事事絕不可等閒視之。再者，若世間確有此等妖物，便不宜將就捕嫌犯倉促定罪。」

「豈有此理！」

關山以扇子朝地板敲了一記。

「但此乃殿下之命……」

「奉行大人——」

百介嚇得差點沒翻了過去。

這下開口的竟然是阿銀。

「這世上真有船幽靈哪。」

「給、給我閉嘴！」

「我怎能閉嘴？這可是攸關我的腦袋瓜子呀。不過既然殿下都這麼說了，那麼奉行大人稍早提議的交易豈不就不成立了？只要不殺了咱們幾個，這些人是絕對不會說出去的。」

關山氣得滿臉通紅。

「那麼，容我再給個提議如何？既然無法再交易——那咱們就來賭一場吧。」

「賭……賭什麼？」

「若真有船幽靈，就將咱們無罪釋放。若沒有，咱就無條件將飛火鎗的製法傳授給大人——」

「妳說什麼？」

「來賭這麼一場如何？今晚就將咱們悉數捆綁押到海邊並列，若如此處置後仍有什麼妖怪現身——不就能證明那些案子並非咱們這群人所為？」

「不過，即使真有什麼東西出現，也未必能保證那就是真正的船幽靈罷？」
「若非幽靈，那麼不管出現的是什麼，都算咱們輸。」
這條件對自己著實不利。
百介這下也啞口無言了。
哪可能真有船幽靈這種東西？
闔山則是顯得一臉困惑。
他之所以如此困惑，也不是沒道理。
畢竟阿銀所提出的，是個對自己明顯不利的條件。這點當然要教他納悶。畢竟條件太好，總要教人懷疑其中是否有詐。尤其是闔山這等深諳奸計之徒註定生性多疑，當然會納悶其中是否有什麼隱情。
且慢——闔山經過一番深思熟慮後說道：
「不、不過，屆時將如何判斷其是否為妖物？好好想想吧，根本沒任何基準可判斷妖魔鬼怪之真贗。」
的確是如此，研判妖怪是真是假，僅能仰賴主觀判斷。
不過，阿銀卻輕而易舉地解答了此一難題。
「何不央請殿下來下判斷？」
「央、央請殿下？」
「殿下不是曾見過那船幽靈一次？奉行大人方才指稱那是殿下看走眼了——若真是看走眼

了，大人大可當場指正。而且，倘若那真為人所佯裝，也可當場將之繩之以法。」

這提議如何？阿銀轉頭望向太郎丸問道。

太郎丸兩眼圓睜地望著阿銀。

阿銀嫣然笑道：

「說不定我真是死去的千代轉世來的呢。方才的提議，姑且就當作是千代所提出的吧——不知頭目是否同意？」

太郎丸幾乎要半蹲起身子地回過頭去，逐一環視了跪坐在後頭的同黨面孔。

沒有任何人開口。

噢，老人先是猶豫了半晌，接著才說道：

「好吧，吾等願接受此一條件。」

「這種條件——你們真、真的願意接受？」

關山再次將一張通紅的臉湊向太郎丸問道：

「可知道這女人所開的條件，對你們有多不利？今夜——若什麼都沒出現，就算本大爺贏。即使真有什麼出現，只要不是真的妖魔鬼怪，不，只要殿下判定那並非船幽靈，也算本大爺贏。再問你一次，這種條件，你們真的願意接受？」

「無所謂，吾等願賭服輸。倘若輸了，願將飛火鎗之祕密悉數公開。不過……」

太郎丸轉頭望向關山問道：

「倘若出現的真是妖魔……」

關山高聲笑道：

「那本大爺就放了你們。若真有船幽靈現身，當場就把你們通通給放了。還真是不得了，這下笑得本大爺肚子都疼了。船幽靈？世上哪可能有這種東西？」

盡興地笑完後，關山突然恢復一臉嚴肅表情，向前來稟報的武士問道：

「今夜殿下可能出巡麼？」

「今、今夜？」

這武士似乎是給搞迷糊了。

關山一臉快活地說道：

「儘速上城通報殿下，今夜御船手奉行將為其揭露船幽靈之真面目。待殿下聽到了，依其個性，必定會歡欣允諾。桓三——」

快去作好準備！如此怒吼一聲後，關山便大剌剌地步出了大廳。

前來稟報的武士與桓三面面相覷了半晌，最後才倉皇地一同朝關山追去。剩下的隨從也個個一臉迷糊，直到大群持棒小廝湧入房內，才回過神來下令將囚人押回牢裡。

小廝們快步跑了過來。

「阿……阿銀小姐。」

百介低聲呼喊道。只聽見阿銀說道：

「想必那奉行是不知道——若真是妖魔，可是要遭天譴的哩。」

百介還來不及回話，阿銀就被小廝們拉起來押走了。

目送了阿銀的背影半晌後，百介又望向太郎丸。
還真是參不透阿銀究竟在打什麼主意。
照這麼下去，大家註定將輸給那奉行。想必再過不久，便不得不乖乖地向關山披露那守護了七百年的祕密吧。總覺得將這種技術傳授給任何人，似乎都不會有什麼大礙，唯獨不該讓那傢伙知道。雖然方才滔滔不絕地說了那麼多道理，但他所用的手段畢竟是太齷齪了。
想到這裡，實在教人感到悔恨不已。百介望向右近，發現他的神色也是同樣凝重。
「她究竟在打什麼主意？」
想必這也不是右近猜得到的。
噢——右近說道：
「在下亦參不透阿銀小姐之本意。不過山岡大人，仔細想想這下唯一能肯定的，不就是吾等本已稀少的選擇中，至少已少了一個死字？」
「噢。」
這麼說來，的確是如此。
無論結果如何，至少已毋需再擔心被處死。
「這提議與那奉行所提出的交易——條件還真有頗大差異。」
右近如此說道。
接著百介一行再度被押回牢裡，在牢房內靜候夜晚來臨。
以太郎丸為首的川久保黨也同樣是不發一語，整齊地跪坐著等候命運發落。

究竟是什麼理由讓他們同意阿銀的提議，百介是完全參不透。難道他們已經下了決心，準備就此將那祕密公諸於世？

抑或，他們真的相信船幽靈這種異變真會發生？

還是——

他們真把阿銀看作是千代轉世？

——難道兩人生得真是如此相像？

百介腦海裡浮現出阿銀的臉孔。

接著便沉睡了片刻。

夢中出現一名女子。至於她究竟是阿銀、阿楓、還是千代……

百介也沒有答案。

【柒】

夜晚終於降臨。

百介滿腔一股莫名的興奮。

這是個奇妙的舞台。

……此處正是桂濱。

無底洞般的漆黑夜空中，宛如有誰在上頭穿了幾個孔，透出了點點繁星。

倘若繁星是夜空上被穿出的孔，那麼漆黑夜空的另一頭想必是一片光明。

但是，倘若夜空是因無底才顯得如此黑暗，那麼光明白晝理應不該存在。若是如此，這世界豈不就是一片漂浮於黑暗夜空中的蛟龍鼻息？

百介被縛在一座延伸入海的碼頭上。

右近、阿銀、以及川久保黨的所有成員也悉數被縛在這座碼頭上。雖說是碼頭，但由於搭建倉促，踩在上頭總教人感覺不踏實。薄薄的木板下是一片不亞於夜空的漆黑。

陣陣寒風沿海面吹拂而來，從腳底往上竄升。

冬季的大海果真是冷得驚人。

海岸上，矗立著一座搭建得同樣倉促的看台。不過這座看台，搭得要比百介一行被縛的碼頭講究得多。

看台上立著幾面豪華的屏風，同時也有幾座燈籠。坐在裡頭的，應該就是藩主山內公、與數名擔任藩內要職的高階武士。因此從百介所在的位置雖無法看見，但上頭應該也鋪有氈子，講壇上想必還配有圓草墊。

看台周遭，則被手持火炬的家臣護衛們給包圍得密不透風。

景象至為壯觀。

沿岸也生起了為數眾多的篝火，個個在猛烈燃燒的同時，還朝夜空吐出陣陣濃煙。不過任憑這些篝火燒得再賣力，畢竟不敵夜裡這片碩大無朋的黑暗。除了依稀可見朦朧的波濤拍打海岸，海面上依然是一片漆黑。

幾艘船漂浮在這片漆黑的海面上。

船上乘坐著手持武器的武士。

一身火事裝束（註48）的關山，佇立在最大一艘船的船首。

手持軍配（註49）的他，看起來活像個勇猛果敢、積極備戰的武將。

在他身後，是其麾下以桓三為首的成群船手同心。

這光景——簡直像極了一場合戰。

而且還是浮世繪上常見的源平合戰。值此太平盛世，百介作夢也想不到竟然有幸見識到這種場面。

不過。

這場合戰的對手並非血肉之軀的敵軍。

而是妖魔——船幽靈。

百介朝海上望去。

海上更是一片漆黑，與夜空連結成一色。

彷彿海的那頭就是冥府。

不——

註48：為昔日上下級武士在滅火或賑災時穿著的裝束。忠臣藏的四十七浪士舉事時，就是穿著火事裝束。

註49：古時日本武將指揮軍隊用的指揮扇。

鐵定就是冥府，百介心想。
不論是山還是海，另一頭絕對就是冥府。
人從那頭來，也將回那頭去。
鈴。
此時傳來一聲來自冥府的鈴響。
鈴。
鈴。
闞山向前探出了身子。
一陣騷動在同心之間蔓延了起來，呼喊聲一路傳往海岸邊的看台。
「山岡大人。」
右近低聲向百介喊道。
就在此時，一股不祥的氣氛迅速從海面掠過。
嗡。
嗡。
嗡。
只聽到陣陣低沉的聲響。
啪，一個白色物體倏然地在海面上浮現。
那是什麼！發生了什麼事！到處都有人如此大喊。

「別……別吵！」
關山高聲喊道：
「世上豈有妖魔鬼怪！大家瞧，這群裝神弄鬼之兇賊均已伏法就逮。沒什麼好驚慌的！」
殿下——關山猛然回頭大喊。
嗚。
嗚。
嗚。
陣陣懾人的空氣接二連三地從海上吹來，直教人難以喘息。百介不由得嚥下一口氣。
——豈有此理。
竟然真有此事。
啪。
海上驟然亮起一片藍光。
一具巨大朦朧的物體浮了上來。
「船！是船！」
只聽見有人喊道。
從形狀看來，那的確是艘船。
鈴。
久違了，義經。

未料竟能在此重逢。

——吾輩隨浦波之波濤現身。

——隨君出航之聲自彼世來歸。

猶如知盛沒海殞命。

——汝亦應葬身大海。

重拾隨夕波逐流之長刀。

——於海上奮力揮斬，破浪揮出漩渦朵朵。

——陣陣妖風吹得義經一行頭昏眼花，狂亂不已。

「這……」

渾身已然僵硬的右近說道：

「這不是謠曲舟弁慶麼？」

「舟弁慶……？」

此時，船上又浮現出三個白色人形（註50）。

不知不覺間，謠曲化成了陣陣低吟，低吟聲中還夾雜著些許古怪的聲音。

勺子交出來。

那聲音似乎是這麼說的。

「是船、船幽靈！」

隨著百介這麼一喊，人群悉數開始後退。

「混、混帳！沒什麼好怕的——這絕對是有誰在裝神弄鬼！時代已經變了！大家還不快醒醒！世上哪有什麼幽靈！」

關山厲聲高喊道。

但同心們依然步步往後退卻。

勺子交出來。

勺子交出來。

勺子交出來。

「呿，給我閉嘴！」

關山拔刀出鞘。

就在此時。

只聽見咻的一聲。

一道紅光穿過了關山的額頭。

緊接著。

桓三的額頭也為一道紅光所貫穿。

天譴哪。

天譴哪。

註50：原文讀作「ひとがた」，為還願用的替身，或祭祀時代替神明的紙人或塑像。

天譴哪——

低吟聲愈來愈大。

站在船上的闕山與桓三晃了一晃——

隨即落入了海中。

霎時，船上的同心們悉數被嚇得臉色蒼白、魂飛魄散，發出陣陣悲鳴將船倉皇朝海岸划，一到岸便爭相棄船，跌跌撞撞地逃往碼頭。待海上已不見一艘船影，船幽靈才靜靜航向碼頭。只見船首站著一個雪白幽靈。

鈴。

「御行奉為——」

這幽靈如此說道。

此時。

篝火也一個接一個地逐一熄滅。

【捌】

在事觸治平掌舵的船上，百介依然是精神恍惚，弄不清到底發生了什麼事。

駛向碼頭的鬼船乘著漆黑夜色，將阿銀、百介、以及十五名川久保黨人悉數救出。由於事情發生在眨眼之間，百介完全沒留意到唯獨右近被留在原地。

御行又市與文作竟然也在船上。

這可就更教人納悶了。

又市笑著說道：

「這回，先生可嚐到了不少苦頭哪。」

「是嚐了不少苦頭——這究竟是怎麼回事？」

「這……」

「真是對不住呀。」

文作再次一臉哭笑不得地致歉道。

「此人乃祭文師文作，是小的昔日的同夥。」

「這怎麼可能——那麼阿銀小姐應也……」

「這傢伙——我可不認識。」

阿銀望向遠方的海岸說道。

此刻岸上想必是一片混亂。從當時眾人的狼狽相看來，想必每個同心與小廝均相信這船幽靈絕對是真的。遠在岸上的藩主與家來，更是不可能有半點懷疑。

文作露出摻雜幾分歉意的和藹笑容說道：

「小的和阿又在京都時曾為同黨，但和這位阿銀小姐則是初次照面。」

這老頭可真是有兩下子呀——阿銀說道：

「其實，他很快就教我看穿了。怎麼看都覺得這老頭必定有問題。還胡謅些什麼斷首馬呢。」

文作嬉皮笑臉地和在地藏堂時一樣，擺出一個揮鈴的姿勢。

哎呀，百介恍然大悟地喊道。原來這動作是用來向又市下指示的。

真想不到先生竟然是這麼遲鈍呀，阿銀歪著腦袋，以餘光瞄著又市說道：

「這惹人厭的小股潛，一直在暗地裡鬼鬼祟祟地設計咱們呢。」

可別把自己的救命恩人說得這麼難聽，又市回嘴道。

「是救了咱們的命沒錯，但救得也未免太千鈞一髮了吧？竟然直到最後一刻才肯露面，未免也太……」

太無情無義了吧——阿銀瞪著又市說道。

「總之，這回的局未免也設得太大費周章了吧？再怎麼拐彎抹角也總該有個限度才是。既然要救咱們的命，難道不能把局設得簡單些？」

又市望向太郎丸一行人回答道：

「畢竟有這夥人在，再者，這傳言也散播得太廣了。」

可否稍作解釋？百介問道：

「又市先生，小弟原本也以為這回應是劫數難逃。其中究竟有哪些是先生所設的局？」

「其實，小的原本是發現那武士——名為東雲右近是麼？形跡可疑。自從注意到其與先生倆乘上同一艘船，小的馬上開始跟監。後來又發現四國煙硝瀰漫，雖欲稍事探查，但又掛心先生倆

的安危。方與文作取得聯繫，委託其代為關照。」

文作搔著腦袋瓜子說道：

「小的原本即為該地出身。噢，雖曾寄居此黨棲息處一事純屬捏造，但生於市宇村落的確不假。」

「其實也是事發湊巧，這才讓小的想起這一帶正好有這麼個舊識能派上用場。不過，根據小的調查，關山那惡徒手段至為毒辣。光是小的調查所及，便發現有二十五人命喪其手，而且竟還嫁禍於人，手段之陰險，實為天理所難容——」

因此阿又又做了幾場裝神弄鬼的生意——望向一旁的阿銀問道：

「好為這場局籌措經費是吧？」

此等排場，哪是沒錢辦得到的？又市回答道：

「此回可真是耗資不菲。除了連忙將這回到江戶的頑固老頭給請來，還得找來這艘海盜船、雇用幾名船伕哩。」

「到頭來，這回又教這混帳給拖下了水。」

治平語氣惡毒地抱怨道：

「阿銀呀。我原本還高興這下荷包裡終於有了幾個子兒可以揮霍，還上紀州泡了澡，好洗去這身俗世塵垢。結果怎麼著？又被這傢伙給逮回來做牛做馬。這下又給打回了原形，弄得自己一身塵垢。」

治平原本是個盜賊。

而且追本溯源——昔日混跡的蝙蝠組，原本還是於瀨戶內海出沒的海盜。

如此看來——這場動用船舶的局，對他而言根本是小事一樁。

「如此說來，方才那……」

那兩道紅光。

「難不成就是野鐵砲？」

原本一臉怒氣沖沖的治平——這下終於泛起笑容回道：

「一點兒也沒錯。」

也就是那曾稱霸瀨戶內海的蝙蝠組從不外傳的祕密武器。

「那、那東西不是早已不復存在？」

「是為了這回特地打造的。」

「特地打造？」

這傢伙可是土法鍛冶就造得出來的呀——治平說道。治平這惡棍，是個從製造器物到駕馭野獸樣樣精通的奇妙人物。畢竟有兩個月的準備時間，要他造出這種東西或許真是輕而易舉。

這小股潛利用起人還真是毫不留情哪，治平抱怨道。

小的利用的可是妖魔哩，又市說著，接著又望向百介，旋即再轉頭向依舊不知所措的山民們開口說道：

「總而言之，這回小的所設的局——」

還得請川久保的諸位就此銷聲匿跡，方能大功告成。又市解開包在頭上的白木綿頭巾後繼續說下去：

「若不利用那御船手奉行所布下的陷阱行反向操作，這個計謀便無法圓滿告終。不知……」

先生是否理解箇中道理——又市問道。

想必是這麼一回事吧。

鬮山一夥接連犯下看似妖魔詛咒的暴行，恣意翻弄人心，並藉由嫁禍川久保黨將之悉數逮捕，使其於百姓眼前原形畢露。由於山民原本就熟悉妖術魔法，這謊言便不難為百姓所採信。到頭來下至領民、上至領主，均為鬮山所布下的陷阱所蠱惑。

此一精打細算之奸計，成功使川久保黨悉數落入鬮山手中，被迫於保命與保密之間做抉擇。

乘此奸計行反向操作，意即……

這下須讓領主、領民打心裡相信並非有誰刻意裝神弄鬼——而是真有妖怪存在。不，光是如此還不夠。

還得讓人相信——川久保黨的確是妖怪。

沒錯，又市說道：

「這群人的確與兇案無關。但再如何費力證明，想必仍應無人採信。畢竟川久保一族蟄居山中經年，一向棲身俗世陰影之中。對外人而言幾乎與妖物無異。妖物可是不能堂而皇之地露面的。即使逮到了真兇，坊間畢竟已認定此黨為妖魔之身。故這群人已無法回歸昔日生活，由於民忿未平，亦無望寄身於外界謀生。只不過——」

若真有船幽靈現身。

而川久保一族亦隨船幽靈消失無蹤。

如此一來……

「如此一來，看到伏法兇手果真為妖物，大家只需求神祈福，騷動便可平息。只要小的稍事搖鈴並貼上此符，領主、領民便可安心。」

果真是個高明的反向操作。

「不過，為確保後續一切順遂，必先封住關山與其心腹桓三之口。殺生雖非小的所願，但今回實在別無他法。若稍有閃失，恐怕先生與阿銀便得——」

又市將手朝頸子上一橫。沒錯，當時還真是千鈞一髮。

手法未免也太笨拙了吧，阿銀責罵道：

「難道不是麼？如此不講章法，豈不有辱小股潛這英名？」

的確，又市一夥過去不是逼對方自投羅網，便是讓對方就捕伏法，手法雖是形形色色，似乎未曾如此回這般親自出馬。任憑對手再怎麼陰險兇惡，這小股潛也絕不至於出手殺人。

還不是因為掛心妳？又市冷冷地朝阿銀說道。

這種鬼話有誰會相信？阿銀回道。

「總而言之，小的為了這回的局還真是煞費心神。畢竟這回得扮的——可是艘貨真價實的船幽靈，準備起來既耗時、又費力，到頭來還成了這麼個大陣仗。雖然對那浪人頗過意不去，但也不得不留他下來當個證人。」

「證人？」

「那浪人已知悉一切原委，但想必對船幽靈亦無任何懷疑。如今對那浪人而言，先前的一切已不過是虛幻。棲息山中的平家落人、守護經年之天大祕密——事到如今，已悉數隨那浪人的所見所聞化為幻夢一場。」

在當時的情況下，右近理應也只能作如是想吧。

想必右近應該也料想不到，百介與阿銀已乘上了這艘船吧。

而川久保黨亦隨船幽靈煙消雲散。

——留下他當證人。

這百介就頗能理解了。

百介所扮演的角色一直是——從未被事前告知這夥人設的是什麼樣的局，因此見到異象時起初都是不疑有他，直到事後才發現自己竟然也在無意間軋了一角；這回可輪到右近扮演百介這樣的角色了。

「那浪人果真是身手不凡，因此可教小的費了不少功夫。倒是先生，這回的惡人是那個奉行，而不是殿下。為此，咱們非得讓這個藩的領主扮白臉不可。因此——」

想必他事前曾去找過蜂須賀公疏通吧。

再者，又市似乎在淡路設局時，也曾幫了德州公什麼忙。

小的可沒閒著——只見又市轉身向阿銀說道。

阿銀依舊凝視著海岸那頭。

「即使沒閒著，這局也布得太差勁了。」

阿銀注視著遠方的黑暗說道：

「竟然讓咱們冒了這麼大的險。」

倘若我沒察覺該怎麼辦——阿銀冷冷地問道。

「噢？小的還以為妳早就看穿了。」

「哼，託你的福，我可是嚇得背脊發涼哩。畢竟也沒瞧見什麼證據，還沒敢知會先生呢。」

接著阿銀瞄了百介一眼說道：

「真是對不住呀，先生。並非刻意瞞著先生的。」

「噢，請別放在心上。」

反正百介早就習慣被瞞在鼓裡了。而且即使事先知情，百介也幫不上什麼忙，頂多只會礙事兒罷了。

「畢竟小弟也沒幫上什麼忙。」

「千萬別這麼說。先生可是冒著性命危險伴我走這趟路的，和那直到最後關頭才站在船首搖鈴的傢伙可有天壤之別哩。」

還真是拿妳沒輒呀，又市撫摸著髮毛生得長了些的光頭說道。

「我這條命也就算了，但身為正派百姓的先生若是有個什麼三長兩短，那怎麼了得？」

「說得也是。不過呀，阿銀。」

「怎了？」

又市以哀怨與溫柔交雜的眼神望向百介。

同時開口說道：

「先生的確是個正派人——不過，這下他也乘上了這艘幽靈船呀。」

「噢——」

阿銀兩眼圓睜地望著百介。

「怎、怎麼了？難道小弟不該上這艘船麼？」

這下百介才察覺情況有異。

按照往例，這回百介理應和右近一同被留在碼頭上才對。

「難、難道小弟？」

一點兒也沒錯，又市說道：

「這下在那武士眼裡，先生也成了咱們的——也就是妖怪的同黨。」

這回又市露出了一個愉悅的笑容。

治平也笑著說道：

「唉，既然都上來了，總不能教先生在這兒下船吧？總之，沒什麼好驚慌的。當年義經可是絲毫沒動搖哪。」

船頭（**註51**），奮力馭舟，放膽前行——文作一時興起，學起謠曲的措辭說道。

遵命，治平也鬧著應和道：

註51：古時日本船舶之船長。

「前航……前航，一路航向地獄冥府，乘此舟者悉不復還。倒是——阿又呀，這艘幽靈船該往哪兒去？」

「至於該航向何方……」

又市單膝跪向太郎丸面前，畢恭畢敬地問道：

「這位可是太郎丸老爺？」

「老夫正是太郎丸。」

「遲遲未向老爺致意，祈請見諒。一如老爺所見，小的乃雲遊四方、靠出售驅魔符咒維生之御行。今回未先行通知，讓諸位平白受此虛驚，在此謹向各位誠心致歉。」

太郎丸以平穩的語氣回答：

「大爺無須多禮。方才已聽聞此事經緯，看來似乎該由大爺為老夫指點迷津。一如大爺所言，吾等於原居處已被視為半人半妖。畢竟此乃累積數百年之績業，吾等亦已無力回天。如此看來，若欲平安度日，吾等也只能放棄原鄉、遷往他處。」

除此之外，已無他法，又市說道。

「那麼，自此吾等將遷往他鄉、安度餘年。傳承數百年之機密、與平家落人之出身，從此將悉數捨棄。」

「就請將昔日種種、與妖魔外界咸認諸位實乃妖魔之揣測，悉數留在原鄉吧。」

嗯，太郎丸深深頷首，接著便朝靜候一旁的同族說道：

「川久保黨自此解散。各位可有任何異議？」

全員悉數點頭同意。

「這回受大爺一行諸多照顧，吾等在此誠心致謝。」

「噢，切莫如此多禮，還請各位儘快起身。那麼，這艘幽靈船應該航向何方？」

「這……可否容吾等審慎思考？」

畢竟是七百年來頭一遭——語畢，太郎丸終於露出一臉快活的笑容。

又市向川久保黨全員行了個禮，接著便走到阿銀身旁問道：

「至於妳……要上北林是吧？」

是呀，依舊眺望著漆黑夜色的阿銀回答：

「還得去找人造幾具傀儡呢。」

想去就去吧——又市說道。

百介也和他們倆一同眺望著夜裡的大海。

鈴，只聽到一聲鈴響打海面上掠過。

死神

柳武七人御前

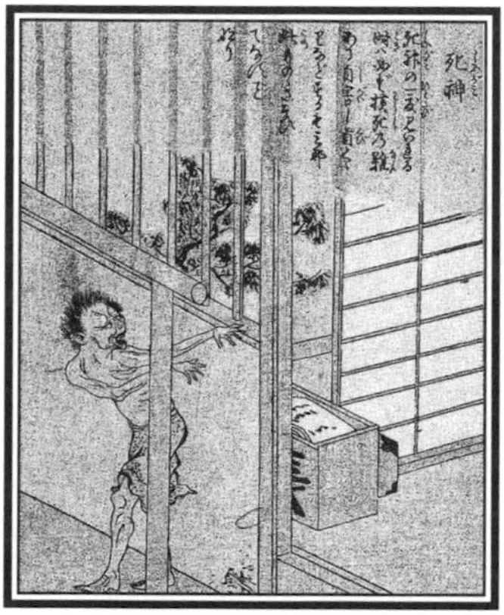

凡見死神一度
必遭横死之難
自戕自縊者
皆為此妖魔所蠱惑

繪本百物語・桃山人夜話卷第柒／第陸

【壹】

六月剛過，在一個和風徐徐吹拂的早晨，山岡百介從加賀國小塩浦回到了江戶府。

前去時雖是快馬加鞭地趕路，也僅滯留了短短三、四日，但辦妥差事後便不再有必要趕著回去，加上手頭又多了些盤纏，回程便悠悠哉哉地放慢腳步，順道遊山玩水了一番。

話雖如此——這趟旅程其實走得也沒多灑脫。看的不過是寺廟神社，玩賞的不過是山野河川，沿途未曾沾染女色博奕，飲起酒來亦僅屬小酌，頂多放鬆心情泡了點澡，享用了一些較平日所吃要可口幾分的飲食。

並不比在自己的隱居入浴好多少。

——這也是無可奈何。

百介心想。畢竟沿途有兩個人同行。一個是緊繃著一張皺紋滿布的臉，一頭白髮紮得整整齊齊，一臉哭鬧不休的孩童看了也要噤聲的兇相，名曰事觸治平的老頭。另一人則為在東國名聞遐邇的藝人，一身刺繡羽織，頭包宗匠頭巾（註1），一身打扮華麗瀟灑，此人名曰四玉德次郎。

這扮相古怪的兩人再加上百介，看起來當然是了無情趣。

畢竟，此二人原本即非正派之士。

註1：呈平頂圓筒狀之頭巾，多為連歌、俳諧、茶道宗匠所佩戴，又名茶人帽。

雖然穿戴乾淨整齊，看來活像個大店家老闆，但治平原本卻是個盜賊。雖然早已金盆洗手，但真要盤查還是抖得出一籮筐罪狀。此人雖無前科，但畢竟是個無宿人，通行手形（註2）亦為贗品，因此實難擇大道而行。縱使能巧妙地避過關所，依然無法大搖大擺地走在大街上。若遇上盤查被迫出示身分，即使無犯罪之實，亦恐將遭到逮捕。因此即使身懷萬貫，還是不得有任何引人側目之舉。

百介原本就是個蠟燭大盤商的隱居少爺，治平則佯裝成一個隱居的雜糧大盤商。因此，這還真成了一場隱居的入浴之旅。

至於德次郎，和他們倆其實也是一丘之貉。此人不僅為一雲遊諸國的戲班子座頭（註3），本身還是個深諳名曰吞馬術之奇異妙技的放下師（註4）。他操算盤表演的幻戲絕技亦堪稱極品，據說其手腕之高超，只要撥撥算盤珠子，就連大店家的金庫都會為之大開。

這傢伙一如治平，看來也曾幹盡壞勾當。從一身瀟灑打扮，也不難看出他原本極好女色。但畢竟是物以類聚，蛇鼠一窩，這下眼見同夥治平如此謹慎，這回他的舉止也溫順多了。

不過。

百介則幾乎算得上是江戶首屈一指的土包子。對他這麼個木頭人來說，這反而成了一趟安穩的旅程。

原本百介這回前往加賀這窮鄉僻壤，就是為了助小股潛又市設局。這樁差事以一次場面浩大的障眼幻術，為一位於加賀小塩浦的飼馬長者的大宅邸解決了糾纏多年的紛擾，並換回一家的和樂融洽——

百介就在這樁差事中充當了幫手。

又市是個浪跡諸國，靠揮撒驅魔符咒營生的怪異人物。但從小股潛這聽來並不正派的綽號可知，他骨子裡絕不是個單純的撒符御行，真實身分甚至比治平和德次郎還要費人疑猜。

就百介看來——又市其實是個懂得差使妖怪的妖術師。

當然，他所差遣的並非真的是妖怪。

任何教常人束手無策的紛擾，他都有辦法祭出五花八門的手段消弭化解。暗地裡承接這種怪異萬千的差事，其實才是他的副業。

這是一門奇妙的生意。由於處理的淨是些藉正當手段無法解決的紛擾或難題，因此靠尋常的布局是起不了什麼作用的，有時必須採取些不法手段方能奏效。雖然他從未親自下手，但碰上逼不得已，有時甚至還得取人性命。

即使如此，就百介所知，又市所設的局從來沒為社稷造成不良的影響。只要憑這小股潛那三寸不爛的舌燦蓮花、和光怪陸離的妖異戲碼，一切均能獲得圓滿的解決，可見此人的確是有兩把刷子。

在未曾猜透這些局中玄機的人眼裡，一切均看似妖界魔怪所為，就連對他的手段略有知悉的

註2：以蘸紅或黑色墨水手印畫押之證明文件。

註3：即團長。

註4：又名放下僧，日本中世至近代盛行的雜耍表演者之一種，演出內容多為耍球、魔術、扯鈴等傳自中國的雜技，或以名為小切子之竹製樂器打拍子演唱放下歌。

百介，也常被蒙在鼓裡。

每回紛擾雖圓滿解決，卻屢屢換來妖怪現形。

由此看來，又市的確稱得上是個使喚妖怪的妖術師。

而且屢屢憑著機智手段鋤強扶弱、除暴安良。

不過，又市也並非受人情義憤所驅策的義賊。這小股潛精心籌劃這些戲碼，絕非為了濟世救人的大義名分，充其量不過是為了掙點兒銀兩餬個口。

治平與德次郎兩人既是又市的舊識，也是他的同黨。

治平曾是個拉攏人加入匪幫的掮客，同時也是喬裝易容的高手；不僅精通各種詐術，還深諳馴獸絕技。而德次郎耍起障眼幻術亦是身手不凡，據說在故鄉——男鹿，還被喻為高明法師。另外，還有一位名曰阿銀的山貓迴，她也是個以常理難以測度的女人。

總而言之，論身手——這群人絕非泛泛之輩，但畢竟均為無宿人。只是這區區幾個無刀無槍、身無分文、而且連身分都沒有的小人物，有時竟然也能將大名玩弄於指掌之間。

還真是教人佩服得五體投地。

百介在前年因某個因緣際會，結識了這群金光黨。

接下來在相處之間，和他們的關係也就變得益形密切，甚至在不知不覺間，還開始充當起了他們的幫手。

不過，百介並非無宿人，亦非咎人（註5）。

雖為商家所扶養，但原本為武家之後。

而且，還是江戶某首屈一指的大店家的隱居少爺。
因此百介其實是個家世優渥的正當百姓，與這夥人本非同類。
故他和又市一夥人之間，其實有著一道永難跨越的鴻溝。
只不過，百介也不認為自己有資格趾高氣揚地和世間人等打交道。
百介認為一個人的價值不應憑身分論斷，亦不可以金錢衡量。在過去幾年裡，由於數度隨又市一夥行動而結識了許多人，教百介益發肯定家產、出身和一個人的本質絕無多少關係。就這點而言，百介這輩子註定只能當個永無出頭之日的小人物。
至少，百介這輩子從未賣力工作過。雖立志成為一個劇作家，但至今仍是籍籍無名。之所以走遍全國蒐集奇聞怪談，雖是為一償有朝一日出版一冊百物語之大志，但再怎麼看，都不過是個仰仗優渥家境遊手好閒的窩囊廢。
——窩囊廢。
這就是百介給予自己的評價。
因此，不論對方是何等身分，即使是專幹些為世間所不齒的勾當的惡棍，也不會光憑這點就予以鄙視。不，毋寧說百介對這等小惡棍——即使深知對方所身處的世界不容自己立足——甚至心懷強烈的憧憬與共鳴。
因此只要他們有所請託，百介便樂意效勞。

註5：有前科的罪人。

甚至不惜為此鋌而走險。

但，他並不在乎危險——

百介雖是個窩囊廢，但同時也樂意為滿足好奇心而冒險犯難。

畢竟他是個甘願放棄大店家老闆的頭銜，只為尋求奇聞異事四處遊走的狂徒。對這些巧妙地撥弄人心、隨心所欲地假妖魔之名興風作浪的傢伙會產生興趣，也是理所當然。

每則怪談的背後，均潛藏這夥人的影子。

反之，有正當身分的百介，對又市一夥人而言想必也有不小的利用價值。雖然一旦有個局外人與事，就必須換個截然不同的方式布局。有好一陣子，百介總是不自覺地在他們的戲碼中軋上一角，在得知整件事的來龍去脈前，永遠是渾然不覺。

雖是渾然不覺，但一個局外人卻也能起相當程度的作用。

每一回，百介都以為自己是依自己的想法和意志行動，到頭來才發現，原來從頭到尾都被這群金光黨隨心所欲地玩弄於指掌之間。

說明白點，自己不過是教他們給利用了。

但百介絲毫不認為自己其實是為人所利用。或許在這群金光黨眼裡，百介不過是個道具——相信這夥人應是如此認為，但百介本身並不作如是想。

對百介而言，這夥人每回都不忘點醒自己乃正當百姓、和他們生息的環境不同，因此即使這夥人是為了行事方便，他也不認為自己是為他們所利用。

雖然看來絕非善類，但不論是又市還是治平，起初對拉攏百介與事均至為慎重。對兩人而言，百介與其說是個同黨，毋寧說是個客人，因此總是受到特殊的待遇——亦即倘若有任何閃失，也不至於使百介遭殃及的待遇。

雖然這或許不過是這群金光黨深知——讓局外人介入得冒風險，而採取的滑頭決策罷了。

總而言之，百介深深為又市和治平的人品所動，選擇步上這條路，幾乎可說有一半是出於自願。或許，這至少能讓他感覺自己雖是個窩囊廢，但在某些時候至少還能有點用處。

他也覺得打從和又市一夥人打交道後，自己變了不少。

這並非指他被視為遊手好閒之輩的境遇有所改變。畢竟這些作為也沒為他掙來多少認可，甚至可說隨著年歲漸長，自己的立場反而變得更糟。但即使如此，百介還是認為比起結識這夥人以前，自己的見識還真增長了不少。

「不知又市先生怎麼了呢？」

百介以幾近自言自語的語氣問道。

此時，一行人已經行過八王子，江戶已是近在眼前。

百介的親哥哥，也就是身任八王子同心的軍八郎就住在八王子。原本想去打聲招呼，但想到身邊還跟了這麼兩個人，只好打消這念頭。

「瞧他急成那副德行。還表示要搭船趕路，又不是要回江戶來，急得像什麼似的。」

「那傢伙可是和町奉行一樣忙哩。」

德次郎回答道：

「一辦完差事，馬上向那飼馬長者借了一匹數一數二的駿馬，快馬加鞭地上了路。活樣個前去稟報匠頭切腹消息的赤穗傳令（註6）似的。」

這趟旅途沒有又市同行，個性截然不同的三人根本沒什麼共通的話題，自然就把又市當話題聊了起來。

「阿又的膽子也太小啦——」

治平把話給接了下去：

「想必這小股潛從前曾因錯失了什麼先機而吃過大虧罷。從此就老是認為辦起任何事都得刻不容緩，他這習性我老早就習慣啦。」

又市先生也會失敗？百介問道。

哪個人剛出道時不是生手？治平語氣粗魯地回答道：

「那傢伙當年還乳臭未乾的，就在腦門上紮了個髮髻，一副淘氣鬼裝老成的模樣，真要笑死人了。」

「我可無法想像一個修行和尚紮髮髻會是副什麼模樣——」

德次郎問道：

「那是他還在京都時的事嗎？」

「不，那時的他我也沒見過。那傢伙離開京都至少也有十五年了，當上御行則是出了京都很久以後的事。」

是麼？這放下師驚訝地說道。百介則興味津津地想把話給繼續聽下去。這小股潛的往事，可是沒多少機會聽到的。

意即，當時的他還沒開始幹撒符的生意？對情況開始有些了解的德次郎問道：

「——阿又開始闖出名號，不就是靠稻荷坂那樁差事？當年還悶居兩國的我，記得就是在那時聽聞這小股潛的事蹟的。老頭呀，那是多久以前的事了？」

「十一……不……」

是十二年前的事了罷，治平回答。

「你可記得真清楚呀。」

「因為當時我正好才剛金盆洗手呀。」

雖然回答得如此爽快，但治平脫離盜賊生涯的經緯，背後其實也有個悲慘至極的故事。因此，這句話聽得百介是百感交集。

「那樁差事可成了迫使阿又脫離京都同黨的契機呀。唉，畢竟對手實在是太厲害了。」

這件事百介也曾聽聞。

當時又市對付的，是個支配江戶黑暗世界的狠角色——真可說是個如假包換的妖怪。

「對阿又來說，那絕對是背水一戰罷。畢竟對手是個令人聞風喪膽的大魔頭。為了避免殃及同夥，他只得事先與大家劃清界線。唉，不過當時和他聯手的也是個大人物，所以他才有膽如此放手一搏罷。」

註6：出自改編自史實之歌舞伎名劇〈忠臣藏〉。淺野內匠頭，亦即赤穗藩主淺野長矩奉將軍德川綱吉之命切腹後，曾有使者快馬趕赴以大石內藏助為首之赤穗藩士處稟報。

「這大人物可就是——小右衛門先生?」

御燈小右衛門——

百介在前年歲暮初次聽到了這個名字。從此以後,這名字就不時在百介耳邊響起,教他想忘也忘不掉。他是山貓迴阿銀的養父,一個黑暗世界的大頭目,同時還是個隱居土佐山中的太古豪族的後裔。

「是呀。」

治平這下才瞄了百介一眼,並說道:

「這小右衛門可是個不簡單的人物。也不知當時是為了什麼,就這麼和剛出道的阿又結上了夥。應付的是個大人物,聯手的也是個大人物,讓這小股潛就這麼一戰成名。只是……」

治平不由得歪起了嘴。

當時,又市贏了。

但同時,他也輸了。

「這件事想必先生也很清楚罷。稻荷坂那妖怪的首級原本已經被送上了獄門,後來竟然又活了過來。」

意即,又市並沒有打倒這個強敵。後來這樁恩怨就這麼延宕多年,直到去年春季才完全獲得解決。

「阿又這傢伙生性謹慎,明明已用盡千方百計,還有小右衛門這種大人物鼎力相助,到頭來卻只換來如此結果。想必一定教他很不甘心罷。」

治平嗤之以鼻笑道：

「後來阿又就開始當起了御行。那身白衣、那只偈箱，都不過是從一個死在路旁的御行身上剝下來的，竟然還裝模作樣地開始印起了紙符來。」

「他這麼做的理由是……？」

「或許是為了矇混到利用非人或乞胸為惡的稻荷坂身邊，伺機報一箭之仇，也可能是為了掩人耳目罷。」

原來如此，德次郎再次詫異地問道：

「不過若要掩人耳目，那身打扮未免也太引人注意了罷。御行通常僅在冬季出現，但阿又一年到頭都穿著那身行頭四處遊走，而且一穿就是十年。莫非他真的喜歡上了那身原本只是拿來當一時偽裝的行頭？」

想必是出了什麼事罷，治平說道：

「不管是被人找碴還是被盯上，阿又那傢伙可都不會乖乖就範的。當時他靠媒合、仲裁、勒索等差事，倒還賺得差強人意。但那時候……」

想必是出了什麼事罷，治平又重複了一遍。

「什麼樣的事？」

「這我也不知道。總之那傢伙當時似乎就是牽扯上了什麼事，從此就一輩子都無法擺脫那身死人裝束。」

「一輩子……？」

真不知他究竟是出了什麼樣的事？

治平超前了百介一步，轉身面向山路說道：

「那傢伙說，自己是被死神給纏上了。」

「死神？」

怎麼沒聽說過有這種神？德次郎說道：

「——鬼神、水神、山神、田神、草神、福神、荒神、歲神、窮神……神明的確是形形色色，但死神可就沒聽說過了。原來竟然還有名字這麼駭人的神呀。」

有誰聽說過呀，治平罵道：

「那傢伙不過是說說罷了。一個小股潛的話哪能相信？反正那張嘴再怎麼胡謅也不必負責。」

「佛家教誨中倒是有個死魔。」

噢，不愧是考物的先生，果真是博學多聞，和幹盜賊的老頭果然不一樣呀。聽到百介這麼一說，德次郎馬上語帶戲謔地說道：

「而且竟然連這個都知道。那麼，百介先生，這是個什麼樣的神呢？」

「噢，小弟也是僅有耳聞，詳情並不清楚。佛家將死亡比喻為惡魔，亦即妨礙修行的煩惱魔、陰魔、五行魔、五蘊魔——四種妖魔，而取四魔之諧音，也有人稱之為死魔。」

原來如此，德次郎搖頭說道。

「你這耍算盤的在感嘆個什麼勁呀。先生也真是的，你這番話聽起來頭頭是道，但這東西可不是什麼神明呀。」

治平笑罵道。

「一點兒也沒錯，這死魔的確不是什麼神明。佛家若要將之奉為神佛，的確是有失允當，但道家倒是真有決定世人壽命或死期的神明，只是並不叫死神。總而言之，若真要說死神是什麼？噢，大概比較接近縊鬼之流罷。」

「縊鬼——這下這東西到底是神還是鬼？」

是鬼，百介回答道：

「此鬼原本傳自唐土，性質應是與冤魂較為接近，是一種誘人尋死的妖魔。某些曾有過血光之災的地方，不是會一再發生同樣的悲劇？或者曾有人自縊的樹上，不是常會有人上吊？」

這種事倒是時有聽聞，德次郎回答道：

「不過，這或許是因為有些樹的枝幹，原本就生得比較適合人上吊罷。」

這也不無可能，百介回答：

「因此縊鬼這種東西，該怎麼說呢……可說是一種渴望尋死的壞念頭罷。」

治平納悶地扭曲著臉，德次郎則是再度問道：

「渴望尋死？聽來還真是不祥呀。那麼，先生，就是這種東西在煽動人尋死的麼？」

「是的。俗話說妖孽招禍，心懷惡念斷氣者，其氣將於其命喪之處凝聚不散。而心懷同樣念頭者，就容易與這股氣相呼應。」

「這就是物以類聚罷……」

「正是如此。死神會將人誘入邪氣凝聚之處，而受引誘者則會選擇死亡。」

何謂惡念？治平問道。

「應該就是邪惡的念頭罷。唐土之民認為自縊身亡者均有此惡念，為了能再次投胎轉世，便須引來生者誘其自縊，縊鬼乃因此得名。」

「就是引誘人以同樣的手法喪命麼？」

治平不悅地說道。

「是的。似乎不這麼做，這些冤魂就無法轉世。這種事就稱為縊鬼求代。」

「既然這麼想復生，當初又何必求死？」

說得也是，治平這麼一說，德次郎也附會道。

「這也有道理。不過已死冤魂引誘生者以相同手法尋死的例子並不罕見。例如小弟近日最感興趣的……」

「七人御前麼？」

治平突然停下了腳步。

「難道……這也屬於這種東西？」

百介也停了下來，點了個頭。

——七人御前。

過去一年來不論走到哪兒，百介都頻頻耳聞這古怪的妖怪名字。這名字聽來並非一般的妖怪，而且百介總是在始料未及的情況下，在出乎意料的地方聽到與這妖魔相關的傳聞。

——和聽到御燈小右衛門之名的情況可謂如出一轍。

這下百介發現了一個奇妙的巧合。

七人御前的傳說主要在土佐一帶流傳。

不過，這妖魔的名字卻總是在毫不相干的地方出現。例如傳說七人御前在若狹外圍的小藩——

——北林藩出沒，並且還大舉肆虐，至今已經出了好幾條人命了。

而御燈小右衛門亦為土佐出身。

而且，小右衛門目前還在北林藩領內結廬定居。

——這難道是巧合？

若真是如此，還真是個不祥的巧合呀。

「這七人御前——雖然傳說中的描述亦是形形色色，但大致上是個人只要遇上便得喪命的邪神，好比溺死者的不散冤魂可使生者死於水難，因此亦不脫死神的範疇。」

「自己溺死了還得招人溺死——」

治平略事調整揹在肩上的行囊，喃喃說道：

「還真是死心眼哪。」

「是呀……」

百介憶起了今年年初在土佐發生的一件事。

當時與百介同行的阿銀，同樣從百介口中聽到七人御前的傳聞，也曾和治平一樣感嘆這妖怪死心眼。

自己再怎麼不幸，也沒資格把其他人給拖下水罷？

阿銀當時曾這麼說過。

離開土佐後，百介就沒再見過阿銀。

——至今已經快半年了罷。

倒是在臨別前，阿銀曾表示自己將前往北林藩。至於詳情，百介當然是無權過問，因此正確情況並不清楚，但想必是去見對她有養育之恩的小右衛門罷。這小右衛門表面上是個傀儡工匠，而阿銀則是個傀儡師，因此似乎曾提及想請他修繕一些損壞的傀儡頭。

——七人御前。

希望她別碰上那妖怪才好，雖然或許是多餘的，百介不由得為她感到憂心。北林的七人御前十分殘暴，遇上者不僅均遭慘殺，據說不是被千刀萬剮就是被剝皮梟首。

——如此看來。

北林的七人御前應是死於某種殘酷災禍的亡魂罷。

若依此類邪魔好以和自己相同的死法撲殺生者的傳說推論，的確應是如此。

——不過。

百介對此傳聞的真偽頗為質疑。

「只是，若相信冤魂妖魔之說，那麼治平先生方才所言的確有理——」

百介偷偷瞄了老人皺紋滿布的臉孔一眼。

就百介看來，這夥人對幽靈、冤魂，狐狸、妖怪都是毫無畏懼，因為壓根兒就不相信此類東西的存在。又市平日雖是滿嘴神佛，但打從心底就毫無信仰。治平曾提及這小股潛昔日曾以護符

擤鼻涕、以經文拭髒手，甚至還曾鑄融佛像變賣。即使不及治平所形容的一半壞，也已是極為不敬，如今雖是一身佛僧打扮，但此本性卻絲毫未改。百介認為不信神佛者，對邪鬼冤魂當然是毫無畏懼。

治平歪起了嘴角。

「什麼意思？」

「若認為此世絕無亡魂妖怪，那麼就無從將這類事件的責任歸咎於亡者。畢竟都沒妖魔作怪了，依然有人喪命不是？」

沒錯，老人簡短地回答道，接著再度邁出了步伐。

百介趕到他的前頭，繼續說道：

「若是如此，那麼心中抱持相同惡念者之說，或許就教人質疑了。方才的邪氣凝聚處之說，對普通人而言不過是鬼魅魍魎為惡之地，並非每個置身此處者均會萌生尋死之念。但對一心求死者來說，這種地方可就會成為特別的場所了。」

「在想死的傢伙眼中，這種地方看起來較適合尋死麼？」

「應該是罷。因此，一心求死的人倘若到了曾有人自戕或殺伐的地方，或許立刻能感受到那股邪氣。」

原來如此呀，德次郎說道：

「意即——欲尋死者，心中恆有死神？」

「應該不是如此罷。」

「唉，難解的道理我是沒輒，但百介先生這番話倒是不難懂。只不過，若要如此解釋，不就代表阿又他昔日也曾有心尋死？這說來還真教人難以置信呀。」

或許真是如此，治平以幾乎教人聽不見的低聲說道。

噢？德次郎問道：

「你方才說什麼？」

「……我說或許真是如此。當時阿又他滿腦子淨是些壞念頭，或許真的曾萌生過尋死之念也說不定。」

「阿又先生也曾如此？」

一如德次郎，百介對此也感到難以理解。

在他眼中，又市總是給人一種超然的感覺。

不論碰上什麼事均不為所動，似乎也沒有任何事會教他害怕。

總讓人感覺他已然超乎生死，幾已臻至仙人之境。

至少在百介眼中，這小股潛是這麼一個人物。

但這下——治平卻表示又市不僅膽怯，甚至曾有過尋死的念頭。

這教百介感到一股莫名的不安。

「我和阿又是在武州的深山裡認識的。當時才剛金盆洗手的我選擇在那兒藏身。噢，也並不是在躲避什麼，而是對人世倍感倦怠，但想死卻又死不了，因此夢想過起遺世隱居的日子。就在那時候，阿又出現了。」

治平望向百介繼續說道：

「現在回想起來，當時正好是小右衛門從江戶銷聲匿跡那陣子。有天，阿又那傢伙就像個傻瓜似的，佇立在那棟荒廢已久的空屋門前。」

百介完全無法想像意志消沉的又市會是個什麼模樣。

「後來我才知道，那棟空屋似乎就是那傢伙的老家。」

什麼？他不是從石頭裡蹦出來的麼？德次郎驚嘆道。

就連百介也是同樣想法。

「喂！老頭，你該不是說阿又他也有個娘罷？」

娘是沒有，老人冷冷地回答道：

「那傢伙既沒爹也沒娘，一家人在他還是個小毛頭的時候就離散了。因此，那傢伙前前後後也就只回過老家那麼一次。打從我脫離了打打殺殺的鬼日子，到當時已經幹了五年的莊稼活兒，幾乎已經成了半個莊稼漢，但一見到那傢伙……」

這下治平的表情開始嚴峻起來。

他大概準備說——這下自己的本性又開始蠢蠢欲動了罷。

百介豎耳傾聽，但治平卻沒再把這段話說下去，只說：

「當時那傢伙一臉黯然，看來是混得很不好。當時他只說了一句——大家都難逃一死。」

「大家都難逃一死？」

「對。」

當時他就是這麼說的，治平重複了一遍。

「大家是指？」

「他的意思是——凡是和他有牽扯的人均難逃一死。雖然我沒問是死了哪些人？但想必是那小股潛的詭計沒能搶得先機，害死了一些原本不該死的人罷。看來那傢伙如此執著於搶先對手一步，就是吃了那次虧使然罷。」

膽小如鼠——

或許真是如此。

百介不由得想起了又市的背影。

「當時又市還真是讓人擔心呀。看這傢伙一副隨時要上吊的模樣，還真是教我好一陣子放不下心。」

「治平大人可真是個善人呀。」

德次郎乘機數落道。

「給我閉嘴，你這個耍算盤的。當時我那塊地小得可憐，若是死了人豈不難收拾？你哪懂得這屍體埋起來有多麻煩，爛起來有多臭氣沖天？」

瞧你這壞脾氣的臭老頭，竟然連個玩笑都開不得。德次郎開心地笑著說道：

「唉，算啦。不過你這個事觸呀，當時阿又若真的上吊，你這老頭理應會幫他一把才是呀。而你們倆也就因此結緣——想必這種事再怎麼逼，你都不敢說出來才是罷？一個只懂得助人上吊的狠心老頭，竟然救了命不該絕卻險些上吊的小股潛一命，聽來還真是要教人笑掉大牙呀！想必就連貓狗聽了，都要笑破肚皮罷。」

少胡說，治平語帶厭惡地說道：

「這種害人之心我可是從來沒有過。只是救了這種惡棍一命，哪怕我心地再善良，死了都得下地獄罷。不，說不定閻羅王都要教我給嚇呆了呢。總之……」

這下治平終於露出了笑容。

「——那傢伙果真厲害。當時阿又原本銷聲匿跡了好一陣子，突然卻又出現在我棲身的小屋門前，著實將我給嚇個正著，還以為是哪個死人上門來找我償命哩。」

「原本以為他是個亡魂麼？」

「是呀。原本以為他老早死在某處了，看到我生得慈眉善目，就飄呀飄地找上門來；當時還納悶自己怎麼會這麼倒楣哩。怪都得怪那傢伙，一年到頭都穿著那身白壽衣。只不過，他當時的模樣還真是不大對勁。」

「怎麼個不對勁法？」

「似乎參透了些什麼。」

「是悟了什麼道？」

「一個大騙徒哪可能悟什麼道？」

「騙徒悟不了道麼？」

「當然悟不了。當時那傢伙已經和現在一樣，裝出一臉不討喜的神情，就這麼賊頭賊腦地站在我家門口。而且，你猜猜當時阿又說了些什麼？」

「哪猜得到？」

「那臭小子竟然說有椿差事得找我幫個忙哩。」

「差事？」

「是呀。還說在山中耕田，未免太埋沒我這首屈一指的掮客了。那傢伙竟然連我的長相、出身都摸得一清二楚哩。」

難不成你的易容術教他給識破了？德次郎說道。喂，我的易容術哪可能出什麼紕漏？治平怒聲罵道：

「論易容，我可是老經驗了。就連昔日同夥的匪幫，幾乎都沒一個看見過我的真面目哩。被人識破這種事兒，可是連一次都沒發生過。而且，當時那身莊稼漢打扮並非偽裝，我當時可是真心務農。未料竟然——」

「還是教他給看穿了。唉，這傢伙果然有一手呀。」

德次郎這下一臉嚴肅地應和道。

「請問——」

百介問道：

「當時又市先生是否已經擺脫了尋死的心意——也就是死神的魔掌？」

應該是罷——治平再度停下腳步說道：

「當時曾聽到那傢伙自言自語道——反正活也是孤零零的，死也是孤零零的，那麼死活又有什麼分別？」

「突然看開了麼？這豈不代表那傢伙真是悟道了？」

德次郎話還沒說完，突然傳來震耳欲聾的蟬鳴。

「噢，這下天氣可要變熱了。若不在正午前進入朱引內，咱們可要被烤焦了。」

治平加快了腳步。好久沒上江戶了呀，德次郎說道。

至於百介——

則依舊在想像著又市的過去。

【貳】

在番町（註7）與德次郎道別後，百介便隨著治平前往麴町的念佛長屋——那兒也就是治平的老巢。

上那兒去也不是為了什麼目的，不過是不想直接回京橋去罷了。

再加上——

念佛長屋也是又市的棲身之處。

不過，百介至今仍不知又市定居於長屋的何處，當然也不曾見識又市在那兒生活的模樣。再者，也不認為他這下已經返家，因此並不期待能見到又市。

註7：位於今東京千代田區內，曾為緊臨皇居之官舍聚集區。此區被區分成一至六番町，東臨皇居壕溝，北臨靖國神社。

只不過是想在外頭多蹓躂蹓躂罷了。

反正回去也不會有多舒坦。雖然店裡的夥計們並不會說任何百介的壞話，反而還對他的舉止表示理解，但對百介來說，那兒絕不是個舒服的地方。

因此百介這下便邀治平一同喝一杯。雖然酒量也沒多好，但他對飲酒並不排斥。

趁太陽還沒下山，暢飲一杯如何？百介如此邀約道。還真是希罕哪，治平依舊一臉不悅表情地說道：

「沒想到先生竟然會邀我喝酒。」

「噢，就當是慶祝咱們平安歸來罷。」

呵，治平瞇起眼睛笑道：

「不過我得先返家一趟，可以等我回去過後再去喝麼？」

「這點小弟是不介意——」

不過，是否有什麼事得忙？百介問道。雖不至於像德次郎形容又市時所說的那樣，但這夥人的確是出人意料的忙碌，有時甚至還得同時設好幾個局。

治平將羽織的兩袖朝左右一扯說道：

「其實也沒什麼。只是不先把這身裝扮給換掉，心裡總覺得不踏實罷。」

長屋內小店櫛比鱗次，街景是一片紛亂。

習藝的小姑娘、當小廝的小夥子、欲前往澡堂的茶屋女（註8），只見各色人等熙來攘往。雖仍是晚春時節，但豔陽卻將四下烘烤得宛如盛夏。

百介憶起了自己初次造訪這座長屋時的光景。

記得那同樣是個大熱天。

——當時。

百介碰上了一場驟雨。倉皇跑進露天空地的百介所找到的避雨處，竟然正好就是治平居所的屋簷下。

從那時起，已經過了兩年。

百介認為自己在這兩年裡，似乎經歷了不少改變。

——不。

或許自己根本一點兒也沒變。

想著想著，他抬起頭來仰望鋪著薄木板的屋頂。

別再發呆了，小心落進臭水溝裡，治平說道。

「長屋這種地方的水溝可是沒蓋板的，若是不小心掉了下去，這種豔陽天也會落得一身泥濘呀。噢——」

走到長屋入口時，治平突然止步。

隔著老人低矮的身子往裡頭窺探，百介看到屋內站著一個半裸的骯髒男子，只記得曾在哪兒見過這傢伙。噢，原來你這老頭還活著呀，男子面帶一臉難以形容的表情望向治平說道：

註8：原指於茶屋接待客人的侍女，但亦泛指陪酒之酒女或妓女。

「瞧你那雙短腿還在，看來真是還活著哩。若你現在才趕著去死，要不要我馬上為你造一口棺材？」

「混帳東西。」

治平罵道：

「——泥助，你的腦袋是不是出問題了？要先進棺材的恐怕是你自己罷。少在這兒發愣了，還不快去為自己造棺材？」

「哼。」

還真是個沒口德的臭老頭呀，這名叫泥助的男子說道，表情也變得更為扭曲，接著便緩緩拉開了門朝露天空地走去。這下百介才想起，這男子不就是治平的鄰居？原本還納悶他是幹哪一行的，現在才知道原來是靠造棺材維生。

「混帳傢伙。」

治平嘀嘀咕咕地痛罵著走到自家門前，卻突然——沒錯，非常突然地停下了腳步。

緊跟在後頭的百介被他這舉止嚇得往後退了幾步。

老人機敏地伸出食指朝嘴巴上一擋，接著又手掌一張地阻止百介前進。

是在示意百介別動吧。

看得他連忙屏住了呼吸。

治平悄悄移向門前，接著便以背部緊貼著門往裡頭窺伺。

看來，屋內似乎有什麼人。

治平將右手探進懷裡。

他的懷中藏著一把匕首。

「來者何人?」

話一說完，老人旋即以迅雷不及掩耳的速度拉開了門，弓身躍入屋內。

瞬間只聽到刀子揮空劃過的聲響——緊接而來的便是一陣靜寂。

百介先嚥下一口口水，接著才走到了門前。

映入眼簾的是治平矮小的背影。

屋內是一片昏暗。

一個閃閃發光的東西抵在治平肩上。

那是——武士刀的刀鋒。

「治……」

治平先生——百介雖想這麼喊，卻喊不出聲來。

不知所措的他只能往前跨出一步。

治平絲毫沒有動彈。

而在治平前方有個單膝跪地與其對峙的武士，同樣也是動也沒動一下。治平的匕首抵在武士的腰際。

握在武士手中的大刀，刀鋒則停在治平的頸子旁。

而且距離他的頸子僅有一層皮厚的距離。

「我輸了。」
治平迅速地抽回了匕首。
武士也默默不語地收回了刀子。
「為何沒砍下去？」
「因為你停手了。」
「你也算是砍到我啦。」
「並沒有。咱們算是打了個平手罷。」
「哼。就憑一支如此短小的傢伙，哪打得過長刀？只怕還沒來得及跨出一步，就得挨上一刀了。為何停手？」
「乃是因為……」
「右、右近先生？」
百介喊道：
「這、這可不是右近大爺麼？」
「什麼？」
治平交互地望著百介和武士，接著便將嚇得渾身僵硬的百介給硬拉進了長屋內，使勁地拉上了門。
「喂，這個叫右近的，可是那場船幽靈事件的……？」
「是、是的。您真是右近大爺沒錯吧？」

武士——也就是東雲右近緩緩點了個頭。

東雲右近——

來者就是今年年初，曾與在土佐被捲入一場驚天動地大騷動的百介和阿銀一同行動，不，甚至可說是生死與共的浪人。百介、阿銀、與右近三人在即將被斷罪之際，為又市一夥所救。對百介而言，那還真是一場九死一生的稀有體驗。

——不過……

百介聳了聳肩。

在那場千鈞一髮的救人戲碼中，右近雖撿回了一條命，但對真相一無所知的他卻被隻身留在現場。百介也十分清楚，在弄清箇中玄機前，又市一行人所設的局看來是如此不可解，教人只能認為是妖魔鬼怪所為。因此在右近眼中，百介和阿銀等於是和一群妖怪一同消失的，因此極有可能將他們倆與妖魔鬼怪等同視之。

因此，或許右近至今仍認為百介亦非人世肉身。

「右、右近大爺，這……」

「山岡大人，看來您亦是血肉之軀呀。」

右近說道。由於四下昏暗，看不到他臉上的表情，因此也聽不出他如此說是不是話中有話。

右近將視線從百介身上移開，並把刀收回了刀鞘裡。

接著，這浪人作了個深呼吸，將視線移向治平，並向百介問道：

「這位——可就是治平大人？」

沒錯，我就是治平，百介還沒來得及回答，治平便逕自回答道：
「找我可有什麼事？」
「終於找著您了——」
右近理了理衣襟，端正了坐姿，並將武士刀朝前方一放，大概是為了表示自己並無敵意吧，接著便深深低頭鞠了個躬說：
「一時無禮，還請多多包涵。」
說完便吐了一口氣。這下治平才一屁股坐上泥巴地說道：
「噢，還真被你給嚇出一身冷汗哪。沒想到都活到這把年紀了，還會碰上這種嚇得睪丸都縮進去的鬼事兒。不過，這位大爺的武藝果真是名不虛傳哪。倒是——這下是怎麼一回事？你怎麼會在我屋裡？」
「噢……」
右近低下頭說道：
「在下因某種緣由不請自來，擅自潛入此空屋寄住，還請大人多多包涵。」
說完，右近的頭垂得更低了。
這下百介終於了解，原來就是因為如此，隔壁的棺材師傅才會認為治平已經亡故，屋子也換了個新的住客。
哼，治平嗤鼻回道：
「就不必如此多禮啦，反正我並不是個值得武士行禮致歉的大人物。我想知道的，是你所說的緣由。」

這下——右近的表情頓時變得悲壯了起來。

總之，酒宴是被迫取消了。

百介以治平持桶汲來的水洗了洗腳，便拖著一副依然疲憊的身軀走進了這金光黨的家。

只見右近竟然變得異常憔悴。

這下百介才發現，之所以沒立刻認出他來，並非因為屋內過於昏暗或出於疏忽，而是因為他的容貌完全變了個樣。

百介和這名浪人曾共處了一段不算短的時日。

右近的武藝十分高強。就連與打打殺殺完全無緣的百介，也一眼就看得出他的確是身手不凡，同時還兼具敏銳神經、清晰思緒。但論及為人，右近雖是如此高人，卻也不至於讓人感到難以親近。

雖然嫉惡如仇，但右近卻不是個不擅融通的正義漢子；他也很清楚世上並非一切都是道理講得通的。不過，右近也不至於因此而變得自甘墮落，毋寧說是正直吧。

大概是因為如此，他總是給百介一種快活自在、平易近人的印象。

但如今——

他卻變得一臉凶相。

月代邋遢、面頰削瘦、眼窪凹陷、皮膚也失去了生氣，原有的和藹親切已悉數被抹殺，讓潛藏在右近個性中的殺氣赤裸裸地顯露了出來。

稍後片刻，治平默默地端詳著他那憔悴的模樣半晌，最後說了這麼一句便走出門外。

這下百介不由得畏縮了起來，為找不到任何話題而倍感尷尬。

幸好治平不出多久就回來了，右手還提著一只酒壺。瞧他出門也沒多久，看來這酒並不是上店裡打的，想必是向隔壁的棺材師傅還是誰強討來的吧。

「大爺，先喝個兩杯，把話匣子打開吧。」

治平從櫃子上取下幾只缺了口的茶碗說道。

以劣酒潤了潤喉嚨後，右近開始娓娓道出了自己先前的遭遇。

在百介一行人脫身後——

所發生的一切都被判斷為妖怪所為，因此原本被冠上莫須有罪名的右近便得以一洗冤屈。畢竟一切都在藩主眼前發生，教人欲懷疑也無從。

不過，就連藩主都被捲入這場大騷動，更何況還死了幾個人，因此雖是情非得已，成了唯一知情證人的右近還是無法立刻獲釋。畢竟所發生的是一樁前所未聞的怪事，想必調書製作起來必定是困難重重。

右近就這麼在藩邸內被軟禁了約一個月。雖然不必再受牢獄之苦，但到頭來還是和被幽禁沒什麼兩樣。請問是否遭到了什麼折磨？百介問道。那兒對在下倒是不薄，右近微笑著說道：

「藩主山內公為人公正不阿，重情重義。既已判定無罪，即使在下如此來路不明，亦不會苛酷以待。」

右近如此補充道。

只不過——

無論對右近是如何禮遇，也不該迫使他配合曠日費時的調查，在唯唯諾諾中虛度時日。

想到這裡，百介不由得內疚了起來。

右近本應儘快趕回家去。

畢竟他之所以在外奔波，並非為了遊山玩水，而是奉某人之密令，隱姓埋名地進行搜索。

這個人物——

根據右近所言，乃北林藩城代家老。

——這又是個奇妙的巧合。

百介心中不由得湧現出一股不祥的預感。

土佐，北林。

——七人御前。

難道純屬巧合？不，這絕非巧合。

右近所奉的密令，乃找出於北林領內接連犯下殘酷斬人事件的兇手，其實也等同於調查七人御前之相關傳聞。

而且，當時認為最有嫌疑者，乃北林藩先代藩主正室那位行蹤不明的弟弟小松代志郎丸。而先代藩主之正室，乃與眾人傳說中的御燈小右衛門為同地出身，且原本已被許配給小右衛門的千代之女阿楓。

一切偶然之間均有因緣相連，若稍加追本溯源，零零星星的人小瑣事其實均出自同一源頭。

不論是右近還是百介，都不過是為這些關連所牽絆的丑角。

——七人御前。

也就是死神。

任由命運擺佈而下嫁北林的阿楓，於先代藩主歿後，與現任藩主發生激烈衝突，最終躍下天守自盡。其弟為報姊仇，方慘殺北林領民，並四處散播怪力亂神之駭人謠言——此乃北林藩家老之推測。

為人剛直、劍術高強而備受家老賞識的右近，方才奉派前去尋訪志郎丸的行蹤，以確認此推論之真偽。

由於城代家老曾保證若完滿達成此一託付，必將延攬其入城仕官。因此對右近而言，此密令攸關一己之宦途，無論如何都得對家老的囑託有個交代。

右近非得獲得這份差事不可，理由是——

當時，右近之妻已是有孕在身。

就百介看來，右近在時下的武士中算得上是個罕見的愛妻夫君——雖然這或許不過是尚未成家的百介的偏見。猶記在旅途中，右近不僅常提起有孕在身的妻子，還曾數度言及對愛妻為自己所背負的辛勞是何等感激。

此外，當話題觸及孩子時，右近也會浮現愉悅的笑容。每當在旅途中見到孩童，也不忘投以關愛的視線。

至今百介仍能清晰地憶起他那和藹的神情。當時百介由衷體認到，知道愛妻懷了自己的孩子

時，一個男人原來是如此開心，著實教人欽羨。

想來他肯定是歸心似箭。

在這種情況下還得被幽禁一個月，想必是個痛苦煎熬。

百介端詳起右近的側臉。

只見他神情頗為晦暗。

不知是否是屋內過於昏暗，還是垂到臉龐上的鬢毛所造成的陰影使然。

——他的孩子。

應該已經出世了吧。

從他這副模樣，一眼就看得出他尚未如願仕官。

——究竟是出了什麼事？

這下百介心底的不祥預感變得益形強烈。

「為奸計所害、又為妖魔所惑，在下原本已有難逃一死的覺悟，但拜該超乎常理之事件所賜，方得一雪奇冤。雖然如此，在下還是未能完成家老囑託，也沒鑑定志郎丸是生是死便逕行折返。進入北林領內時——已是彌生（註9）之初了。」

右近抬起頭來，彷彿眺望遠方般的瞇起雙眼繼續說道：

「領內——已經變得混亂異常。」

註9：陰曆三月。

「混亂是指……？」

「在下不禁納悶，所謂人心退廢，指的可就是此等情況。」

右近皺起了眉頭，再度低下頭去說道：

「北林原本就不是個富庶的藩。由於土地貧瘠，農民只能分耕微微可數的農田，勉強換個溫飽，主要財源只得仰賴山林，但可伐資源亦已幾近枯竭。不過現任藩主對領民似乎頗為嚴苛，使居民過得更是民不聊生。狀況之窘迫，在下原本亦已知悉。這下又加上──」

「攔路斬人……？」

那並非攔路斬人，右近說道。

「為何不是攔路斬人──據說犯案手法極為殘酷不是？」

「不，山岡大人。攔路斬人者逢人便殺，但這些案子的兇手卻是先將人給擄走。」

「將人──擄走？」

「沒錯。將人給擄來後，先是將犧牲者折磨至死，接下來再毀其遺骸，對死屍百般凌辱。這哪稱得上攔路斬人？」

「將人給殺害後，還要繼續毀屍？」

「若調查文書所述無誤，案情確實是如此。兇手於毀屍後，再棄被害人慘不忍睹的遺骸於荒野。手法之殘虐，簡直有如鬼畜。」

聽到這番話，右近按在膝蓋上的雙手不僅顫抖不已，還牢牢地緊抓起褲子。

「而且，一如山岡大人所言──城下居民紛紛指其為妖魔詛咒，聲稱該地已為邪氣所蔽。」

「妖魔詛咒？」

「沒錯。事到如今，在下也認為這傳言有一半屬實。」

不，右近將手掌往前一遮說道：

「——在下的意思是，雖無法斷定世間是否真有妖魔鬼怪，但一地若充滿惡念，對該地居民應該也會產生某種影響。」

「惡念……？」

「是的。每個路口均瀰漫著一股血腥味，隨時都可能發現鄰人的手、足、甚至腦袋被遺棄在自家門口。雖不知昔日的亂世是否也曾如此，但時值太平盛世，卻還得被迫過起這種隨時可能喪命的日子，人心豈有不被扭曲的道理？」

這下百介也變得啞口無言了。

「山岡大人。在下認為人只要心懷那麼一點兒希望，無論日子過得是如何窘迫，理應都有辦法好好地活下去。莊稼百姓即使遭逢飢饉荒年，被迫過起有一餐沒一餐的日子，還是能寄望明年可盼得溫飽。不，若明年還是不成，也會希冀景況將在後年有所好轉，並得以繼續把田給耕下去。是不是？」

應該是罷——百介有氣無力地回答道。雖然成天像個漂泊浮萍般四處蹓躂的他，也沒資格判斷是否真是如此。

「遺憾的是——只消幾樁慘禍，便能輕而易舉地顛覆這種微不足道的期待。」

事態真有這麼嚴重？治平問道：

「都教整座城變得如此紛擾了，難道這妖魔所犯下的暴行真有如此殘酷？」

「的確是殘酷之至。說老實話，在下原本也沒料到竟然會是如此淒慘。」

右近露出了一個苦澀的神情說道：

「當初奉家老之命出巡時，在下尚不知事態有如此嚴重。但在返回領內親眼看到調書後——可就驚訝得啞口無言了。有個年紀未滿十五的百姓姑娘，在經過無數次凌辱後，被剝下了臉皮棄屍河畔。客棧老闆娘遭人斬首，屍身被拋到了行人熙來攘往的大街，首級則被放置在磨坊的石臼上。每一、兩個月就會有人犧牲，這種情況已經持續好幾年了。」

聽起來的確是嚴重哪，治平說道：

「已經持續了好幾年——右近大爺，這種事是打哪時開始發生的？」

「打哪時開始發生，這在下也不清楚。不過至少已經持續發生有五年之久了。」

「這些年來均未曾間斷？」

「關於這點，其中有些似乎是假冒妖魔之名趁火打劫的愚蠢之徒所為。」

「噢——」

如此聽來，情況的確僅能以人心退廢來形容。

「在下認為只要是人，對他人或多或少都曾心懷憎惡或仇恨。」

這是理所當然。

就連極少與外人往來的百介，也曾對他人心生憎惡。不，甚至還曾萌生過微微的殺意。

但話雖如此——右近語帶顫抖地繼續說道：

「若問每個人是否皆有抹殺仇人的權利，答案或許是否定的。不，絕對是否定的。」

這下右近的語調突然開始激動了起來：

「世上的確有太多難以義理道斷之事，亦有不少無妄之災，更有不少不白之冤、難耐傷悲。但即使如此——」

宣洩完一時的激情，右近旋即又低下了頭：

「——倘若為此便滿心怨天尤人，終究算是心懷惡念，人的心智也易為邪念所充斥。只是待此邪念一消，惡念也將隨之飛逝。」

或許——真是如此。

人心畢竟善變。百介認為任何怨恨均不可能永遠不滅。

「只不過……」

右近繼續說道：

「倘若——大家均在這種時時可能發生殘酷暴行的環境下度日，那麼要殺起人來，想必就要變得容易多了。也不知是法紀哪裡鬆弛了，抑或是邪念已在人心深處穩穩紮根——不，經年在戰慄驚恐中度日，所有百姓終將因心中恐懼瀕臨忍耐極限而發狂。」

「情況真有——這麼嚴重？」

右近微微搖頭嘆道：

「的確嚴重。只為區區一人——不，或許並非僅有一人。這幾名瘋狂兇手，已讓整個城下人心錯亂。大街上的人影變得稀稀落落，孩童的嬉戲聲或女人的談笑聲亦不復聞，大家紛紛開始懷

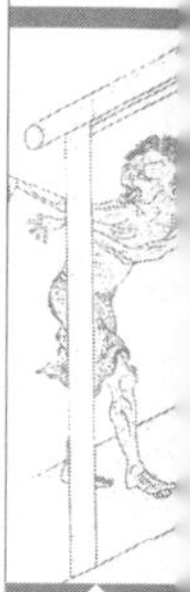

疑起自己的鄰人，近日甚至已開始變得暴動頻仍。」

「暴動……？」

即搗毀暴動（**註10**），右近說道：

「雖然百姓們過慣了苦日子，但原本尚且能對未來心懷些許渺小的希望，如今卻——」

這下百介終於開始了解右近稍早那番話的意思了。

只消幾樁慘禍，便能輕而易舉地顛覆這種微不足道的期待——

想來也有道理。當大家都不知自己明日是否就要慘遭千刀萬剮、曝屍荒野時，哪還有力氣奉公守法地把日子給過下去？

「失去期待的佃農們紛紛拋下鋤頭、放棄農田，逃散者已是不知凡幾，其中有些甚至聚眾結黨，開始幹起盜匪勾當。城下的商家接連遇襲，不僅倉庫遭到洗劫，甚至還被放火燒毀。」

「搶都搶了，竟然還要放火——」

「沒錯。而且還是逢店便搶，若僅攻擊富商豪門尚且容易理解，但這下已是搶紅了眼。這不是暴動是什麼？」

接著右近轉頭望向百介問道：

「山岡大人可知道——此類暴行為何會如此蔓延不衰？」

不知該如何回答，百介也僅能回以一個憂鬱的神情。

「放火搶劫、乃至行兇殺人均屬犯法，本是天經地義，但如今城下百姓已經連這道理都給忘了。最為盜匪肆虐所苦的本為城下百姓，但這下——不僅是為惡匪徒，就連受害者都已經忘了這類勾當乃觸犯王法的暴行。」
意即——大家已經痲痺了？
右近在空杯中斟滿了酒，繼續說道：
「在下始終深信，哪管世間是如何混亂，終究還是有些不可違背的倫常。無論天下如何糜爛，只要人人行得正，世風終將獲得匡正。但如今——卻是逆此道而行。人若棄倫常，世必亂如麻，欲正之也難矣。」
接著又咬牙切齒地說道：
「如今，領內已成了個人間煉獄。」
因為惡念已四處蔓延？
隨著暴行四下擴散，整個領內似乎都成了一塊魔域。心懷惡念者與這股邪氣相呼應，引發了連鎖死亡，有如死神盤據此地不去。
真是駭人哪，百介心想，渾身不由得打起了顫來。
光聽這些就夠嚇人的了，治平也感嘆道。
「——若繼續放任不管，只怕舉國百姓都要起來造反了。」
沒錯，右近轉頭望向治平說道：
「家老大人亦有此憂慮。倘若百姓真的起而造反——藩國必將遭到推翻。如今北林的財力物

註10：原文作「打ち壊し」，意指江戶時代飢饉貧民搗毀財主家屋，以劫其財物的暴動。

力，已不足以抗拒百姓蜂起。即使勉強鎮壓了下來，接下來的局面終將難以收拾，幕府也絕不可能放任不管。任誰都看得出——唯一的結果便是廢藩。」

看來事態的嚴重程度，已遠非百介在土佐時所聽到的所能比擬了。

早在當時，右近便對這些暴行將對藩政產生的不良影響擔憂不已。但百介仍誤以為光憑幾樁攔路斬人的犯行，尚不足以導致廢藩。如今聽來，這已是不無可能了。

「只不過……」

右近有氣無力地說道，並一口飲盡茶碗中的濁酒。

「百姓是不可能起身造反的。」

為什麼——治平插嘴問道：

「大爺所言我也不是不懂。唉，都已經到了這種地步，其實也沒什麼好說的了。不過，再怎麼一籌莫展，人也不至於傻到一味將壞念頭往自己肚子裡吞。若人人都嫌苦，遲早都要賣命一搏，如此一來，哪可能不出事？」

雖是普通百姓——也不是傻子呀，治平語帶忿恨地說道：

「哪可能乖乖吃一輩子虧。」

這道理在下也明白，右近說道：

「一如治平大人所言，普通百姓亦是有志氣、有自尊、有智慧的。就這點而言，百姓和武士其實是大同小異。俗話說狗急跳牆，任何人對不當的彈壓都會有所抵抗。只是，目前的情況還真是特殊。」

「怎麼個特殊法？」
「如今再急也無牆可跳。」
噢？治平納悶地應了一聲。
「百姓之所以背棄倫常，乃因兇手尚未伏法。不僅如此，至今仍一再犯下暴行。而且僅在那狹小的領內，至今已逞兇五年有餘。雖以殘酷手段殺害多名無辜百姓，至今卻仍在城下逍遙法外。這情況豈不是極不尋常？」
是不尋常，治平回應道：
「意即，哪管是父母還是兒女遇害——倘若不知是哪個人下的毒手，到頭來也不知自己該恨的是誰。是不是？」
「沒錯，正是如此。」
右近放下了酒杯。
「這……已然是個災厄。親人遇害，卻連個可憎的兇手都無從恨起。縱使有滿心憤懣，也找不到個對象可以宣洩，僅能在畏懼中暗自啜泣。如此一來——人要不瘋也難。」
語畢，右近無力地垂下了雙肩。
原本就陰鬱的神情，這下也變得益形灰暗。
「同理，若危害社稷的是暴政、飢饉一類災禍，尚可與領主或藩國為敵。只要有明確的反抗對象，百姓哪怕再渺小氣弱，也能鼓起勇氣負隅頑抗。如此一來，或許真有辦法起義——」
「逮不到真兇，根本等同於官府放任狂犬肆虐，百姓怎沒怪罪捕吏無能？若要找人怪罪，武士們理應成為首當其衝的箭靶才是呀。」

「百姓們似乎不作如是想。」

「這豈不奇怪？」

「因為兇手——並不是人。」

——七人御前。

「不是人——難不成是鬼？」

的確是鬼沒錯，右近回答道：

「若非陽界人間、而是陰界妖魔所為，要想怪罪役人也是無從怪起。再者——」

役人自己也已心生畏懼，右近說道：

「武士和百姓其實也沒什麼不同。如今官府不再有將兇手繩之以法的心力，百姓也失去了自保的力氣。只曉得疑心暗鬼、彼此懷疑，根本無力團結一致，哪可能聚眾起義？充其量僅能幹出一些自暴自棄的暴行，而官府就連取締這些暴行的力量都已不復存在。」

聽來還真是紛亂不已。不——

或許妖魔詛咒，指的就是這種情況吧——百介心想。

「因此，該地的確受了妖魔詛咒？」

「這在下也無從判斷。」

「猶記右近大爺曾言——該地於北林氏統治前，亦曾發生過同樣的事？」

他的確曾這麼說過。

「是的。但至於實際上發生了什麼樣的事，在下也就不清楚了。領民之所以推稱其為妖魔作怪，或許只是為了便於解釋超乎尋常的情況罷了。」

「看來不推稱其為妖魔作怪，還真是教人熬不下去呀。」

治平轉身背對右近，為燈籠點上了火。

原本就昏暗的屋內，這下已是一片漆黑。燈籠的火光將老人的面頰染成一片橙紅。

「但就連妖魔詛咒這種說法都搬出來了——情況可不就更難收拾？」

右近只是默不作聲。

喂，大爺——治平朝他喊道：

「倒是大爺自己出了什麼事？」

「噢。」

右近轉頭避開閃爍的燭光。

「可是——出了什麼傷心事？」

「傷心事……」

右近先是彷彿自問自答地喃喃自語，接著才繼續說道：

「是的，這件事——的確是教人悲痛欲絕。」

「右近大爺——」

只見這浪人在黑暗中把拳捶膝。

「在下之妻——」

在下之妻也遇害了。

東雲右近咬牙切齒地說道。

「夫、夫人她——但、但夫人不是已……」

「內人死於臨盆在即之時。」

「怎麼可能發生這種事？」

聽到這個消息，百介頓時感到眼前變得一片黑暗。雖然人分明就近在眼前，但彷彿視界已為心中黑暗所阻，幾乎已經看不見右近的身影。

「在下返家當日——便看到了鄰家姑娘的遺體。從殘忍的犯案手法看來，那姑娘碰上的並非冒名暴徒，而是死於真兇——不，即肆虐妖魔之手。」

死神。

這絕對是死神所為。

「據說那姑娘原本即將於數日後舉行婚宴，平日也常幫助有孕在身的內人——因此這樁慘禍，真是教內人悲痛欲絕。」

可見內人尚保有常人心智，右近幾近泣不成聲地說道。

「但長屋中的居民可就全都變了樣。不，或可能是因為出了這件事才變了樣的。原本還準備舉行婚宴，代表對人生或許還心懷些許期待。但這下就連這僅存的一絲希望都慘遭抹滅。大家紛紛為畏懼妖魔災厄而緊閉門戶，沒人敢出門為那姑娘上柱香，就連新郎官也沒敢露臉。這……教在下已是忍無可忍，只得懇求面見家老大爺，表明期望能繼續進行搜索——」

「大爺打算親手緝捕真兇？」

「沒錯。在下實在無法容忍此暴徒繼續逞兇，而且，也仍想遵守與家老大爺的約定。不，或許在下的本意，終究不離建功仕官。未料……」

未料，此舉反而釀成了悲劇，右近雙肩不住地顫抖著說道。

即使四下一片漆黑，百介也感覺到了他的顫抖。

「當在下悄悄在外進行搜索時，內人阿涼她——」

連同肚子裡的孩子——

一併教人給拐走了。

「右近大爺。」

「就在失蹤的三日後，有人發現內人的遺體被裹在草蓆中倒吊在橋桁下，肚子還教人給……」

肚子還教人給剖了開來，右近說道。

「噢——」

就連見慣風風雨雨的治平，這下也被嚇得啞口無言。

世上真有如此殘酷的慘事？

百介嚥下一口口水，只感覺一股苦味從腸胃直往上湧。

「肚子裡的孩子——是個女嬰。」

右近泣聲說道。

「從內人大腹便便的模樣看來，原本還以為所懷的必定是個男嬰。未料……」

治平一股腦兒地將缺口的茶碗斟滿酒，一把湊向右近說道：

「喝下去。」

右近默默接下茶碗，將酒一飲而盡。

「在下對藩國、妖魔、乃至是否真能仕官毫不在意，一切不過是為了即將來到人世的孩子，然而……」

這我了解，治平說道：

「別再說下去了，再說下去也是徒然，心裡頭還傷得更重。但這種遭遇任誰都是想忘也忘不了，註定要成為背負終生的沉重枷鎖，即使殺了真兇，亦難平此深仇大恨。因此……」

大爺也只能接受現實，治平說道。

這下百介憶起治平其實也有過相同的境遇——昔日也曾經歷喪妻喪女之痛。

他媽的，竟然沒酒了，治平想為自己的酒杯斟酒時發現酒已喝光而如此罵道，只好舔了酒壺幾口。

「倒是大爺為何到江戶來？」

「乃因在下遭人誣陷為真兇。」

百介一時懷疑自己是不是聽錯了。

「真、真兇？這豈不是太荒唐了？」

的確荒唐——右近說道：

「但事實正是如此。在下已被當成殺害妻小等人的罪犯遭到舉國通緝，連一絲證明自己清白

的機會都沒有。」

「殺、殺害妻小？」

百介驚嘆道。這下右近的身子開始抽搐了起來。

過了半晌，百介才發現他的身子原來是隨自嘲的笑意而抖動。

「沒錯，在下被誣指為斬殺孕妻並倒掛其屍、行徑暴虐令人髮指的殺人兇手，若非瘋子即為鬼畜。不，殘虐程度甚至較鬼畜更甚。」

唉，右近嘆道：

「這段時日曾不知幾回萌生死意，但終究還是活了下來。在下絕非貪生怕死，而是深感既遭此境遇，如今更是不該輕易犬死。」

「大爺想親手弒敵？」

右近搖頭回答：

「一如治平大人所言，縱使將兇手斬首抉目，亦難撫平此殺妻之恨。唯一令在下痛心疾首的——是至今仍未能為愛妻治喪。因此……」

右近緩緩抬起頭來。

只見他的瞳孔中映照著燈籠的燭火。

「因此在下才隱身潛伏，並且……」

「並且碰上了阿銀？」

治平語氣粗魯地說道，將空了的酒壺隨手一拋。酒壺在質地粗糙、乾枯陳舊的榻榻米上一路滾動，到了接近敷居的地方才停了下來。

「那母夜叉這陣子都在忙些什麼？」

「這在下也不清楚——」

右近望向酒壺說道：

「只是——見到阿銀小姐時，的確是驚訝萬分。在下原本以為阿銀小姐並非陽界之人，因此一度甚至懷疑自己是否在不知不覺間徘徊到了幽冥陰界，抑或在無盡悲痛中產生了幻想錯覺。」

右近轉頭望向百介，百介連忙將視線給別開。

「在下向阿銀小姐詢問了土佐一事的原委。雖然當時深感難以置信，但這下看到山岡大人亦為血肉之軀，似乎可證實其所言不假。」

「這、這、小弟不過是……」

百介一時也不知該如何解釋，到頭來只得垂下頭去；畢竟再怎麼解釋也只會教人愈聽愈迷糊。山岡大人無須自責，右近手按百介的肩膀說道：

「阿銀小姐為在下打點了一張偽造的通行手形，並引領在下逃離北林領內。在分手之際，還保證會為在下查個水落石出，並囑咐在下赴江戶麴町，於念佛長屋治平大人之居處等候——」

語畢，右近一手握起自己的刀。

【參】

百介返回江戶的三日後，神田鍛治町的書鋪老闆平八便前往京橋蠟燭商生駒屋內的小屋——亦即百介的住所造訪。

想不到他的反應如此之快，還真是遠遠超乎百介的預期。

一離開治平住處，百介便連忙趕赴平八的住處，委託他代為調查一些事。

這個租書鋪老闆不僅通曉書畫文物，還得以出入某些常人難以進出的場所。因此不僅人脈廣泛，消息也十分靈通。再加上平八生性愛看熱鬧，同時還是個擅長以花言巧語套人話的馬屁精。

總之，他可真是個委託調查的好人才。

這下只見平八那張與實際年齡毫不相稱的娃娃臉面帶微笑，才剛打完招呼，便從懷中掏出一包豆沙包湊向了百介。平八總是認為百介沒什麼酒量。

「這是我從兩國買回來的。甜食我是吃不出好壞，不過，據說這豆沙包可是十分美味哩。」

「你去了兩國一趟？」

沒錯，平八語帶驕傲地說道：

「也查訪到了不少事兒。這下該從哪兒說起呢？總之我就從頭道來吧。倒是，那位武士怎麼了？」

「你可是指——右近大爺？也沒怎麼了，目前正寄住某處藏身。」

「可是藏身在那小股潛的同夥家中？」

平八對又市的真實身分已是瞭若指掌。

「真是的，竟然真有這麼過分的事。妻小都遭人毒手了，還得蒙上這不白之冤，哪可能受得了呀。又不是京橋的擬寶珠（註11），真不知道這麼做有何利益可圖？」

「是呀，想必真的很難熬罷。」

要喝點茶麼？取出豆沙包的百介問道，不必麻煩了，平八揮手說道。

「不過，那位大爺為何會受到這種莫名的誣陷？」

「噢，關於這點我是不清楚，但據說右近大爺在尋兇的過程中，曾向遇害的鄰家姑娘的未婚夫探聽過一些消息。和右近大爺見過面之後不久，這個未婚夫——一個名曰與吉的油販子，接著也遇害了。」

難道真是七人御前所為？平八問道。

不，是死神，百介回答。

「死神是什麼？」

平八兩眼圓睜地驚聲問道。

「噢——這不過是個比喻。殺害與吉的兇手或許只是趁火打劫的盜匪。據傳這類暴徒時下正與日俱增。」

「這可奇怪了。」

還真是奇怪哪，平八磨蹭著下顎說道，原本還宣稱自己不愛吃甜食，這下卻將一只豆沙包給塞進了嘴裡。

「奇怪？平八先生這句話是什麼意思？難道認為與吉這個人有問題？」

應該不是罷，平八邊鼓動著雙頰咀嚼邊說道：

「哎呀，還真是甜哪。上回我到那兒去時，城下的氣氛已是一片陰陽怪氣的。唉，澡不熱、飯不甜、女不美，那地方可說是什麼都不對勁。整個地方沒半點兒煦煦生氣，不論上哪兒都只有騰騰殺氣。或許是因為殺人兇手依然逍遙法外，嚇得百姓個個心神不寧，教人感覺一點兒也不安穩。因此，或許真有些不法之徒乘機破門搶奪、攔路劫財——但先生難道不認為這一切未免也過於湊巧了些？」

「過於湊巧？」

「先生難道不好奇，那位武士大爺為何找上那個油販子？」

平八執拗地追問道。

「噢，根據右近先生所言，遇害的鄰家姑娘——名曰瑠衣，似乎還有個名曰佳奈的妹妹。佳奈聲稱——自己曾看見過兇手。」

「可是那個油販子？」

「非也。正確說來，其妹所看到的並非殺人兇手，應該說是拐走姊姊的嫌犯——」

瑠衣原本與妹妹佳奈相依為命，兩人平日以裁縫女紅勉強餬口。瑠衣就是在加奈前往裁縫鋪繳交剛縫好的小袖（**註12**）時，教人給擄走的，前後時間不過四刻半。加奈也宣稱從裁縫鋪返家

註11：江戶時代，從東海道進入江戶時所需渡過的第一道橋即為京橋，擬寶珠為橋杆柱頭上的寶珠形裝飾。關於擬寶珠的起源有各種說法，一是模擬佛教中釋迦舍利壺的形狀、龍神寶珠或地藏菩薩手中寶珠的形狀，取其「模擬」之意，故稱之擬寶珠；另一說法是據稱洋蔥的臭味有除魔的功效，取其音同「蔥帽子」、「蔥坊主」，同時模擬其形狀而成。

註12：和服之窄袖便服，貴族多當成內衣著用，對平民百姓而言則是日常穿著。亦指綢面棉襖。

途中，曾看到姊姊被人帶走。

「據說是看到自己姊姊的衣袖從轎子裡露了出來。」

「衣袖？」

「是的，而且還表示衣袖露出來的模樣看來頗為怪異，是垂下來的。加奈曾納悶，若不是身子往前撲倒，人坐在轎裡，衣袖哪會像那樣垂下來。當時還納悶姊姊是否倒在轎子裡，並曾為此定睛觀察。結果……」

「她怎能確定那是姊姊的衣袖？」

據說加奈堅稱那件衣服是自己母親的遺物，絕對錯不了。

「結果她發現在轎子前頭帶路的，是個身穿龜甲花紋的袴、看來身分不低的武士。因此加奈後來曾緊抓著瑠衣的遺體，直哭喊是武士殺了自己的姊姊。」

「但沒人相信她？」

「沒錯，沒有任何人願意聽信她這番說辭。即使對她的境遇心懷憐憫，但兇手為高階武士這種說法未免過於敏感，因此沒人敢當真。」

長屋中的居民全都變了樣——

領內已成了人間煉獄——

猶記右近曾如此說過。

「也不知那名叫與吉的油販子是否有什麼蹊蹺？」

平八說道，並順手理了理座墊。

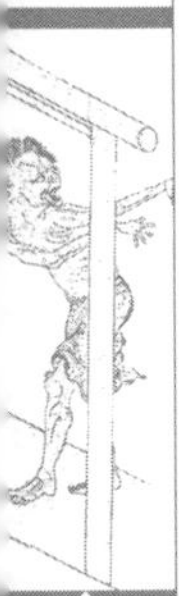

「是的。那姑娘也聲稱——自己曾見過那武士和自己姊姊的未婚夫與吉碰面。」

噢，平八驚聲說道：

「記得可真清楚呀。難道那武士生得特別古怪？」

「生得是什麼模樣，那姑娘應該是沒瞧見。據說那武士當時以頭巾覆面，唯一記得的是袴上的龜甲紋。女紅對少見的花紋眼睛特別尖，也是不足為奇。」

有道理，平八拍膝說道：

「因此那位大爺就找上了那未婚夫？」

「似乎是如此。右近大爺從外地移居北林，不出多久便出外尋人，後來一直都待在土佐。噢，即使沒離開過北林，也找不到任何線索。換作是我，也會想到應先從與吉下手才是罷？」

「這我也同意。那麼，那油販子和大爺說了些什麼？」

「平八先生還真是打破了砂鍋問到底呀。」

百介抓起了一只豆沙包回答：

「與吉似乎真的記得那身穿龜甲紋袴的武士，但聲稱自己不過是曾在大街上見過他。」

「大街上？」

還真是奇怪哪，平八說道。

的確是有些奇怪——百介也附和道。

「與吉宣稱當時自己正與瑠衣同行。由於擔心時局不寧，因此直將她送回了長屋門外。與瑠衣告別後，旋即就遇上了那武士，還被問到瑠衣叫什麼名字。」

「為何突然問起瑠衣的名字？」

「噢，與其說是被問起名字，應該說那武士向與吉詢問的是——他和方才那相貌秀麗的佳人是什麼關係。與吉聽了心生得意，便自豪地回答她乃是自己的未婚妻。」

這與吉還真是個輕薄草率的大老粗呀，百介心想。

還真是奇怪哪，平八第三次如此說道。

「說奇怪的確是怪了些，但這種事也並非不無可能罷？」

「說得也是。這世上倒是常發生些幾乎不可能發生的怪事。那麼，那位大爺是否也和百介先生一樣，買了他這說法的帳便告辭了？」

「不——右近大爺也質疑與吉的說辭未免過於粗枝大葉。他懷疑一個原本將和自己緣定終生的女人才遇害沒幾天，哪可能如此一副毫不在乎的。畢竟右近大爺是個……」

據說他是個愛妻心切的夫君是罷，平八面帶羞色地說道。

「沒錯。因此他才會對與吉如此懷疑，向其質問——若是認為自己的未婚妻值得向不過是在大街上偶遇的武士如此炫耀，這下遇害了，怎還能如此毫不在乎？而且哪可能既沒去上個香，又沒半句悔恨之言……？」

據說與吉是如此回答的：

若人還活著尚且另當別論，但這下人都死了，再留戀還能有什麼用？

而且據說死狀還淒慘得教人不忍卒睹——

「還真是個粗枝大葉的傢伙呀。」

看來平八為他的態度頗感驚訝。

「不過，反應如此冷淡者似乎不僅與吉一人，如今在北林藩，這種態度似乎已蔚為風潮。只是右近大爺當時似乎尚未察覺事態已嚴峻到這個地步，僅感慨人們為何變得如此無情、如此不道德，為此抱怨不已。」

「噢。」

「不過與吉只把他的抱怨當耳邊風，一再堅稱自己有事要忙，若無其他事要詢問，就儘早放了他。」

「有什麼事要忙？」

「他只說自己還得忙著掙錢。」

掙錢？平八歪著腦袋納悶了起來。

「實在看不出如今的北林還有什麼錢可掙哩。」

「這他也沒多作解釋。只是看到右近大爺氣得面紅耳赤的，便推稱只要放了他，保證會分點兒好處。但說這句話根本是火上加油。」

「想必教他聽了更是怒不可遏罷？」

「是如此沒錯，不過右近大爺自己也失了分寸，對與吉不僅是厲聲斥責，甚至還拳打腳踢。」

把我當什麼了？

以為我在乎你的臭錢麼？若是教你給收買了，豈對得起瑠衣在天之靈？

挨了右近一番怒斥痛打，據說與吉是如此回應：

就別再裝清高了——

這世上誰不愛財？

她人都死了也就算了，但我可還活得好端端的呀——

要想活下去，不多掙點錢怎麼成？

難道你們當武士的不吃飯都能活下去？

右近曾表示，自己當時為這番話所激怒，不由得握起了刀柄。

對為了養活愛妻和即將出世的孩子，甘願放下身段仕官餬口的右近而言，這番話想必是教他感觸良多。嚴峻的現實應已讓右近體認到，即使貴為武士還是得養家活口。

只憑尊嚴與意志是填不飽肚子的。既然肩負起了扶養妻小的重任，武士的大義名分也只能淪為絆手絆腳的枷鎖。如今東雲右近應已切身感受到，誠如與吉所言，沒這點覺悟——日子哪過得下去。

只是——

「右近大爺不僅當街怒斥與吉，還憤而對其拳打腳踢，讓許多路人都瞧見了。雖然右近大爺到頭來還是將怒氣往自己肚子裡吞，把與吉給放了，但不幸的是，與吉不久後竟然就——」

「遭人殺害了是罷，因此那位大爺也就這麼被按上了殺人的嫌疑。如此推論——百介先生，與吉這鬼鬼祟祟的傢伙，看來似乎是在前去談那椿掙錢生意時遇害的哩。」

看來的確不無可能，百介回答道。

「但坊間可不作如是想。畢竟曾聽說與吉原本要去做些什麼的僅有右近一人，坊間百姓唯一知道的，僅有右近曾和與吉起過爭執一事。接下來與吉就死了，不出多久右近大爺之妻又遇害。雖然這麼說有點不近人情，但如此一來，右近大爺要想不讓人懷疑都難。」
百介先生，這結論未免也下得太草率了，平八說道：
「這種事若在江戶發生，想必大家是會如此推論沒錯。但北林的情況可不同呀。」
「哪裡不同？」
「那兒不是殺手、盜匪橫行經年麼？那麼有誰在何處遇害這種事，豈不是一點兒也不希罕？一個人只因曾和自己起過爭執的傢伙和自己的妻子接連喪命，就被指稱為嫌犯——如此推論，我可是難以接受，而且也沒經過調查就下令通緝，處理過程難道無過度草率之嫌？」
如此說來，似乎也不無道理。
既然該地兇殺慘案頻仍，那麼和與吉命案大同小異的事件理應是為數不少。而右近之妻所遭逢的慘禍，照理也應被視為右近遷居領內前所發生的一連串事件的延續。
因此，僅有右近一人遭到通緝，看來箇中的確是有些蹊蹺。
「該不會是遭人誣陷的吧？」
「遭人誣陷——會被什麼人誣陷？」
這就不清楚了，平八說道：
「總之為此憑空臆測，充其量仍不過是牽強附會。若僅能胡思亂想，還不如先將這問題給擱著。倒是，關於北林那妖魔詛咒的傳聞……」
「可是打聽到了什麼關於這傳聞的消息麼？」

平八從身旁一只碩大的包袱中取出了一冊記事簿。

「呵呵呵，小弟也學起百介先生，開始用起記事簿來了。這可不是記錄賒帳的帳簿呀。」

平八興高采烈地說道：

「不過，邊聽人陳述邊以簿子記述還真是難事一樁，不由得教小弟由衷佩服起百介先生的功力呀！」

「客套話就免了吧。難道平八先生果真探聽到了那妖魔傳聞的真相？」

妖魔詛咒——

難道真有這種怪力亂神之事？

雖然還真是死了不少人。

百介並不全盤否定神怪之說，但對此說法就是頗為質疑。

——妖魔詛咒真會鬧出人命麼？

右近在向家老表明希望繼續調查的意願時，曾收下一份調書的謄本。

雖然還沒來得及詳閱，右近便遭到了通緝，這份謄本也因此沒派上什麼用場，但百介還是把它借來仔細讀了一遍。

右近曾表示不知這些兇案是打哪時開始發生的，但根據記載，第一樁慘案是發生在六年前。

只不過，看來當時並未有人指其為妖魔詛咒。被擄走的悉數為年輕姑娘，均於慘遭開膛剖腹、挖出臟腑後棄屍，手法至為陰慘。

宛如生肝遭人活剝之狀——

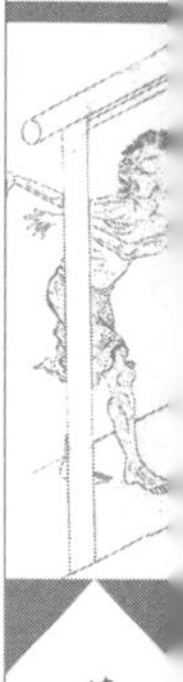

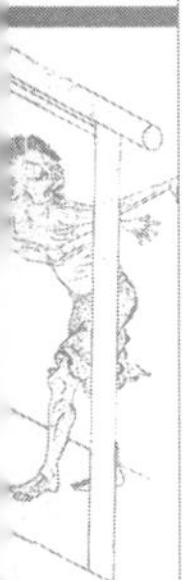

調書上頭如此記述，不過並未記載遇害人數，因此難以看出與後來發生的事件——亦即所謂妖魔詛咒所為的案子之間有無關連。此外，當時前藩主尚在人世，尚未經歷人事交替，當年負責調查的役人如今似乎已不在位。

真正被指為妖魔詛咒的事件，則是到翌年才發生。當時統治者也已換成了現任藩主。從五年前的夏季至翌年早春，共有七人遭慘殺。

——七人。

這人數就與後來的七人御前之說扯上了關係。

但也不知是為何，接下來有一整年未曾發生任何慘案。直到大前年夏季，同樣的事件方才再起，妖魔詛咒之說亦在此時開始流傳。至前年春季為止，同樣有七人遇害。自此人心大亂，也有不少趁火打劫者開始乘機犯案。

「這妖魔詛咒之說——」

平八開始賣起了關子。

百介朝他探出身子，逼他把話給說下去。稍安勿躁、稍安勿躁，平八說道：

「乃源自一樁城主遭人殺害的駭人傳說。這件事發生在——許久許久以前。」

——遠古凶事。

右近亦曾提及該地有一流傳已久的駭人傳說，或許就是這樁。

北林這地方——平八繼續說道：

「一如百介先生曾言，在北林家統治前曾為天領，亦即幕府領地。先生可知道如此窮鄉僻壞，幕府為何要接手管轄？其中其實有個無可奈何的緣由。」

「怎麼個無可奈何法？」

「原因乃藩主家血脈突如斷絕。由於無人可繼承家業，家系和藩號就這麼給廢了。」

「這可是被劃為天領前的事？」

沒錯沒錯，平八翻閱起記事簿說道：

「此事說明起來有些麻煩。根據記載，被劃為天領前，該地乃由三谷家所統轄，而後來斷了香火的即為此家。不過，記錄中倒是未曾明確說明三谷家之所以絕後的理由，僅載有藩主猝死，以下略。」

「不過，即使藩主猝死，又無後人可繼承，還是可祭出收養養子等對策因應不是？」

「對策的確不是沒有。」

「縱使將一個藩給廢了，也可將其領地分封予其他近鄰的藩什麼的，哪有可能找不到什麼好對策？除非其乃佐渡之類的產金之地，至少有些許利益可圖——否則應該不至於會將之劃為天領才是。」

「該地的確有盛產黃金之傳說。」

「噢？」

據說還有座金山哩，平八嘻皮笑臉地說道。

「金山？此話可當真？」

「這當然只是個傳說呀。想必還是個無憑無據的流言。那種地方哪可能挖出什麼金銀呀。這

則傳說，想必正如百介先生稍早所言，不過是坊間對該地突然被劃為天領所作的臆測罷了。那兒之所以成為天領，其實是另有原因。」

別再賣關子了行麼？百介說道。

「呵呵，我可沒在隱瞞什麼呀！其真正原因，其實就是那個妖魔詛咒的傳言。這我一開始不也提過？」

「就因為有妖、妖魔詛咒，幕府才無法將該地分封給其他藩國？」

平八邊點頭，邊嚥下又一只豆沙包。

「還真想來杯茶呀。真是佩服百介先生，這麼甜的東西還能吃得面不改色的。」

分明是平八自己吃得比較多。

「其實——」

嘴裡仍在咀嚼著豆沙包的平八口齒含糊地說道：

「三谷藩之所以遭到廢藩，其實是為了一則駭人聽聞的醜事。這件事，就連官府也不敢對外張揚。」

「醜事？」

「沒錯。這三谷藩的末代藩主，據說原本也是個養子。看來三谷家的確是代代皆無子嗣。至於這藩主是如何成為養子的？我倒是沒查證得太仔細。總之，這位藩主殿下——是個心神錯亂的狂人。」

「可是患了什麼心病？」

「據說是某淫祠邪教的信徒。」
「淫祠邪教——可是切支丹（註13）？」
不是不是，平八揮手否定道：
「此事未曾留下任何記載。江戶北林藩下屋敷有個名曰權藏的折助（註14），如今年事已高，走起路來已是步履蹣跚，這樁不可告人的往事就是從他口中打聽來的。說來還真是殘酷之至，據說那藩主嗜食活人生肝。」
沒有這種信仰罷？百介質疑道。
「真的沒有麼？我倒覺得有也不足為奇呀。」
「不，鐵定沒有。古今書卷記載了種種信仰，其中有些看似淫穢，也有些是殘酷異常。不過，若只是坊間狂徒也就罷了，堂堂一國一城之君，豈有為此等邪教鬼迷心竅之理？」
畢竟只是個傳說呀，平八說道：
「先生向我抱怨也沒用，畢竟傳說就是這麼說的。反正都是上百年前的事兒了，若沒被據實記載也是真偽難辨。總之，根據這則傳言，這位藩主殿下為該淫祠邪教所迷，後來變得心神錯亂，殘暴不仁，接二連三地於殿中斬殺家臣——最後被關進了土牢裡。」
「哪有辦法將殿下給關進牢裡？」
「不關也不行罷，否則只怕大家的小命都要不保。為了顧及體面——雖然大名也得顧及體面這種事說來是古怪了點兒，但一個藩國在面對幕府或他藩時，還是得保住面子，因此只得將這藩主給押進牢裡藏起來。」

如此一說——可就真有幾分道理了。

「不過，據說這位殿下後來——逮到機會搶了衛兵的刀子，逃出了土牢。但他並非搗毀牢檻逃出去的，據說——那座土牢裡其實有條密道。」

「密道？」

「想必那土牢是利用天然洞窟改建的吧。總之，問題就出在他逃出去之後。」

平八抬起屁股，調整了一下坐姿。

「那位殿下不知打哪兒逃出城下後，便開始接二連三地手刃領民，而且還是逢人就殺，像這樣一刀一刀地——」

平八揮舞著手刀說道。

「且慢。為何藩主要將領民給……」

「還有什麼理由？因為他早已是喪心病狂了呀。不是早說過他心神錯亂了麼？」

百介不禁開始想像起那副光景。

一個見百姓就殺的藩主殿下。

還真是一幅教人不忍卒睹的景象。

一個狂亂的城主接連行兇——

註13：江戶時代對基督徒的稱呼。

註14：專責服侍武士的奴僕。

「那麼，他最後怎麼了？」

「教百姓給殺了呀。」

「堂堂一個藩、藩主教百姓給殺了？」

這結局聽得百介啞口無言。這種事真有可能發生？

接下來的就是這故事最引人入勝之處了，平八擠眉弄眼地說道：

「見到一個手提染血兇刀徘徊荒野的傢伙，有誰會認出他是藩主大人呀？就連百姓也懂得保命求生，看到這種逞兇暴徒，當然得除之而後快。因此——也不知他們是拿了竹槍還是鋤頭，就這麼將他給活活打死了。這下……」

「大家才發現自己殺的是藩主？」

若事實真是如此，事情可就嚴重了。不論事發經緯如何，一個領主竟讓自己的領民給殺了，可會成為一樁轟動社稷的醜聞。這可就成了一件攸關藩國——或許該說是幕府、甚至武家威信的大問題了。

「此事當真？」

「是真是假我也不清楚。不過三谷家從此便告絕後，領地也遭到沒收，並被劃為天領。」

不論理由為何，一個堂堂大名遭到百姓殺害，畢竟是個前所未聞的兇案。因此遭廢家撤藩、沒收領地，也是理所當然的結果。

不過——

「這和如今的妖魔詛咒有何關係？」

難道這妖魔是領主化身而成的？

這下這租書舖老闆才睜大雙眼回答：

「是百姓呀，百姓化成的。」

「殺了這藩主殿下的百姓？」

沒錯，不愧是考物作家，先生果然是明察秋毫呀，平八語帶奉承地說道：

「事先雖不知情，但這些百姓們畢竟殺了自己的藩主。哪管是心神錯亂還是什麼的，藩主終究是個堂堂大名。殺了這種人，豈有全身而退之理？百介先生也知道罷，大名對咱們這種市井小民而言，可是高不可攀的大人物呀。先生有沒有碰上過大名出巡？就連抬個頭看一眼，說不定都得被怒斥無禮放肆，落得當場人頭落地哪。」

這話還真是一點兒也沒錯。

「不過換個立場來看——哪可能放任這種狂犬般的暴徒四處揮刀逞兇？就百姓的立場而言，殺了他不也是情勢所迫？」

要這麼說——其實也沒錯。

「因此官府也沒審訊，更甭提問清緣由。畢竟此事攸關武家威信，總不能說滋事的是個大名，就放了這些百姓罷。因此，與事百姓便被當場斷罪，悉數被斬首示眾。當時擺在獄門上的首級——正好是七個。」

「七個……？」

「因為那藩主就是這七人聯手殺害的呀。方才我也說過，百姓既無兵器又不諳武藝，只能聚眾下手。但想當然爾，他們哪可能死得瞑目？因此，這七名百姓便——化身成了妖魔。」

「這就是七人御前的由來……？」

傳聞聽了整整一年。

這下——終於能稍稍掌握到肆虐北林的七人御前的樣貌了。的確，此傳說發源地——西國的七人御前，不論是戰死沙場的平家餘黨、掀起暴動遭處死刑的百姓、抑或踐踏神靈聖地而遭天譴的樵夫，其前身均有某種古老傳承可供依循。但肆虐北林者則缺乏此類由來，因此原貌著實教人難以捉摸。

在通常的傳說中，七人御前多半僅以災禍或疾病誘人致死，而非以諸如殘殺等手段直截了當地取人性命。作祟妖魔竟能將人斬殺的這種說法，再怎麼想都教人覺得不對勁。不過由方才的故事看來，犧牲者的死因似乎就沒那麼重要了。只要將之視為是妖魔導致人被慘殺，而非妖魔直接殺害，就不再有任何不合理之處。心懷惡念者一旦置身魔域，該處之惡氣將與之相呼應，並誘其為惡。這種情況以妖魔詛咒稱之，似乎也無任何不妥。

甚至堪以死神作祟稱之——

不過……

「平八先生。若真是如此，即代表世世代代於該地肆虐者，乃當時遭處死的七名百姓冤魂？」

應該是罷，平八一臉若無其事地說道：

「當然，這些冤魂或許也可能是遭藩主殿下手刃的百姓化成的。總之，該處還真是個不祥之地呀，想必的確曾發生過什麼怪異之事。不過，此類凶事畢竟不宜外揚，或許正因如此，才暫時將該地劃為天領。看來，幕府是亟欲掩飾這樁由大名所惹出的紕漏哩。」

——紕漏。

如此說來——右近的確也曾提及，昔日統領該地的大名曾出了什麼紕漏，並表示由於有此不祥的前例，如今方會出此妖魔擾亂社稷。

不論原本如何賣力隱瞞，倘若如今因為鬧個鬼，導致真相隨之暴露，一切豈不流於徒然？平八說道。

——不。

或許真相並非此妖魔所揭露，而是該地的惡念凝聚不散，後世復以某種形式繼承之，並為心懷相同惡念者發現而使然。

即使如此——

再了不起的雄心壯志也終將枯竭。無論這幾人死得有多麼冤枉，微不足道的個人怨念，豈有辦法在後世記憶中流傳上百年？

「不過，平八先生，或許此事真曾發生，但至今也有上百年了。而且該藩如今已易名為北林，這些冤魂理應早就收手了不是？」

「的確理應如此。鬧鬼哪可能鬧上個百年？如此一來不僅該地無人有膽居住，妖怪自己也要給累壞了。」

「那麼……」

先生想問的，是如今為何又開始出事罷？平八以食指指向百介的鼻尖說道：

「箇中當然有緣由。」

「什麼樣的緣由？」

「當然，這純屬個人推測。答案乃三谷藩之末代藩主，亦即該心神錯亂之殿下。據載，此人名曰——噢，有了有了，三谷彈正景幸，而現任北林藩主則名曰……」

「噢——」

這下百介想起來了。右近曾提起這名字，記得是——

「北林彈正景亘。」

平八笑著說道：

「兩人之名同為彈正。」

「兩個藩主同名？」

「或許此二字並非名字，而是頭銜？」

「事實上，彈正乃彈正台之略，從前的確有此一職，性質如同律令時代（註15）之大目付，想必是位高權重者方能獲得任命。不過，如今是否仍有此頭銜，就不得而知了。即使仍有，想必也只是個形同虛設的榮祿官位罷了——」

如此看來，這理應不是頒與鄉下大名的頭銜。

「總之這是名字還是頭銜都不打緊，只不過令人懷疑這是否就是此妖魔詛咒傳言死灰復燃的原因罷了——至少我是如此推論。」

聽來似乎有理，但是否真是如此？百介歪著腦袋納悶了起來。

「這應只是巧合罷？」

「應該是罷。但對肆虐的冤魂而言，反正兩者都是彈正，或許又勾起了舊恨，才會再度出來作怪的罷。」

百介雙手抱胸地問道：

「倒是，現今的藩主是個什麼樣的人？」

呵呵，平八翻閱起記事簿回答道：

「北林的彈正大人是麼？此人乃前任殿下之弟，當上藩主不過是五年前的事兒。不過其兄生來體弱多病。」

「據說前任藩主是病死的？」

「先生果然是無所不知。如此形容或許有些失敬，但這位彈正殿下實為妾室所生，直到繼任前為止，長年蟄居於江戶的大名部屋（**註16**）。」

「噢，我也曾聽聞其乃由側室所生。不過，據說前任藩主之正室，便曾激烈反對這位彈正大人繼位？」

前藩主之正室，即曾與小右衛門訂有婚約的千代與土佐之小松代藩藩主所生之女阿楓。百介曾聽聞出嫁北林的阿楓，在經歷這段繼位的紛擾後，從天守投身自盡。

註15：指日本歷史上以律令制治國的時代，廣義上為七世紀中期至十世紀之間，時期大致與奈良時代一致。

註16：江戶時代，諸大名設於江戶之藩邸。

「是麼？這我可就沒聽說過了。現今的彈正大人是個什麼樣的藩主，我也不大清楚。雖然陳年往事會在平民百姓之間口耳相傳，但現任藩主殿下的壞話可沒人敢說。只不過……」

其實平八根本安然處在室內，但他還是裝模作樣地環視了周遭一圈，接著又向前探出了身子。百介見狀，也隨他將身子往前湊。

「倒是，我還聽說了一件有趣的事兒。」

「有趣的事兒？」

「噢，其實也不知這件事該說是有趣還是什麼的。總之，也沒有什麼證據，或許純粹是出於巧合罷。」

平八再度開始翻閱起記事簿來。

「找到了。彈正大人繼任藩主後，便將兩個打從蟄居於江戶部屋時便隨侍在側的心腹立為側近，一個是名曰楠傳藏的近習（註17），亦即藩主側近。另一個則名曰鏑木十內，為徒士組頭（註18）之番頭。此二人打從寄居部屋時代起，便是與彈正大人形影不離的寵臣。因此……」

接下來的就是重頭戲了，平八說道：

「不知怎的，這位殿下並未雇用小廝，而是找來兩個女人隨侍在側。噢，在我鋪子裡賣的灑落本（註19）或滑稽本（註20）中，藩主殿下大都被描寫成好色之徒，要不就是性喜男色，因此妻妾成群也不足為奇。不過百介先生，聽到接下來的細節可別過於驚訝；這兩個女人的名字，竟然就叫桔梗和白菊。」

「噢。」

這兩個名字可有什麼問題？百介問道。
「白菊哩，先生難道沒聽過白菊這名字？」
這名字哪有什麼稀奇？百介回道。
「想不到先生竟然如此遲鈍哪。」
平八一改先前的奉承口吻說道：
「先生難道忘了上回尾張那起案子？」
「尾張──那起案子？」
「就是絕世惡女，朱雀阿菊呀。」
「噢！」
百介驚訝地喊出了聲來。這不就是讓那個尾張的富商迷了心竅的惡女別名？這以白菊自稱的女人，可是個將男人玩弄於指掌之間，攝其精、詐其財，將人給搾乾後還將之燒成灰燼的蛇蠍毒婦。
「倒是，也記得又市先生曾提及白菊如今於北林領內棲身。不、不過平八先生，你的意思可

註17：隨侍主君左右之武士。
註18：徒士組為江戶時代，將軍或大名出巡時，徒步行於行列前方，負責沿途警備之武士。
註19：江戶時代後期的一七六四～一七八九間，流行於江戶市民之間的情色文學作品。因大小尺寸和封面顏色，又稱蒟蒻本或茶表紙。
註20：盛行於江戶時代後期的一八〇四～一八三〇之間的平民文學，內容多以幽默故事為主。

是，這惡女如今已成了一介大名側室……？」

平八頷首回答：

「雖無任何證據，但先生可記得金城屋的夥計在江戶看到白菊後，是如何形容她的？」

這百介可就記得很清楚了：

「她看來不像是嫁入武家或商家為妻，也不像在哪兒幹活、或在花街賣身。不過，裝扮並不貧賤？」

沒錯，平八捻指作響地說道：

「如此打扮或許有點教人難以歸類，但若說是大名側室，豈不是頗為相稱？」

百介雖不知大名的側室都作何打扮，但想必看來必不貧賤，亦不似正房妻室。

「據說彈正大人對這側室寵愛有加，因此打從蟄居江戶時期起便讓她隨侍在側。因此那迴船盤商的夥計在江戶看到的，或許真是她沒錯。」

這的確不無可能。

百介才剛如此附和，平八又迫不急待地繼續說道：

「上回那位小股潛先生不也曾提起，七、八年前還有個和朱雀阿菊齊名的惡女，名曰白虎阿梗，性好勾引男人，啜其生血，並為其穿上引火衣裳焚燒致死。若我沒記錯，此兩人在六年前便突告銷聲匿跡。依我看來，阿梗與阿菊，即為桔梗與白菊無誤。」

平八自信滿滿地湊過臉來說道。

「兩個惡女都成了大名的寵妾？不過，此二人雖深諳勾引男人之道，但也不至於勾搭上遠方

藩國的大名罷。」

「百介先生難道忘了麼？」

平八語帶揶揄地抬起下巴說道：

「阿梗與阿菊四處犯案、惡名昭彰的時期，彈正大人仍於部屋蟄居，人可是尚在江戶哩。」

原來如此——人是在江戶勾搭上的，在彈正繼位後再隨其一同遷居北林。這下這兩個惡女為何在突然間銷聲匿跡，也就解釋得通了。

「如此說來，彈正大人豈不是被她們倆給誆騙了？」

應該是罷，平八一臉滿足地說道：

「同時教兩個威震天下的惡女給纏上了，可是連命都難保呀。如今彈正大人已是病入膏肓，就是個活生生的證據。」

「他真、真的病了？」

「而且看來還病得不輕。」

「你是怎麼看出來的？」

「這還不簡單？百介先生，如今正值參勤交代（**註21**）時期，但是彈正大人卻尚未現身。江戶屋敷從上到下正為此困惑不已哩。雖不知上頭這下子是什麼情況，但似乎已收到了藩主得了急病

註21：江戶幕府所制定之大名統制政策之一，規定諸大名須輪流居住於一己領地與江戶屋敷之間，兩處均以一年為期。此制雖造成諸大名嚴重財務壓力，但也間接促進了交通發達與各地交流。

的通知。」

難道不覺得其中似有蹊蹺？平八蹭著鼻頭說道：

「看來事情絕對沒這麼簡單哩。」

「原來如此。」

一個個零星線索的不祥巧合，構成了極為不祥的揣測。

但這些線索依然凌亂瑣碎。

——似乎還缺了個什麼。

百介不住思索著，接著突然想起了阿銀。

阿銀究竟打算到北林做些什麼？

小右衛門是否和此事有關？

又市如今又在何方？

先生，先生，平八向百介喊道：

「在發什麼呆呀。倒是，百介先生不是也想打聽那傀儡師小右衛門的事兒？」

「是呀。」

平八於去年造訪北林時，曾與小右衛門會過一次面。由於有此因緣，百介便順道委託他代為調查小右衛門那如謎的身世，順道釐清一些與定居江戶時的小右衛門有關的傳聞。

平八又抓起一只豆沙包。到頭來他吃得比百介還要多。

「我這趟上兩國，可不是只為了買這豆沙包。雖然小右衛門的真實身分根本不是我這種幹正經生意的打聽得來的，但表面上的身分可就難不倒我了。畢竟傀儡師坂町小右衛門，也算是一號小有名氣的角色哩。」

「真有點名氣？」

「可以這麼說。此人昔日曾因雕製的傀儡頭栩栩如生而備受好評。有人聲稱出自小右衛門之手的傀儡會在夜裡開口說話，亦有人指證其會流淚，諸如此類傳聞可謂不勝枚舉。不過，真正讓小右衛門名盛一時的，還是非九年前轟動社稷的生地獄傀儡刃傷莫屬。這件事百介先生不也曾經提過？」

「是呀，因此你才會上兩國？」

「沒錯。上回聽先生提及，我才想起自己也曾參觀過這場展示，畢竟當時實在是廣受好評。其中的傀儡也的確是栩栩如生，看得我有兩、三晚不敢於深夜如廁。但這場展示也因此遭到取締，據傳小右衛門也就此從江戶銷聲匿跡。」

「據說舉辦者被勒令生意規模減半，小右衛門則遭處銬手之刑。」

其養女阿銀是這麼說的。

「結果的確是如此。但理由是……」

「不是敗壞風紀麼？」

「噢，話是如此沒錯——但我這回發現真相其實並不全然是如此。這場展示並不只是亂了風紀，其實還真的惹來一場天下大亂哩。」

「天下大亂？」

「那些逼真的傀儡，呈現的是時下流行的無殘繪（註22）般的殘酷景象，是不是？」

「沒錯。」

這場展示的宗旨，乃是以傀儡重現歌舞伎讀本等故事中的殘酷場景。

不過，內容並不似通常重現歌舞伎經典場面的展示般溫和，而是力求活靈活現地呈現出地獄般的殘酷景象。其中的傀儡並未經過任何增添戲劇性的浮誇修飾，雕製重心全擺在逼真呈現令人不忍卒睹的血淋淋殺戮畫面上頭。

「也不知是興奮還是受了什麼感化，還真有傻瓜看了那場展示後真的殺了人哩。而且還不是只殺了一、兩個，而是好幾個人。」

當時倒是聽過這傳言。

當然，畢竟已是九年前的往事了，詳情百介也記不大清楚。只記得當年自己認為那不過是一則流言。雖然有這種說法，但並未引起太大的騷動。

「那不過是一些唯恐天下不亂的傢伙散播的流言罷？」

我原本也如此認為，聽百介這麼一說，平八也回道：

「不過那是事實。」

「但是，平八先生……」

「我知道百介先生想反駁，那傳言雖駭人，但根本沒有引起任何騷動是罷？瓦版上既沒刊載，奉行所也沒留下任何記錄。不過，此事還真的發生過。當時遇害的……」

平八一臉嚴肅地探出身子，以陰森的語氣說道：

「也是七個人。」

【肆】

平八離去後，百介算準了時辰，動身前往八丁堀。

目的是造訪北町奉行所同心田所真兵衛。

百介在途中打了些酒。通常他自己並不買酒，需要持土產拜訪人時，買的大多也是糕餅甜點。只不過稍早的豆沙包吃怕了，這回實在不想再買甜食。

田所是曾與百介的哥哥軍八郎一同習劍的好友。

以一介役人而言，他仍胸懷時下難得一見的正義風骨，據說因而在奉行所中飽受排擠，至今仍只是個不起眼的小角色。

町方同心雖然俸祿微薄，但有權出入大名屋敷，又能向百姓抽點兒油水，故在低階役人中尚屬收入豐厚者，因此通常個個打扮奢華入時，但田所卻總是毫不起眼。

也不知是因為乏人打點還是生性邋遢，他的羽織是皺紋滿布，頭髮凌亂不堪，鬍子也沒剃乾淨，隨時都是一副懶散模樣，而且一張馬臉又生得是異常修長。或許是上述種種緣故使然，雖已年過不惑，至今仍是個孑然一身的光棍兒。

註22：幕末至明治初期，以歌舞伎或戲班子演出的殘酷故事為主題印製的浮世繪。

畢竟他拒絕收取任何檯面下的賄賂，也不兼任何職，兩袖清風實屬必然，甚至連個小廝或代為打點伙食的女僕都雇不起，娶不到任何姑娘也是理所當然。

因此百介才認為，若要送上一條魚當見面禮，從他那副理應不諳調理魚的德行看來，想必反而只會造成他的困擾。因此經過一番考量，最後才決定打些酒。

不過，百介對這正直到堪以傻子稱之的役人，倒是頗有好感。

大概是欣賞他那股不入世的傻勁兒使然吧。

田所的宅邸是八丁堀組屋敷中最破舊的一棟，破舊得大老遠便能一眼認出。隔著籬笆往裡頭窺探，百介看到田所正在緣側旁一只水盆裡洗滌衣物，看起來活像個貧民長屋的老媳婦——可見這男人還真是不修邊幅到了極點。

百介喊了他一聲，田所隨即抬起一張修長得嚇人的馬臉，不僅兩眼圓睜、眉毛還扭曲成八字形地高喊了一聲回應。看來他並非生氣亦非驚訝，不過是難掩歡喜之情。

他立刻將百介請進了家中。

看得出田所是如何歡迎這位訪客的到來。

話雖如此，不出所料，到頭來田所連一杯茶都沒端出來。想必若非茶葉早已告罄，就是找不著。田所表示一時忘了給放到哪兒，在屋內四處尋找，從餐具櫥到爐灶都翻遍了。看到他還準備往壁櫥裡找，百介只得連忙制止。若藏到那裡頭，即使找著了，想必茶葉也老早發霉了。

這下兩人才終於在座敷坐定，白忙了四刻半，田所方才得以詢問百介的來意。想必鮮少有來客造訪他這座宅邸罷。

「其實，是有件事欲請教田所大爺。」

別多禮別多禮，百介才如此彬彬有禮地一說，田所立刻伸了伸腿說道：

「你也知道我這個人不喜歡裝得一副嚴肅兮兮的。咱們又不是不相識，大爺兩個字就請免了罷，聽得我肩膀都痠了。」

「不過，此事問起來還真有點兒難以啟齒……」

「是奉行所的事麼？」

「小弟想請教的，是發生在九年前的一樁案子。」

「九年前……？」

「您當時已是定町迴了麼？」

「是呀，九年前我三十一歲，已是定町迴同心了。想問的是哪一樁案子？」

「是一件與兩國那場逼真傀儡展示有關的案子。」

當時是否真有人遭殺害？

這就是百介想知道的。

逼真傀儡？田所突然失聲大喊道。

「且慢。噢，你指的可是——那場殘酷的展示？那件案子我倒是記得。記得當年……對了，那展示開始時，適逢北町值月番（註23）。如此說來——」

註23：古時日本公務人員義務輪值一個月的勤務。

話及至此，田所一張修長馬臉頓時扭曲了起來。

「哎呀！」

「大爺可還有印象？」

「有，的確有人遇害，而且還不僅只是遇害這麼簡單。」

說完，田所便突然臉色一沉。

見狀，百介開始緊張了起來。噢，我可不是在生你的氣，田所連忙以古怪的語氣解釋道。

「原本早已忘得一乾二淨，嗯，這下可又全都想起來了。倒是——當時我還曾為此事而考慮辭官哩。」

產生這種念頭對他應是稀鬆平常。

畢竟他對不公和奸計是如此深惡痛絕。

「究竟發生了什麼事？」

「嗯。那是一場齷齪下流的展示——不過手藝還真是巧奪天工。我初次看到時，還以為陳列的是真的屍體，險些鬧出個大笑話；只怪那些傀儡做得實在是栩栩如生呀。雖然我無法想像有人看了這些東西竟然會變得心神錯亂，真的犯下殺人勾當，但還真有這種十惡不赦的傻子哪。」

看來那傳言竟然是真的。

「果然真發生過這種事？」

「是發生過——什麼嘛，原來你想問的就是這件事呀。那何不——不對，我想起來了，記得當時上頭曾嚴禁公開案情。」

田所湊出修長的下巴，忙碌地用手蹭個不停。

「嗯，看來那件事是被暗地裡銷案了。」

「想必是如此罷。別說是瓦版，據說就連奉行所也沒留下任何記錄。因此，小弟當時也認為這傳言不過是空穴來風。」

「看來雖下了噤口令，流言還是給傳了出去，果然是人嘴難封，眾口難防呀。不過刻意封鎖此事，原本就有問題。」

「此事曾遭封鎖？」

「應是如此罷。」

有人被殺了，即便有任何緣由，不是均應以某種形式公諸於世？若還需要刻意粉飾，代表其中必有蹊蹺。請問這種事常發生麼？百介向田所詢問道。只見這同心面帶極其古怪的神情回答：

「噢，哪可能沒有？役人個個生性迂腐，一旦牽扯上威信或聲譽，開口閉口全都是體面、顏面等無聊透頂的名堂。」

「威信、聲譽、體面、顏面？請問當時得顧及的是其中哪一項？難道其中有任何對奉行所不利的隱情？譬如沒能查出真兇什麼的。」

「非也。」

這同心左右搖晃著下巴回答：

「真兇是何許人的確是知道，只是不許公布罷了。」

「不是沒有公布，而是不許公布？」

「因為上頭擋了下來。而且連人都沒逮捕。不，是不能逮捕。嗯，一想到此事，就教人忿恨難平。」

「明知真兇是誰，為何不能逮捕？」

這還不簡單，田所回答道：

「因為兇手是個大名的公子。」

「大、大名的公子——也會殺人？」

「沒錯。那傢伙還真是畜生不如。兇手是個蟄居江戶部屋的鄉下大名次子，和他的武士隨從一干人。」

「混帳東西，這下又讓我想起來了。兇手若為武士，咱們町方（註24）便無法出手逮捕。這本為既定法規，咱們也只能遵守。不過百介呀，眼見這麼多無辜百姓慘遭殺害，卻沒能判兇手任何刑，只能任其逍遙法外，天下豈有這種道理？」

「沒能判他刑？」

「是呀。不過奉行所也曾經向目付請示，只是目付未加理會。這些大人們總是將武士斬人看得稀鬆平常。其實根本不是這麼回事兒。不論一個人是什麼身分，只要殺傷任何人，一律將遭到逮捕。若被捕者為武士，則將被質問家世，目付也將立即作出裁決。由於有家門蒙羞之虞，因此對普通武士而言，殺個人可是絕對划不來。別看那些戲裡演的，其實百姓犯下的殺人兇案遠較武士為多。但是——」

田所緊緊握起拳頭，朝楊楊米狠狠揍了一記。

「也不知是怎麼的，當時卻只能放任他逍遙法外。在大家束手無策時，那些傢伙竟也沒收斂分毫，依然四處行兇，因此我便主張把規定擱在一旁，將之繩之以法，並力諫目付。之所以未採取行動，可能乃希冀由奉行所進行逮捕之暗示。只、只是……」

俗話說口沫橫飛，田所一興奮起來，唾液還真是四處飛濺。

還是沒法子辦他？百介問道。沒法子沒法子，田所高聲回答：

「完全拿他沒法子。噢，可別用這種眼神看我呀，百介。好歹我也曾逮捕過那些傢伙一次。」

「大爺逮、逮捕過他們？」

百介驚訝得差點沒站起身來。

今日之所以來此造訪，乃因田所十數年來都任勞任怨地甘於當個小小同心，想必一定知道些什麼。

看來果真沒看走眼。

逮過呀，田所拭拭嘴角說道：

「即使無法將他定罪判刑，但當場撞見他在光天化日之下手刃百姓，身為同心豈可坐視不管？當時我隻身力抗對手三名，經過一番果敢纏鬥，才將他們給制伏。雖沒將人給五花大綁，還是將他們通通帶回了番屋。未料那幾個傢伙……」

哼，田所又開始動起了氣來。看來這回憶果真教他憤慨莫名。

註24：在江戶時代，相對於居於城外者以村方、山方、浦方自稱，城市人多以町方自稱。

「竟然沒有絲毫悔意，個個一臉毫不在意地堅稱不過是處決自己的手下，有哪裡觸法了。」

「處決——難道他們聲稱那是無禮討（註25）？」

「是呀。呿，這哪可能是無禮討？大致上而言，真正的無禮討原本就極少發生。而且即使真申告為無禮討，也得經過一番嚴苛審問。因此無論是無禮還是非禮，武士胡亂拔刀斬人，終究是得受罰的。這十年來，貨真價實的無禮討我也只經手過一件。容我重申，如今是沒有武士有權恣意殺人的。但結果怎麼來著？當時還沒來得及審訊，就有個與力臉色鐵青地衝了進來，人就這麼給釋放了。」

「有與力介入此事？」

「想必是目付下了些什麼指示罷。那些傢伙只懂得像狗一樣搖尾巴。」

「不過，就幕府的立場而言，何須不惜採此不義手段保護諸藩？」

百介認為幕府理應一逮到什麼把柄，便會積極動手廢藩才是。

因此，豈不是應將此紕漏對外公開，方為上策？

那其實是一場交易，田所回答道：

「目付和大目付都想逮住藩國的把柄。或許哪個藩主的次子幹了些壞勾當並不足導致廢藩，但若能藉此賣個人情，對往後必有助益，因此也不時希冀能達成這類交易。不過，哪管是旗本還是大名，幹了壞事便是惡人，只要有任何踰越倫常之舉均應受罰，豈有因犯人貴為大名，便得以饒恕的道理？這對慘遭殺身橫禍者豈不是難有交代？」

田所語氣激動地說道。

這男人就是這副德行。

「因此我便受到嚴厲的申誡，被迫蟄居十日。原本以為那段日子裡這群混帳東西會變得溫順些，誰想到看了那場傀儡展示竟興致又起，四處開始殺起人來。」

「他們並沒有收手？」

這些惡徒之兇殘，還真是出人意料。

「當然沒收手呀，這些混帳東西簡直是瘋了，根本沒學到半點兒教訓。百介，你可曾看過那場傷風敗俗的展示？」

看過。

「是麼？那麼，可記得其中有幾幕場景？」

「幾幕場景？」

「詳細內容我是沒記清楚，但記得裡頭淨是些以逼真的傀儡重現知名殺戮場面的殘酷場景，每棟小屋內各陳列一幕，供訪客逐一觀覽，總數為七幕。」

「七幕？」

「是呀，七幕。其中包括以鐮刀劈斬、以矛戳刺等殺戮場面。那些傢伙看了這些東西，竟然起了實際重現這些殺人手法的念頭。」

註25：又稱切捨御免，與帶刀同為江戶時代兩大武士特權。江戶時代武士有權斬殺公然羞辱一己之身分低下者，在當時認知中屬於自我保護之範疇。但行使此權者，事後有儘速自首之義務，並須經過嚴厲審訊。

「因、因此殺了七人？」
原來是這個緣故。
「此事似乎也教窩囊的奉行所困擾不已，但就是無法堂而皇之地出手辦案。到頭來出於無奈，只能換個目標，嚴懲這場展示的舉辦者——」
原來如此。若沒聽到這番說明，還真是猜不透舉辦者之所以遭到法辦的理由。
對下如此嚴厲，對上卻這般寬容，田所怒罵道：
「除了傷風敗俗之外，舉辦者並未有任何地方觸法。但記得當時除了遭判入監，展示規模也被勒令減半，就連傀儡師也被捕投獄，雙手加銬十日。後來又請求目付想方設法終止這場展示，還開出了一切均不公諸於世的條件，整件事就這麼給掩飾了下來。」
案情沒公開，原來是有這般緣由。
「只可惜終究晚了一步，還是讓那些傢伙殺足了七個人。」
百介不禁開始想像起實際案情是如何殘酷。
「那麼，在殺足了七人後，那大名的兒子可有就此收手？」
嗯，田所回答道：
「想起這件事還真是不舒服。嗯，一時是收手了。」
「一時？亦即，後來還是再度破了殺戒？」
沒錯，田所似乎是極為喪氣地垂下了雙肩，嘴角下垂地說道。
「那些傢伙之所以收手，並不是做了反省，也不是打通了上頭關節，不過是已經殺足七人，也算玩了個盡興罷了。倘若哪天又找到其他樂子，老毛病鐵定要再犯。」

「樂子？」

「是樂子呀。」

田所兩眼睜得斗大，直瞪著百介說道：

「說著說著又想起來了。那傢伙被我給逮進番屋時，他那雙眼睛……」

「他的眼睛——怎麼了？」

「那眼神我至今還忘不了。當時那傢伙還一臉笑意呢，臉上雖還沾著犧牲者的血，但臉上笑得可開心了。他那眼神……漆黑空洞有如無底深淵，看來完全不像個人，活像是個畜生，不，是厲鬼的眼神。」

田所閉上眼睛繼續說道：

「那眼神彷彿想讓人知道，這傢伙完全不把他人性命放在眼裡。不，甚至就連自己的性命也不放在眼裡。實在教人毛骨悚然呀！」

這豈不是死神的眼神？

「是可以這麼形容。事後那傢伙依然四處為惡，但奉行所早已篤定採三不政策，亦即不看、不聽、不過問。接下來過了一年，這幾個傢伙就開始聚眾結黨了。」

「聚眾結黨？」

「其實，也不過是多了兩個女人。不過雖說是女人，這兩人可也是不好惹的狠角色。這五人自稱四神黨，行徑荒唐，無惡不作。」

「四神？」
「沒錯，他們叫做四神。」
「可是代表四位神明？」
「包含那大名次子在內的三人再添上兩女，分明是五人，我也想不透為何叫做四神。總之這四神黨平日大搖大擺地四處為惡，詐欺勒索有如家常便飯，有時甚至包起娼館行淫靡之樂，銀兩散盡便破門劫財，誰敢頂他們幾句便拔刀斬之。」
「如此惡徒，竟然放任他們逍遙法外？」
「就是拿他們沒輒呀。」
田所的嘴角再度開始冒起泡來：
「當時我心裡有多忿恨，哪是你能想像的？」
還有膽自稱什麼四神的，簡直是欺人太甚，田所怒罵道。
百介連忙安撫道：
「大爺切勿動氣。教大爺憶起這些不愉快的陳年往事，只怪小弟不對。其實，不過是日前在打聽那傀儡師的真實身分時，亦聽聞這九年前的傳聞，出於好奇才冒昧前來請教，對大爺毫無冒犯之意，請容小弟特此致歉。」
語畢，百介又朝他磕了個額頭幾乎要貼到榻榻米上的頭。
「喂，百、百介，快起身哪。這哪有什麼好道歉的？要怪還得怪我這老毛病哩。這下動氣可不是針對你，反正我每天都這副德行，還請你別放在心上。」

百介抬起雙眼，窺伺起田所的神情。

只見他已是一臉狼狽。

即使生性再怎麼嫉惡如仇，也不至於天天都得如此義憤填膺罷。

這下百介才起身問道：

「倒是，請問田所大爺，這四神黨如今怎麼了？該不會仍在到處肆虐罷？若是如此，百姓豈不是高枕難眠？」

這夥人在五、六年前便告銷聲匿跡，田所回答道。

「五、六年前？」

「沒錯。據說是因為那傢伙被召回去繼位了。不過，他除了帶走那兩個側近，兩個女人是否也一起帶走就不得而知了。不過，百介呀。」

田所的心情似乎開始平靜了下來，只見他駝起背嘆了口氣說道：

「後來，一些教人質疑是不是他們所犯下的兇案依舊持續發生。你應該也記得前年和大前年那幾樁小姑娘遇害的慘案罷？」

「噢，是記得……」

不過雖然記得，印象卻已頗為模糊。百介原本就不愛聽這類血腥殘酷的事兒，即使聽了也會設法忘記，因此這些慘案所發生的正確時期已經記不得了。

「不過，詳情可就不大清楚了。記得是有人擄走了幾名年輕姑娘，既沒勒索取財亦未強姦施暴，只是將之斬殺後碎屍萬段，是罷？」

「沒錯，當時也有七人遇害。」
「七人？」
又是七人。
「沒錯，又是七人，人數和九年前一模一樣，因此我記得很清楚。其實，四年前也曾發生過類似的兇案──」
「噢，如此說來──不，該不會就是……？」
「沒錯，這回遇害的同樣是七人，不過由於其中也有男人和老人，並非全是年輕姑娘，因此奉行所內沒有任何人認為兩起事件之間可能有關連；但畢竟人數相同，就我看來，行兇手法亦頗為類似。」
「行兇手法也類似？」
嗯，田所掏出原本插在懷中的手說道：
「遇害者先是失蹤，兩、三天後模樣淒慘的屍體才被尋獲。而且還不僅只是被殺了而已，每具屍體的死狀都是慘不忍睹。」
這些遺骸的模樣有多麼淒慘，百介多少也有聽聞。每一起事件瓦版都曾有刊載，尤其是前年那幾樁年輕姑娘的連環兇殺案曾引起軒然大波，記得在瓦版上的記載還是圖文並茂。從百介得以知道這些記載看來，似乎可證明目付並未對前年和四年前的兇案施壓。
「田所大爺認為，這些案子也是四神黨所犯下的？」
「我是如此推論沒錯，但這意見並未被接受。雖然這幾樁案子還是沒能逮到真兇，但到頭來

連我都懷疑自己是不是多心了。畢竟當時那些傢伙早已銷聲匿跡，連任何相關的傳聞都不曾再聽見過。」

只是，還真是教人難以釋懷呀。

「對何事難以釋懷？」

「畢竟，我不認為還有幾個人能幹出那種泯滅人性的勾當。不，該說是絕無其他人下得了這種毒手。」

「那麼，大爺是否懷疑四神黨或許已在暗地裡重返江戶？」

「不，應該沒這可能。正如同連你也沒聽說過，這幾年來的確沒聽說過任何與他們相關的傳聞，看來如今人是不在江戶，否則這些傢伙哪可能不引起任何騷動？這夥人天不怕地不怕，也沒人阻止得了他們。不過，即使不在江戶定居，或許仍會偶爾造訪也說不定。」

「偶爾造訪——因此仍可能是四神黨那夥人？」

且慢。

那並非攔路斬人——

右近曾如此說過。

兇手先將人給擄走——

將人給擄來後，先是將犧牲者折磨至死，接下來再毀其遺骸——

毀屍後，再棄被害人慘不忍睹的遺骸於荒野——

「難、難道……」

怎麼了？田所問道。

「不，這……」

將北林藩鬧得人心惶惶的妖魔，會不會其實就是這四神黨？

而這大名的次子，會不會就是右近亟欲覓得的小松代志郎丸？

——不，應該沒這個可能。

首先，次郎丸並非次子。而且他打一出生就被捲入了繼位紛爭，最後和母親一同銷聲匿跡；據說這已是近二十年前的事了。他當然遭到了廢嫡，理應無九年前仍得以寄居江戶部屋的道理。再者，小松代藩也早已遭廢撤；那是阿楓遠嫁異藩後不久的事，因此廢藩應是發生在五、六年前。而這鄉下大名次子是在五、六年前返藩繼位，當時小松代藩早已不復存在。

不過。

他是否有可能隱姓埋名，化身為藩主的側近武士？

——但這似乎也不大對勁。

這臆測似乎也有不合常情之嫌。百介認為實際上應不至於如此複雜才是。

「關於這四神黨——」

「嗯。倒是百介，這四神是什麼意思？」

百介還沒來得及把話問完，田所便搶先一步問道：

「你對這種事很熟悉罷？當時我還找不到人請教哩。」

「四神意指——」

百介開始解釋了起來。

四神意指司掌東西南北四方的四種神獸。

東為青龍，西為白虎，南為朱雀，北為玄武。為保中央，各鎮一方。

一如其名，這四神有時以青、白、朱、玄四色表示，分別代表春秋夏冬，依五行之說則相當於木金火水，中央的土則以黃色為之。

田所滿心佩服地說道：

「果然有學問。白虎又是什麼？」

「白虎即為白色老虎，青龍則為青色的龍。」

「那麼朱雀呢？」

「朱雀為紅色雀鳥，亦即鳳凰。玄武則以為蛇所纏繞的烏龜示之。」

「玄武就是烏龜？」

「是的。通常以龍虎之爭比喻雙雄對峙，原本就被尊為神獸的龍虎，再加上被喻為四靈的麟、龜、鳳、蛇，可能就是四神的由來。其中或許也摻雜些許天文學的影響，總之，此說原本源自唐土。」

「各鎮一方，以保中央？」

「是的。在唐土的天子陵墓等棺木旁，常於四方繪有此類紋飾，在吾國亦有類似案例。」

「原來如此呀。」

田所再度開始磨蹭起下巴來。

「這問題悶在心裡這麼多年，這下全都弄懂了。原來四神代表的是那傢伙身邊的四隻走狗呀。呿，這算哪門子的四神？那傢伙竟然當自己是天子哩。」

看來應是如此沒錯。

「充其量不過是個窮藩、而且還是側室所生的次子，竟然有臉把自己當天子？真巴不得能賞他幾個耳光。不過聽你如此一說，這才想到其中一名側近武士身上披的是繡有飛龍的華麗羽織，另一個則穿著印有古怪龜甲紋飾的袴，原來那代表的就是玄武的龜呀。」

「龜甲紋飾？」

果真符合四神中的意象。

「沒錯。原來他們就是龍和龜呀，再加上另外兩個白虎和朱雀，還真的成了四神哩，真是荒唐至極。對了，朱雀執掌的是火是罷？原來如此，難怪那女人要叫朱雀。」

「其中有個女人叫朱雀？」

「是呀。那夥人裡有個嗜火如癡的女人，而且屢有縱火嫌疑。這女人……對了，約在七年前罷，突然在日本橋一帶現身，勾引了幾個男人，而且極可能還一個接著一個地將他們給活活燒死，但就是教人逮不著她的狐狸尾巴。還沒來得及辦她，就教她和那夥人搭上了，教官府欲出手也無從。」

「且、且慢，她該不會叫做……」

「她叫朱雀阿菊。原來這些別號都是根據他們每一個的生性取的呀。」

——錯不了，鐵定就是白菊。

出身歡場的惡女白菊在吉原縱火後銷聲匿跡，應是九年前的事兒。又市表示在後來見到她時，她已易名為朱雀阿菊。看來絕對錯不了。

亦即……

「田、田所大爺！」

百介緊張地喊道。

田所漫不經心地開口問道：

「怎麼了百介？瞧你緊張的，和平時還真是判若兩人呀。怎麼一聽到朱雀阿菊這名字，就嚇成了這副德行？難不成你也曾和這女人勾搭過？」

現在可沒心情開這種玩笑。這可是——

一件大事呀。

「請、請教大爺，這四神黨的成員都叫什麼名字？」

「噢？這女人是朱雀阿菊，據說還有另一個每逢勾搭上新男人，就將老情人刎頸誅殺的惡女，由於肌膚白皙又嗜血如命，因此別名白虎阿梗。接著就是那大名次子的……」

「其、其他人叫什麼名字？」

「待我想想……畢竟都是多年前的往事了。記得那兩名側近武士叫做……」

百介連忙開始翻閱起掛在腰際的記事簿。

「此、此二人該不會叫做鏑、鏑木十內和楠傳藏罷？」

田所驚訝地回答道：

「沒錯。你怎會知道？」
「這、這乃是因為……」
竟然有這種事。
未免也太巧了罷。
不對——
九年前，發生了那場傀儡展示所引發的兇案。
八年前，這夥人開始以四神黨自稱。
五、六年前，這些傢伙從江戶銷聲匿跡。
五年前起，北林的連環命案開始發生。
四年前和兩年前，江戶發生了年輕姑娘遇害的連環兇案。
去年則未曾發生。
但在北林藩卻……
依此類推，慘禍每隔一年才會發生。
——這和參勤交代絕對有關連。
如此說來……
「田、田所大爺，請問那夥人的首腦——亦即那大名的次子，也就是四神黨的頭目，叫什麼名字？」
「他叫北林虎之進。」

田所回答道。

【伍】

百介心中困惑不已。

如今，一切線索均指向藩主。

不過話雖如此，一個藩主夜夜手刃無辜領民這種荒唐事，聽來實在不可能發生。

——如此看來。

情況和百年前的傳說豈不是如出一轍？

沒錯，完全是如出一轍。

就連兩人的名字都相同。

——這難道純屬巧合？

若一味拘泥於此一巧合，一切的確只能被歸咎於冤魂作祟，如此一來，還真是教人無計可施。除了將該地視為死神肆虐、惡念凝聚的魔域，的確是找不到其他道理可解釋。

——哪可能真有妖魔詛咒？

不過狀況如此，這似乎已成了唯一說得通的解釋。

最為這妖魔詛咒所苦的，就是北林藩本身。

若不儘快祭出對策，廢藩只是遲早的問題。

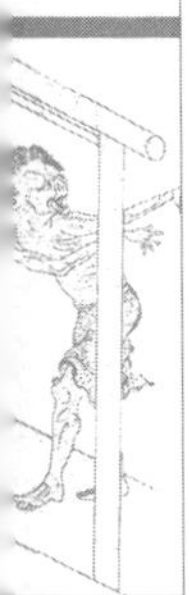

不，或許根本無須等待廢藩的裁決，領民們也將為恐懼所壓倒而人心大亂。時到如今，整個藩早已是人心惶惶，財政也瀕臨破局，即使沒遭到廢撤，國體亦早已不復存在。

一介藩主豈可能為逞一時之快，坐視自己的藩國在一己的荒唐行徑中覆滅？

絕無可能。怎麼想都是過於矛盾。

這教百介完全無法理解。通常絕不可能有這種事。

反之，若彈正果真為真兇，幾個疑點倒是不難釐清。

首先，前代藩主之正室阿楓——不，應稱之為阿楓夫人——曾力抗彈正入城繼位。倘若阿楓夫人曾獲悉彈正的個性為人，想當然必將義無反顧地嚴加反對。不過，阿楓夫人對彈正的為人是否真有耳聞，尚且不得而知。

此外。

右近的境遇也將得到解釋。加奈的證詞中所提及的龜甲紋武士，極可能就是藩主侍從楠傳藏。若果真如此，則代表右近距離揭露藩主的祕密只差臨門一腳。因此，若推論藩主一行殺害與吉，並將之嫁禍與右近，只為除此心腹大患——想必右近如此唐突迅速地遭到通緝之謎也將迎刃而解。

平八一再認為其中有怪，想必是因為即使沒能解開此謎，至少也嗅到了箇中陰謀。

再者——五年多來兇犯均未伏法，似乎就是個最好的證據。若一切均為藩主所為，當然無從將其繩之以法。

只不過若是如此，家老的行徑可就費人疑猜了。家老不僅委託右近調查小松代志郎丸的行蹤，還在右近自願繼續調查時，提供相關調書以供參考。

——難道家老毫不知情？

若知悉殿下大人就是真兇，理應不至於如此熱心。

——或許這也是理所當然。

若連家老都知情，整個藩豈不就成了共犯？

絕無可能。這推論更是悖離常軌。

——如此看來。

四神黨如今依然存在。雖主導者已繼位為藩主，但五名兇賊依然不改惡習，為逞一己私欲四處行兇。

若是如此，已無追究其動機之必要。

乃因此等殘酷行徑，僅能以性癖解釋之。

據說別號朱雀阿菊的白菊嗜火如命，不論身處何等境遇，似乎就是無法抑制其欲求，就這麼在熊熊烈焰中，編織出一段光怪陸離的人生。

——那麼，北林彈正又是如何？

是否生性對死亡有強烈癖好？

或許，彈正是個靠惡念維生、希冀以殺戮與破壞點綴一己人生的兇賊。

若是如此，彈正本身豈不就成了死神的化身？

百介感到困惑不已。

是否該讓右近和治平知道這些事？

畢竟——姑且不追究昔日惡行，並無任何證據可證明如今發生在北林的兇案，實乃彈正一夥人所為。

再者，阿銀人也在該地。

即使和她並無關係，阿銀理應也不會對此事視若無睹。不，在聽聞右近的報告後，即使想置身事外也已是無從。從她曾保護、並助遭到通緝的右近逃脫一事看來，阿銀對北林所發生的不尋常異事似乎已開始採取某種行動。

畢竟，阿銀曾向右近保證，自己要將此事查個水落石出。

雖然無法掌握又市的動向，但他極可能已與阿銀合流，再加上北林還有個小右衛門。若他們一行人已有所行動，根本輪不到百介出場。

——只是……

在煩悶不已的百介啟程前往念佛長屋時，碰上了租書舖老闆平八再度來訪。

就在他鑽過布簾，踏上大街上時。

突然在岔路口看到這揹著一只大行囊的租書舖老闆朝自己走來。平八朝百介高喊：

「請先生留步。幸好百介先生還在家哩。」

「噢，如你所見，我正好要出門。」

得耽誤先生一點兒時間，平八說道。

「怎麼了？」

「噢，我方才上了北林屋敷一趟。先生猜怎麼著……」

想必是死命趕路來的吧，只見平八一副喘不過氣來的模樣。

百介只得將平八請進店裡。由於小屋內無法泡茶，百介只得到店內的座敷裡，找個夥計送壺茶來。

平八一股腦兒地將茶飲盡，接著便使勁嘆了一口氣。

「到底是怎麼了？北林發生了什麼事兒？」

「噢，據說今天一早，就有北林差來的使者到訪。為此，整座屋敷從上到下已陷入了一陣騷動哩。」

「為何陷入騷動？」

「據說有冤魂現身了。」

「冤魂？」

這是怎麼一回事兒？

事態發展似乎已超乎百介所能想像。

「是什、什麼樣的冤魂？百年前遭處刑而死的百姓的冤魂？抑或是近年遇害的領民冤魂？」

「都不是。」

平八再度將早已飲盡的茶杯喝得乾透。

「據說是——御前夫人。」

「御前夫人？」

是的，平八搖著頭回道。

「那是什麼東西？」

「噢，這我並不清楚，不過，據說是個十分厲害的冤魂。」

「十分厲害的冤魂？」

「據說這御前夫人本身就是個凶神，看來的確是個冤魂沒錯。」

「噢，看來的確是如此。不過，這種東西為何突然現身？」

這著實教人百思不解。

「大家似乎並不覺得是突然現身。該怎麼說呢，而是認為該來的終於來了，似乎大家對此早有心理準備。」

「那麼，這究竟是誰的亡魂？冤魂不都是曾經在世的某人化身而成的麼？」

「我認為這可能是躍下天守自盡的前代藩主的正室所化身而成的冤魂。」

平八回答道。

「阿楓夫人的——亡魂？」

「是的。」

「怎會知道那是阿楓夫人的亡魂？」

「這是從藩士的反應推察的。當時屋敷內一片鬧哄哄的，有些話就這麼讓我給聽見了。在一旁聽大家七嘴八舌的，歸納而出的大概就是這麼個結論。」

「若是如此，也不至於是空穴來風——不過，稱她作阿楓夫人的冤魂不就得了？為何還得管她叫御前夫人？這和七人御前可有什麼關係？」

「乃因其本為藩內眷族，因此稱呼她作夫人。御前夫人似乎有御前公主之意，乃殘暴不仁、死不瞑目的亡魂或惡靈等的統御者。」

統御七人御前的——

御前公主——

「詳情我並不清楚，畢竟這也是打那老不死的折助全藏那頭聽來的。據說這御前夫人，曾在家老大人的枕邊顯靈哩。」

「家老大人？不是出現在藩主大人的床頭？」

「藩主沒碰上。或許是想先打通目標外圍的關節罷，總之就這麼陰森森地出現在家老樫村兵衛大人的宅邸中，並且還向他作了一番神諭。」

「神諭？」

神諭不都是得自神佛的麼？百介問道。

「凶神也算是神罷。若用神諭形容有欠妥當，姑且稱之為托夢罷。總之，據說那御前夫人當時宣告，近年來發生的災禍悉數為自己所為。」

「這亡魂——亦即阿楓夫人，宣稱自己就是那肆虐多年的妖魔？」

「噢，也不知這番話是否真是這麼說的，畢竟只是托夢，但大意應是如此沒錯。據說還表示：吾等尚有遺恨未了，若欲消災解厄，勿忘祭祀吾等冤魂。」

哪可能有這種事？

聽來這並不是個夢。

——而是某人所為。

沒在藩主面前現身已經夠奇怪了，選擇向家老托夢，聽來更是不乾不脆。到頭來，似乎僅代表這亡魂無法進入城內。對盜賊而言，要潛入城內的確是難過登天，但要摸進家老宅邸，可就不無可能了。

呵呵，看到百介一臉狐疑，平八笑著繼續說道：

「家老大人原本似乎也以為這不過是場夢魘。瞧他被這般境遇折騰得心力交瘁，如此認為似乎也不無道理。因此……」

這下平八開始磨蹭起雙掌來：

「家老大人在當時並未採取任何行動，而是選擇保持沉默。這位家老可真不簡單哪，都到了這種地步，還認為實不宜怪力亂神。但接下來，可就輪到城內了。」

「她也在城、城內現身了麼？」

如此說來。

這可就不是普通的盜賊了。

甚至——聽來還真有可能是如假包換的妖怪？

「而且據說每晚均會現身哩。」

「沒有一天不出現？」

「是呀，接連七個晝夜未曾間斷哩。據說最早是衛兵瞧見的，模樣和家老所見到的是如出一

轍——這下可就不得了了。通常大家或許會以為是有匪類潛入了城內罷？」

「這是理所當然。」

「因此便增設崗哨，嚴加警戒，但那東西仍會不知從哪兒冒出來。畢竟對手若是個鬼魂，再怎麼警戒也是徒然。據說每當入夜後，那東西就這麼在城內口出穢言，四處遊蕩，弄得城內由上到下俱是人心惶惶。」

「亦即，那亡魂是真的？」

「是呀，畢竟有不少人都見到過了。城內的中庭通常是沒人進得了，但卻有人在深夜裡見到一個容姿秀麗的公主佇立其中，喃喃說著自己是御前夫人什麼的——」

平八將雙手往下一垂，開始模仿起歌舞伎裡的亡魂來。

「且慢。依你方才所言，這亡魂不僅能托夢，還會出現在眾人面前開口說話？」

「據說的確會開口說話，而且聲音還頗為駭人。不過，這全都是聽來的罷了。」

這——

「再者，據說第一個撞見她的家老大人為此惶恐不已，請來了和尚祈禱師四處作法除厄，但也是於事無補。畢竟對手並非普通妖怪，而是御前夫人，想必靠通常的法子是無法收效的罷。」

「但那妖魔不是要求供奉她？」

「她既非神亦非佛，而是個凶神，因此要求的並非供養，而是祭祀。」

「噢。」

「不過有所混淆的並非僅是百介先生一人，而是每個人都弄混了。因此據說到了第七天晚

上，這御前夫人又來到了家老大人枕邊表示：諸般法術均無法收效，欲息吾等之怒，應先於天守祭祀吾等，並火速另覓一適任者，以繼北林家藩主之位。」

「這豈不是在勒令彈正讓位？」

「沒錯，正是如此。她甚至還貼心言明，應繼位之次代藩主乃蟄居江戶屋敷的藩士之一。」

「竟然是來指定繼任者的？」

一個亡魂哪可能做出這種要求？

——太奇怪了。

「但話雖如此，但蟄居江戶屋敷的武士可是為數甚眾。」

要找出是哪一個可不簡單，平八帶著彷彿在窺探百介神色的眼神說道。

「不過，這御前夫人不愧是個妖怪，安排得可真是細心哪。」

「是哪兒細心？」

「據說她也曾明言，這繼位者身上有個標記。」

「標記——可是什麼供人辨識的特徵？」

「是什麼樣的標記我也不清楚。但連這點都算計到了，看來這妖怪還真是思慮縝密。因此城內才立刻差人快馬趕來，屋敷也為此陷入一陣大混亂。此事經緯大致上就是這麼回事兒，幸好當時我人正好也在場。」

「由此看來——北林藩真準備接受這亡魂的提案？」

「接不接受可就是另一回事兒了。」

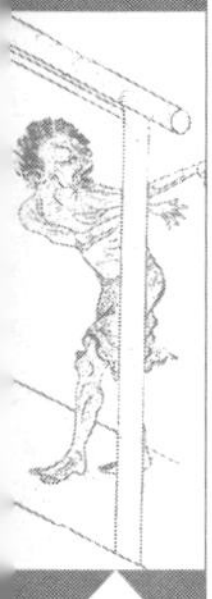

「這是什麼意思?」

「不論城內是否準備接受這要求，還是先找出帶有這標記的藩士，方為上策。」

這果真有理。倘若那亡魂的提案不過是場騙局，這帶有印記者也就成了一名共犯。

不過，倘若真是如此，這可就成了一場破天荒的大騙局。

到了這種地步，通常有九成九的機率註定要失敗。

「沒錯。因此，姑且不論是信還是不信，這御前夫人還言明——若遵照吾等吩咐行事，劫難將立即平息；但若是不從，必將降更多災厄。此一詛咒將導致天守崩塌，北林的祕密也將遭暴露，藩國將遭廢撤，藩主彈正景亘的性命亦將不保；這算得上是一種威脅罷。」

毋庸置疑的是個威脅。

「不過，百介先生也不妨想想，如此一來，三谷彈正還是七人御前這些遠古傳言，這下不全都變得不起眼了?畢竟連真正的亡魂都出現了，弄得情節也隨之急轉直下哩。」

——是又市。

霎時百介如此想道。

難不成這又是又市所設的局?

現身的是阿楓夫人的冤魂，這……

——會不會是阿銀?

阿銀不是生得像極了阿楓麼?

不過……

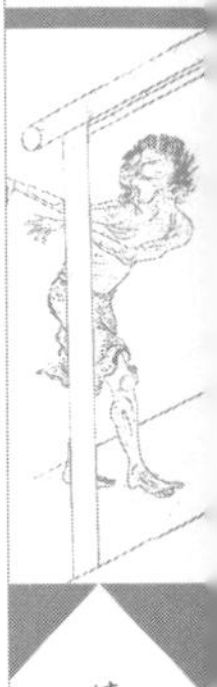

這小股潛再怎麼法力無邊，應也不至於輕而易舉潛入城內。

他的確給人一種神出鬼沒的印象，但此事的難度絕非潛入一般商家所能比擬。

畢竟有城郭阻擋，除非是石川五右衛門（註26），任何人要想潛入城內，根本是難過登天。

再者。

百介也納悶這個局是否真能收效。

依照百介的推論，真兇應為藩主彈正。若此推論正確，那麼請出阿楓夫人的亡魂又有什麼意義？畢竟進一步造成藩士恐慌，也得不到什麼效果。若彈正真為真兇，也絕不可能對亡魂心懷畏懼而就此收手。

看來災厄的隱憂尚存，慘禍也不可能就此止息。既然怎麼做都是徒然，又市應不至於設這種沒勝算的局才是。

或許——

會不會有這種可能？

又市並不知道彈正的真面目。

——這應該不至於罷。

就連百介都查得到的線索，又市要想掌握絕對是易如反掌。

難不成——是百介的推測有誤？或許這機率要高得多，畢竟真相和想像還真有可能大相逕庭。又市的確是思慮周詳，但倘若治平所言屬實，同時也可能是膽小如鼠；百介認為他理應不會冒潛入城郭內這種毫無保障的風險才是。

總之，一切畢竟僅止於想像。

「彈正呢？」

百介問道。

「噢，至於藩主彈正景亘大人是如何看待亡魂現身這件事，我是不知道。」

平八面帶憂鬱地說：

「但令人驚訝的是，此人對這驚動全藩的大事卻絲毫不以為意。」

「不以為意？意思是他完全不相信鬼神之說？」

「是不相信呀，更甭提害怕了。真正擔心受怕的，反而是以家老為首的眾家臣。」

「果不其然。」

「噢？百介先生……」

難道你知道什麼內幕？平八質疑道。不過是直覺罷了，百介連忙搪塞。

「先生的直覺果然準確。我原本以為，這殿下大人肯定被這件事給嚇得屁滾尿流的——事實卻不然。其實呀，百介先生，這也是我在藩邸那兒時聽來的，彈正這位殿下壓根兒就沒相信過那妖魔詛咒的傳聞。」

這消息驚人罷？平八說道。

註26：一五六八～一五九四年，活躍於安土桃山時代的大盜。生前曾聚眾於諸國劫掠，後於竊取豐臣秀吉所擁有之名貴茶器「千鳥香爐」時失手被捕，死於殘酷的釜煎極刑。故後人稱以大鐵鍋燒水洗澡為「五右衛門風呂」。

從這語氣聽來——他似乎認為相信這鬼神之說已是理所當然。習慣這種東西之所以可怕，就在於一件事只要反覆聽個幾遍，即使原本並不同意，也會在不知不覺間為之說服；就連百介自己，都不知不覺地在思考時將這亡魂作祟當成了前提。只是——

這根本不是什麼亡魂。或許就是知道這點，彈正才會如此毫無畏懼罷。

真不知這到底是怎麼一回事兒哩，平八皺起鼻頭說道：

「據說彈正大人對信仰、神佛一類大道理是棄之如敝屣，因斥其為荒誕無稽，而勒令停辦法事供養等宗教行事，對鬼神之說是如何不屑可見一斑。即使妖魔詛咒的傳聞已是甚囂塵上，他仍將之視為無稽流言。」

「果不其然。」

倘若彈正的性格真如百介所想像，這態度就是理所當然了。一個須藉殺戮滋養維生的死神，哪可能拜神禮佛？再者，若一切慘案真是他所下的手，不就更是毫無理由相信這些妖魔之說？

噢，這直覺可真準哪，平八繼續說道：

「有人甚至認為，殿下對神佛毫無敬畏之心，或許就是招來此一妖魔的原因哩。」

就某個角度而言，這推論堪稱卓見。

「既然性格如此，他哪可能將那亡魂的話放在眼裡？見到家臣們個個驚慌失措，還厲聲怒斥世上哪有鬼怪這種東西哩。」

「這個殿下難道認為，這場亡魂所引起的騷動其實是有人在裝神弄鬼？」

「應該是罷。畢竟這亡魂至今仍未曾在殿下的寢室露過臉，他自己還沒見著過，因此才認為

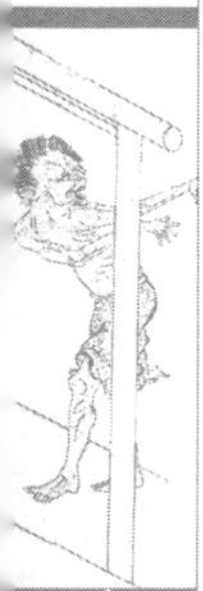

是大家眼花了。」

「難道那亡魂——進不了他的寢室？」

沒這種事兒吧？平八一張圓臉上的圓眼這下睜得更圓了：

「畢竟是鬼，哪可能有進不了的道理？那種東西想必就活像長屋裡的孑孓，應該是哪兒都鑽得進去才是罷。若貼了什麼有法力的符咒或許還另當別論，但是這位殿下大人比誰都不相信鬼神之說……」

這亡魂要想闖進他寢室裡哪會有什麼問題？平八說道。

看來平八已是打從心底相信這場騷動是這亡魂所引起的。起初對這起傳言似乎還是半信半疑，但到這時候已不再有半點兒懷疑了。

「不過，平八先生，為何那御前夫人從未在殿下大人面前現身？倘若她真是阿楓夫人的冤魂，頭一個該見到的理應是彈正大人才是罷。光是嚇唬領民、脅迫家臣，豈不是找錯了對象？阿楓夫人不是在和彈正大人起了爭執後，才從天守投身自盡的麼？」

這也有道理，平八說道。

「你說是不是？倒是，彈正大人患病之說，又是怎麼一回事兒？」

「江戶屋敷裡頭似乎也認為，那不過是為應付幕府而編造的說辭。不克參加參勤交代，似乎不過是因為財政上有困難——那可是需要花上許多銀兩的。」

走這麼一趟的確是所費不貲。

參勤交代原本就是為掏空諸藩的國庫而設計的制度。帶領為數眾多的家臣從僕，自本國領地浩浩蕩蕩地前往江戶，得耗費多少銀兩理應不難想見。

「患病這理由瞞得過幕府麼？只要稍事調查不就被拆穿了？」

「是呀。」

「畢竟是老規矩，也不能輕易延期或中止。而且那御前夫人的亡魂聽來似乎也有些蹊蹺；為何教家臣們如此畏懼？阿楓夫人雖然境遇堪憐，但也是自己選擇斷了性命，而非為他人所殺。再加上家老對其弟志郎丸的戒心，總教人覺得似乎有些不尋常。」

「說得也是。」

平八陷入了一陣沉思。

「這麼說的確不無道理。看來我是眼見江戶屋敷從上到下全慌成那副德行，也沒多加思索，就全盤信了這回事兒罷。」

「他們真慌張到這種程度？」

「是呀。權藏已經是個老頭子了，衰老到沒什麼力氣發慌，但其他人可就全亂成了一團，嚇得我連裡頭有人訂的貨都忘了留下。」

「裡頭有人訂的貨？是什麼東西？」

不就是書麼，平八回答道。

「訂的貨——就是書麼？」

「我就是為了送書才上那兒去的呀，畢竟我可是開租書鋪的。噢，上回百介先生不是曾託我到那兒打聽打聽麼？當時就被告知，領地那頭有人想訂書。」

「領地那頭有人如此大費周章地訂書？」

這是怎麼一回事？就北林藩的現狀來看，理應不至於有人有這閒情逸致從江戶訂購繪草紙讀本才是罷——

其實，平八解開包巾說道：

「那人訂的並不是書，而是錦繪。我之前不也說過？有人就是愛看這種東西——」

平八從行囊中取出幾張錦繪，在百介面前排開。

「這些是……？」

上頭畫的，竟然悉數是些血淋淋的殘酷光景。

「這些連環圖是淨畫些殘酷至極的東西，因而被逐出歌川派門下的笹川芳齋的新作，叫做世相無殘二十八撰相。」

既然被逐出門派，就沒有任何一家規模較大的出版商膽敢為他印這些東西了，平八說著，從裡頭挑起一張讓百介瞧瞧。

畫中是個渾身是血的男子，在泥濘中揮舞著染血大刀格鬥的情景。

「你瞧，這畫裡的是團七九郎兵衛，出自歌舞伎裡的夏祭浪花鑑（**註27**），是其他繪師也鍾愛的題材。」

註27：以昔日大阪百姓為主角的歌舞伎名劇，團七九郎兵衛為劇中要角，全劇最著名的即為團七露出一身刺青，於長屋泥濘中斬殺反派義平次的場面。

果真是驚世駭俗。
若考量北林的現況，這些畫更是顯得傷風敗俗。
不對——
「平八先生難道不覺得不大對勁？」
「有哪兒不對勁？」
「這——你想想，自己的藩國正因妖魔詛咒而處於存亡之秋，而且頻繁發生一如這些畫中所描繪的慘禍，怎可能還有人想看這種東西？」
「噢。」
平八再度端詳起眼前的錦繪。
「這些畫的確是傷風敗俗——不過，這東西從五年前就開始刊行了。一年印七張，去年印了這七張後，總數二十八張便告完結；而訂購這些東西的武士是每一張都買了。起初是見到我在中間部屋攤開這些畫閒聊時買下的，後來每逢類似貨色出現，就會悉數購買。因參勤交代返回領地而不在江戶時，也都會以這種方式訂貨。今年他們不是沒趕上參勤交代麼？因此，我只當他是要將貨湊齊，也沒懷疑過什麼。」
「且——且慢，你方才說什麼？」
「噢，只提到他們今年沒趕上參勤交代……」
「不是這個，這些殘酷的畫每一年各印幾張？」
「七張呀。」

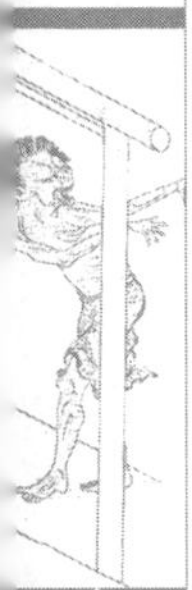

百介將攤在榻榻米上的錦繪悉數彙集到了手頭。

四溢的鮮血，飛濺的鮮血。

刀刃，傷口，首級，胳臂。

「平、平八先生，除了這些之外——你手頭可還有其他的畫？若是有，可否讓我瞧瞧？」

大概是教百介這突如其來的激動氣勢給嚇著了，平八只能像個小廝似的膽怯回答：

「這東西畢竟稀少，全部我是沒有，不過還請先生稍候。之前我也說過，時下好此道者甚眾，因此我隨身倒是有帶個幾張——噢，有了。就這個，就這個。」

放置於棋盤上的首級。

顏面皮膚慘遭剝除的男子。

渾身是血被人倒吊的——

孕婦。

「這、這幅畫是……？」

「此乃奧州安達之原黑塚（**註28**），是個母夜叉。先生應該也知道罷？」

在下之妻也遇害了——

註28：自平安時代中期盛行的鬼怪傳說。據傳有一名曰岩手的老婦，年輕時曾為京城某公卿府邸的奶媽。為了醫治自己親手撫育的公卿小姐，聽信占卜師之言四處殺害孕婦，以取其胎兒活肝。後於石群中搭建茅舍居住時，為取胎兒活肝而誤殺別離多年之親生女兒。死後化為一形象駭人之厲鬼，每逢有旅人借宿，便伺機殺死旅人，吸吮其鮮血，食其人肉。

內人死於臨盆在即之時——

遺體被倒吊在橋桁下——

肚子還教人給剖了開來——

「平、平八先生。」

那夥人應是看了這些畫——

意圖重現畫中情境——

「那些慘案……」

實為模仿。

絕對錯不了，這下百介如此確信。

「模仿什麼？」

「看來發生在北林藩的連環慘案並非妖魔詛咒所致。極可能乃是兇手在看到這些殘酷的繪畫後，意圖將畫中情節付諸實踐——可謂是個駭人聽聞的遊戲。說是遊戲，還真是瘋狂至極呀！」

百介指著奧州安達之原那張畫說道。

噢！平八仰天驚呼道：

「這——怎麼可能！」

「不，這真有可能。平八先生，據說北林如今的情況已嚴重到死者難以計數——去年你上那兒去時，情況是如何？」

「情況指的是？」

「平八先生造訪北林時，理應未曾聽聞百年前七人御前亦曾肆虐的傳聞，不過如今卻相傳時下慘案乃七人御前所為。這理由會是什麼？」

「這——」

「應是因為——前年有七人遇害，這回也同樣死了七人。五年前的夏季至翌春有七人遭到殺害，隔了一整年，自三年前的夏季至翌春又同樣死了七人。」

「七、七人。的確沒錯……」

「另一方面——前年夏季震驚全江戶的姑娘連環遇害案，被害者也是七人。而四年前的兇殺慘案，同樣也死了七人。」

「同、同樣死了七人？」

七、

七、

七、

七。

還真是個不祥的巧合。

每年各死七人。

「這些畫大抵都是什麼時候刊行的？」

「這……噢，大抵都在五月——」

「五月？五月，也就是春末夏前。」

「這、這可有什麼玄機？」

「平八先生，這些殘酷的繪畫初次刊行，是在五年前的五月時分。北林的事件就是從那年夏季開始發生的。翌年在江戶也發生了同樣的事件。翌年又回到了北林，前年又回到了江戶——類似的兇案，在遙遠的兩地之間交互發生。不，這些案件並非僅是類似，雖然發生的地點不同，但其實都是接連的事件。同樣是擄人、斬殺、虐屍、棄屍，殘酷的手法也是完全相同，而且每一回的遇害人數均為——」

「七、七人。」

「每一年均為七人，而且……」

「這些畫同樣是——」

「每年刊行七張。」

「如、如此說來……」

平八嚇得嘴巴合不攏，渾身也緊繃了起來。

「我、我所賣的這些畫不就成了……？那麼真、真兇不就是……？」

「應該沒錯。打從前年夏季開始購買這些畫的北林藩武士，原本人在江戶是罷？」

「是、是的。」

「但已在去年陪同藩主回領地去了？」

「沒、沒錯。」

「這武士叫什麼名字？」

「是個近習，名曰楠傳藏。」

——楠傳藏。

這下已是千真萬確了。

「這武士五年前曾蟄居江戶？」

「不，人是不在，不過楠大人當年曾上江戶辦點兒事。」

「這就沒錯了。楠打從彈正蟄居江戶時就已是他的側近，彈正繼位藩主是在五年前，繼位後首度的參勤交代則應在四年前的夏季。」

「參、參勤交代——參勤交代和此事有什麼關係？」

「這表示身為藩主側近的楠傳藏，每隔一年就會往返江戶與北林一次。平八先生，這個姓楠的武士——是否總穿著一件龜甲紋的袴？」

「哎呀！」

跪坐著的平八聞言大吃一驚。

「是這般穿著麼？」

「是的。難、難道楠大人就是……？」

「沒錯。藩主側進楠傳藏——應該就是擄走了右近大爺鄰家姑娘的武士罷。他本人也曾在九年前參觀了兩國的殘酷傀儡展示，並模仿其中的手法接二連三手刃數人。」

「噢。」

平八出手按住額頭，嘴巴張張闔闔了兩、三回。

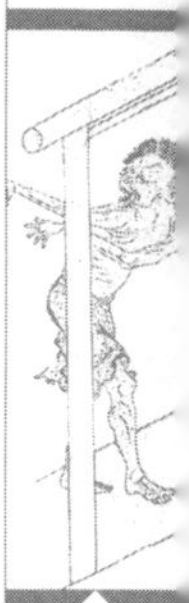

「絕世惡女阿菊和阿梗，當時也和他是同夥。平八先生的推測其實是完全正確。惡女白菊的確是搭上了這個大名，不過關係並非勾引色誘，這幾個人——其實是一丘之貉。」

「且、且慢。如此說來，兇手不就是……？」

「兇手在九年前參觀了那場殘酷逼真的傀儡展示，並為了重現其中場景而殺人。過了數年，這夥人又獲得了這些殘酷的繪畫——」

因而再度做出了同樣的暴行。

「那麼兇手即為……？」

「兇手即為北林藩藩主北林彈正景亘。」

平八一聽，使勁吸了一大口氣。

只感覺脈搏跳得更快了。

還冒出了一身冷汗。

這……百、百介先生——平八一臉欲哭無淚地收拾起攤在榻榻米上的殘酷錦繪。

「開、開玩笑也得有個限度。雖然我平日淨說些俏皮話、刻薄話，但世上有些話可是萬萬說不得的。如、如此大膽指稱大名為殺人真兇，萬、萬一——」

萬一隔牆有耳可就不妙了，平八說道，並朝緣側探了一眼。

紙門並沒有拉上。

「雖然戲曲草紙將大名旗本描述得轟轟烈烈，但實際上陰險手段可多了。若咱們議論的只是百年前的傳說或妖魔鬼怪的傳聞也就罷了，但現在說的可不是什麼往事或故事呀。百介先生，你方才指稱一國一城之君是殺人兇手，若是有了什麼閃失，說不定會換來個身首異處的下場哩。」

的確是如此，不過，不過……

「不過，這畢竟可能是事實。世上惡徒可謂林林總總，但如此殘虐不仁者卻是前所未聞。這夥人兇殘至此，即使貴為一國之君，亦非天理所能容。看來藩主即為真兇無誤——」

就在此時，突然有陣風刮進了座敷，將幾張殘酷的畫吹得漫天飛舞。

雖然平八連忙用手壓住，還是讓其中一張給飛到了庭院裡。

「原來如此，沒想到竟然有這種可能。」

一個粗獷的嗓音突如其然地自庭院傳來。

百介連忙轉身，看見一個頭戴深編笠的浪人佇立在敞開的後門外。

「右、右近先生。」

來者原來是東雲右近。

右近鑽過後門，踏著敏捷的腳步走到了緣側旁，小心翼翼地拾起了飄落在庭石上的錦繪。

——奧州安達之原。

右近瞥了這幅畫一眼，接著便正視著平八鞠了個躬。

「由於在下乃遭通緝之身，無法自店門入內，故由此處不請自來，還請先生多多包涵。」

「先生無須多禮，但右近先生這下是……？」

「在下原本並無竊聽之意，但還是聽見了方才兩位的對話，請容在下為此致歉。」

語畢，右近再度鞠了一個躬。

百介緩緩站起身來，走到了緣側。

「右、右近先生，方才的對話——其實是……」

「山岡大人無須多作解釋，在下也清楚那僅是個缺乏佐證之推測。不過……」

右近微微低下了頭。

這下，戴在頭上的深編笠完全遮蔽了他的臉孔。百介只能呆若木雞地佇立在原地。

「不過這麼一想，也就不難理解那群傢伙何以如此狼狽驚慌了。既無調查亦無審問，就連如此位高權重之武士，亦為賤民之一舉手一投足而倍感驚慌失措，甚至狗急跳牆到需要嫁禍在下的地步——原來妖魔詛咒之說，不過是為包庇真兇而刻意流布之謠言。只是僅為包庇兇手，竟得如此大費周章，不難想見真兇身分絕對不低。」

「右近先生。」

他似乎正在啜泣。

百介無法瞧見他隱藏在斗笠下的表情，僅能注視著他憔悴的身影。

「右近先生，您該不會打算……？」

右近該不會打算報這個仇罷？

可憎的殺妻仇人原本輪廓朦朧不清，這下可就愈來愈清楚了。原本無處可發洩的憤怒與哀愁，這下終於得以找到宣洩的方向。

不過……

「倘若真找著了真兇，您——將有什麼打算？」

雖說是個小藩，但對手畢竟是個大名。區區一介浪人要想挑戰一國一城之君，哪可能有任何勝算？不過是白白斷送自己的性命罷了。

山岡大人無須為在下操心，右近回答道：

「縱使身陷如此窘境，在下畢竟不是傻子。一如治平大人所言，不論如何均難癒心中傷痛，縱能親手弒敵，亦換不回愛妻性命，實難雪此深仇大恨。」

右近手持繪有慘遭倒吊的孕婦錦繪，在斗笠遮掩下不住啜泣。

愛妻和稚女的死依然讓他傷心欲絕。此種傷痛——的確教人痛苦難耐。

任誰都無法承受這種痛楚罷。

「因此，在下已下定決心不報此仇。只是……只是——心中悔恨畢竟難平。即使應是僅限於一時，但在下竟被誣指為與自己有不共載天之仇的殺妻兇手……」

「右近先生……」

右近轉頭望向百介，稍稍掀起斗笠說道：

「其實——方才接獲腳伕遞信通報。」

「腳伕？是誰差來的？」

「是阿銀小姐差來的。信中表示時機業已成熟，望在下親赴北林一趟。」

——時機業已成熟。

「意指阿銀小姐已為您討回了公道？」

「這就不清楚了。」

這句話是否與御前夫人所引起的騷動有關？差使趕赴江戶藩邸與此腳伕通報幾乎同時發生，看來兩者之間似乎是不無關連。但如此說來——

「因此，在下將動身前往北林。受山岡大人諸多照顧，特此前來辭行。在下乃遭通緝之身，或許——今世與先生將就此永別。」

「可否也讓小弟同行？」

百介問道。

【陸】

一刻也緩不得。

百介內心是萬分焦急。

藩主北林彈正即為真兇，這推測在百介心中已成了個不可動搖的結論，而且此事就連以家老為首的家臣們亦不知情。不，縱使有任何懷疑，想必也成了個萬萬不可說出口的祕密，即使想採取任何行動也是一籌莫展。

這麼一個兇手，是絕對無法將之繩之以法的。

而這數目均為七的連環巧合，甚至招來了遠古的厲鬼亡魂，為這駭人領主的暴行更添幾分邪惡魔性，也將惡意悉數埋進了更深不可測的黑暗中。

遠古的亡魂、瘋狂的藩主，兩者相互糾結，形塑出一股無可言喻的邪惡意念。

這深邃、昏暗的死神惡意，同時也喚醒了世人的邪念。

這場混亂正是因此而起。

若是如此……

——情勢果真是教人束手無策。

這場冤魂現身的戲碼，九成九是又市所設的局。

不過，這是一場毫無勝算的局。

北林的情勢已是如此絕望，阿楓的亡魂又挑在這個當頭現身，除了徒增混亂，根本收不到什麼效果，反而只會讓惡意蔓延得更加根深蒂固。這群不畏神佛的大魔頭，視尊貴生命如敝屣，嗜死亡穢氣如珍饈，對他們而言——冤魂厲鬼根本不足畏懼。

這正是百介最擔心的。即使再怎麼神通廣大，又市畢竟非三頭六臂，再加上這回的對手又是如此難以招惹。倘若——縱使只是稍稍露出馬腳，又市和阿銀恐怕都將小命不保。即便真能瞞天過海，幾個無宿人每逢入夜便大剌剌地潛入城內，絕無可能全身而退。

因此，百介絕不能有任何耽擱。

右近理應也是悠哉不得。

痛失摯愛的他心懷多少忿恨與傷悲，絕非百介所能衡量。而親赴這些忿恨與傷悲凝聚不散之地能有什麼幫助，百介亦是全然不解——但百介唯一能感覺到的，就是右近欲儘早趕赴該地的緊繃心情。

從他的側臉已看不見初識時的豪邁，但再會時的陰鬱也已不復存在。百介猜想右近肯定是有了什麼覺悟。

一張隱藏在深編笠下的臉龐與其說是悲壯，還多了幾分精悍。

北林位居丹後與若狹邊境。

啟程前，百介已事先做好了儘可能縮短行程的安排。

這一路若非乘馬乘轎，真不知要花上幾天工夫。

為此，百介只得向店家——亦即生駒屋，商借了有生以來的第一筆借貸；畢竟需要趕路的旅程，註定將是所費不貲。再者，也無法預料旅途中將會碰上什麼事兒。對生來弱不禁風、身上連把刀都沒有的百介而言，金銀就成了賴以求生的僅有手段。

一路上兩人都默默不語，只管儘快趕路。

通過關所時，百介差點沒嚇出一身冷汗。雖然手配書與人相書（註29）似乎沒配布到北林以外之諸國，但右近畢竟是個身分姓名均為偽造的通緝犯，就連通行手形也不過是阿銀為其偽造的贗品。

幸好途中並未發生任何事前擔心的情況，但畢竟凡事謹慎為要，兩人只得儘可能避免過度招搖，同時還須確保行動迅速——

因此即使對習於旅行的百介而言，整趟路走來仍是心情緊繃。

抵達北林國境一帶時，百介與右近為掩人耳目，只得避開街道，潛行山中。

先前的路或許走來安然無恙，但一旦進入北林境內，右近可就是個不折不扣的通緝犯，因此說什麼都不可採取正面突破。若在此遭到緝捕，豈不是萬事休矣？

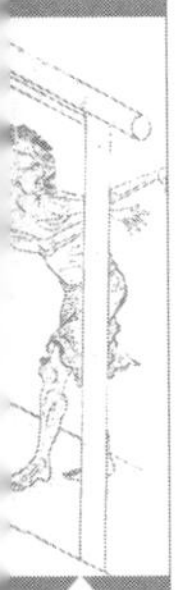

入山後，便完全無處可供兩人住宿或休憩。

先前已是不眠不休地趕了大老遠的路，這下山中險峻的羊腸小徑更是教百介摔了好幾跤。

伸手使勁拉起為藤蔓絆得撲倒在地的百介後，右近抬頭仰望西方天際。

「這趟路走來……」

還真教人憶起土佐那段旅途呀，右近說道。

那已是半年前的事兒了。土佐的山路要比這條路更為險峻，也教百介摔了更多跤，幸好每回都得右近相助。看來右近所言的確不無道理，但今昔兩段旅程其實有個決定性的不同點。

那就是右近如今的境遇。

「還真像是作了場惡夢呀！」

「右近先生。」

噢，此言純屬戲言，語畢，右近再度邁開了腳步。

「吾等即將穿越國境，越過那座山便是北林領內。接下來的路將更為艱險。」

「噢？」

沒有任何人會走那條路，右近說道。

「真有這麼艱險？」

「也不至於。一來是沒人知道那條路，再者該路亦僅通往北林。走其他路上北林，要比走這

註29：手配書為通緝令，人相書則為繪有犯罪者或失蹤者相貌之尋人啟事。

條路來得輕鬆，也要來得迅速些。而且前方還有塊魔域。」
「魔域？」
「是的。那兒有座妖魔棲息的岩山。」
右近指向前方說道。
眼前只見一座鬱鬱蒼蒼的深山。
「翻過那座山，便是一處奇岩異石林立的不毛之地。該地景觀怪異，就連飛禽亦不可見。北林領民稱之為折口岳，或簡稱其為城山。」
折口即死亡之意。
「而城山意即……？」
右近點頭回答：
「北林領地四面高山環繞，形成天然屏障。該城僅為一山城，規模雖小但易守難攻。城下則呈扇狀向左右延展，包圍此城。」
「此城並非位於城下之正中央？」
「是的。此城座落之山的山頂一帶，又名折口岳。因此若自城下仰望，即可望見折口岳聳立於位在山腹的主城後方，呈環抱主城之勢。」
聽來還真是個不可思議的景觀。百介實難根據這描述想像。
「這條路，便是通往折口岳的路。」
「如此說來——便可直達主城？」

「自折口岳向下直行，的確可抵達主城。不過，從這頭尚可攀登，但主城的那一頭則為高聳斷崖，既無法上攀，亦無法下爬。」

「那咱們該……？」

「吾等須於攀上山頂前，便沿山勢迂迴而下。行至約七合處可見一巨磐，自其側繞行便可進入一條獸道。雖是繞一大段遠路，但由於此獸道幾乎不為人知，故可供吾等安然進入城下。」

此判斷理應無誤。這條路對領民而言應是毫無用途。若不知此獸道的存在，這條岔道便無任何意義可言。任何外來者均不可能選擇一條通往主城內側，尤其是通向斷崖的路來走。

右近仰望天際說道：

「太陽依然高照。此岔道雖險峻難行，但距離並不長。自此刻開始趕路，應可望於今夜抵達城下。看來山岡大人也走累了罷，需不需要稍事歇息？」

「不打緊，小弟還能走。」

相較於進入城下後的麻煩，目前的確是還好。

不過百介也不禁猶豫了起來。早點趕到當然是最為理想，但此時還是該謹慎行事，而且他也真的累了。

「進入城下後，咱們該如何？」

「噓。」

右近示意百介保持安靜。

他瞧見前方有個人影。

這人影彷彿在尋找什麼失物似的，在為芒草所覆蓋的小路中央屈身前行。雖是蜷著身子，但看來出來者的個頭並不小。

突然，那人影緩緩站了起來。

個頭果然驚人。

在他腳下——

「人、那是人！」

有幾個人倒在地上，看來悉數為武士。

這大個頭在倒地不起的武士們懷中搜索。

「噢。」

大個頭動作遲緩地轉過頭來。

原來是個和尚。只見他身穿一件破舊襤褸的墨染衣（註30），頭上並未戴上斗笠，手上則持著一支錫丈。

看來活像個黃表紙中描繪的妖怪——大入道（註31）。

這大入道一瞧見百介與右近，便露出了一個微笑。

右近伸手握刀。

將刀抽出了鞘。

「殿下在此稍候。」

右近示意百介往後方退，並跨開雙腳擺出了架式。

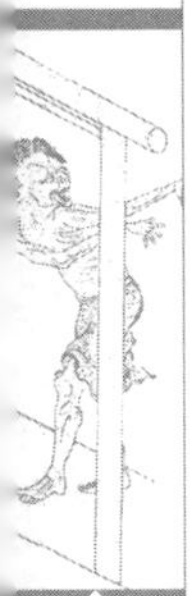

「施主手下留情哪。何必一副殺氣騰騰的？」

「你是何許人？」

「何許人？難道看不出貧僧是個和尚麼？」

「一個和尚在此等地方出沒，所為何事？再者，腳下的屍骸又作何解釋？看來並似非為彼等唸佛超渡。」

「施主可別再說笑。貧僧的確不是在為彼等唸佛超渡，不過是看看往生者身懷何物罷了。」

大膽狂徒，原來是個盜賊？右近拔刀大喊。

只見這大入道朝前伸出左掌，誇張地揮著說道：

「不是叫施主手下留情了麼？若是殺了和尚，可是要禍殃七代子孫的呀。」

「雖不嗜無謂殺生，但如今若被人見著可就麻煩。你若真為僧侶，尚且可於一禮後放行，但若為盜賊則不可留情。好了，吾等還得趕路——」

右近向前跨出一步，卻又突然停了下來。

只見這大入道緩緩向前探出錫杖。

噢，右近驚嘆了一聲。

「右、右近先生。」

註30：日本和尚所穿著之黑色僧服。

註31：又名大坊主，日本傳說中一體型高大魁梧的光頭妖怪。

「這——」
只見他迅速地把刀放下。
「別動刀。」
大入道說道，並在同時收回了錫杖。
「噢，武藝果然是名不虛傳，在出手前便參透了老夫的身手。」
「你——知道在下的身分？」
「當然聽說過。你名曰東雲右近，後頭那位則是……」
則是山岡先生罷？這和尚朝百介瞄了一眼，隨即瞇起雙眼說道：
「對了，據說你也是個好事之徒哩。老夫乃無動寺之玉泉坊，和你一樣是個好事之徒。今回乃受小股潛之託，欲助兩位一臂之力，特入此深山尋找兩位蹤影。」
「小股潛？難道，這位法師也是又市先生的……？」
「吾等乃昔日同夥。」
玉泉坊扭曲著一張孔武有力的臉孔笑道：
「就別喚我作法師了。雖然一身打扮如此，但老夫骨子裡其實是個酒肉和尚。倒是阿又這傢伙，這回還真是淌了個了不得的渾水呀。老聽他在抱怨人手不足的，再者，這回的差事似乎還頗為棘手。」
「差事——」
又市果然已經有所行動了。

玉泉坊朝腳下的屍體瞄了一眼說道：

「老夫不過是被告知將有領民循此岔道離開北林，屆時不宜將之斬殺，僅需取其懷中物便可放行，並將物品交給阿又，因此老夫方才赴此地埋伏。這人的確是來了，正當老夫納悶該如何因應時……」

這和尚朝屍體踢了一腳繼續說道：

「卻看見這夥武士追了上來，一群人不分青紅皂白便將領民悉數斬殺。老夫欲出手制止而飛奔上前……」

這和尚又轉頭望向一旁的草叢。

只見兩名看似人伕的男子倒臥其中，皆已氣絕身亡。

「這兩人就這麼被人從後頭猛然一砍——那些傢伙可真是蠻橫呀，弄得老夫連出手相助都來不及。不過這幾個武士完全殺紅了眼，殺了人還順勢想朝老夫這兒砍，逼得老夫只得……」

「難道……」

百介再次端詳起玉泉坊腳下的屍骸。

只見這幾名武士依舊緊握著染血兇刀，但身上卻不見任何刀痕。

這些人是教那支錫杖給打死的？

——這和尚……

還真是身手不凡。

「對付這些傢伙，哪顧得及手下留情？倒是聽了阿又吩咐，我就在那兩個遇害的男子懷裡搜了搜——但裡頭卻什麼都沒有，這下……」

玉泉坊轉頭望向山岳那頭繼續說道：

「老夫又走到前頭懸崖那兒瞧瞧，發現鄰近國境處也有兩人被砍殺。但這兩具屍骸懷中也是空的。因此才回過頭來，在這幾名武士身上找找。」

「又市先生想找的是什麼？」

「大概就是……」

玉泉坊從懷中掏出一只書狀，攤了開來說道。

「這紙直訴狀罷。」

「直、直訴狀？」

百介轉頭望向右近。

右近也轉頭回望百介。

「又、又市先生委託您從百姓身上奪回直訴狀？」

「看來這些人並非百姓。不過兩位也看到了，雖說不宜斬殺，但既然人都被殺了，老夫也沒個輒。幸好阿又沒吩咐過武士殺不得——」

這究竟是怎麼一回事兒？

老夫也猜不透那傢伙打的是什麼算盤，玉泉坊說道：

「那傢伙從以前就是這副德行。老是把老夫給差遣來差遣去的。這回老夫已在這座山上待了十天。有十幾年沒和阿又聯手了，一碰上他就惹得這身麻煩事。噢……」

玉泉坊直盯著右近說道：

「兩位不是要進城下麼？這下剛好，替老夫把東西送過去罷。」

語畢，玉泉坊朝前遞出了直訴狀。

「送過去？請問又市先生在城下的哪一帶？」

「這老夫也不知道。不過阿又那傢伙神出鬼沒的，兩位去了自然就會撞見。如今城下一片亂哄哄的，老夫可不想踏足。而且也得埋了這幾位往生者罷。不論這夥人生前是善是惡，人死即成佛呀。」

「好的。」

右近接下了直訴狀。

「右、右近先生，這不會有問題罷？」

「應不至於罷。這位又市大人不是阿銀小姐的同黨麼？若是如此，理應是無須掛心。」

「此人——真的值得相信？」

尚無法保證他所說的都是真話。

「兩位不相信老夫麼？」

「姑且信之罷。」

右近將書狀塞進懷中說道：

「山岡大人，此人若為敵方奸細，若非代表這位又市先生看走了眼，便表示又市大人和阿銀小姐已雙雙落入敵方之手。此人不僅知道在下身分，就連山岡大人的名字都曉得，若此人真屬敵方，豈不代表他們兩人已將一切全盤托出？事到如今，揮刀誅之亦毫無意義。吾等即便能順利入城，也絕無勝算。」

說得一點兒也沒錯，玉泉坊說道：

「施主果真聰明。倒是見到阿又時請代為轉告，老夫還多應付了幾個血氣方剛的武士，屆時酬勞可得多算點兒。」

玉泉坊說完，便將書狀遞給了右近。

接下來的路果真是險峻難行。

幾乎可說是無路可循。一如玉泉坊所言，近國境處果然有兩名男子橫屍荒野。

雖說不出有哪兒不對勁，但兩人的模樣的確都不像普通百姓，看來還真得以人潮匯聚處常見的人伕來形容不可。右近端詳了兩具遺體半晌，接著便拉起其中一具的手向百介說：

「山岡大人瞧瞧罷，此人的手看來未曾持過鋤頭。這究竟是……」

話及至此，右近便沉默了下來。

百介原本以為只有百姓懂得作直訴，如今竟然連人伕也開始直訴了，這究竟是怎麼一回事？

而且，百介也開始緊張了起來。

畢竟兩人已越過了國境，百介終於踏上了這塊妖魔厲鬼為禍成災的土地。

太陽逐漸西斜。

而百介也來到了折口岳。

黃昏將至的魔域，看起來還真是個異樣的光景。

原本一片蒼鬱的草木，至此變得十分稀疏，教此處顯得一片光禿禿的，有些地方甚至連岩層也裸露了出來。碩大的岩石四處聳立，裸露的岩層上還布滿了裂縫。

「根據阿銀小姐所言，此地名曰夜泣岩屋。」

「夜泣？」

「雖不知是哪幾座，但據傳入夜後，此地岩石便會嚎泣。」

「岩石會嚎泣——是否與遠州之夜泣石相似？」

「這在下也不知道。據說昔日曾有天狗在此出沒。不過，此地原本就無人踏足，因此並不清楚這傳說是否有任何根據。」

百介試著側耳傾聽。

但也僅聽得見鳥啼聲。

「在下逃離北林時也曾行經此地，但當時什麼也沒聽見。不過，當時尚未入夜便是了。」

右近邊說邊攀上岩層。

雖非斷崖絕壁，但攀爬起來還是不易找到地方踏足。高度落差大的岩山，爬起來是特別危險。倘若不慎失足，不僅難逃皮肉之傷，更可能就此命喪黃泉。

「這兒就是最後一段險路了，只要攀過這座岩山，接下來僅需順山勢而下便可。過了岩山便可看見片片梯田，距離城下已是近在咫尺。」

由於身處高處多少感到不自在，百介不時往底下窺探。

岩石上頭覆蓋著滿滿的青苔。都長青苔了呢，百介如此說道，右近便回答這就證明這條路無

人通行。

「哎呀。」

怎麼了？右近轉過頭來問道。

「噢，這兒最近似乎曾有人走過。瞧這兒有些青苔被刮落了，是人的足跡。」

「嗯——看來步履還相當匆忙，想必是稍早幾個看似人伕的男子和追在後頭的武士所留下的。要上那條岔道，非得攀上折口岳、通過這夜泣岩屋。之所以無人取此道而行，無非是為了避開這片不祥之地。」

這下走過這段路的，的確悉數魂歸西天。

百介抬起頭來。

「這——」

只見有座一眼無法望盡的巨大岩石硬生生擋在兩人眼前。

「可真是大得嚇人哪。」

「這座岩石後方便是主城。若自城下仰望，此岩即為座落於天守後方之巨岩，名曰楚伐羅塞岩——只要沿此巨岩橫向繞行至後方，接下來便可安然下坡。一旦越過折口岳，剩餘的路程便都是緩坡了。」

「楚伐羅塞岩？這名字還真是古怪。」

此名從何而來？難道是方言？

「在下也不清楚，這地名是從阿銀小姐那兒聽來的。好了，山岡大人，太陽即將西下。一旦

「日落，此處將變得一片漆黑，可就真的不安全了。快趕路罷。」

右近隻手撐著巨岩順勢前進，百介也緊跟在他後頭。

真能像這樣繞行這塊巨岩半周？

「請小心，再不遠就要碰上那斷崖了。」

「好的。」

一攀過巨岩，腳下頓時成了一片絕壁，看得百介是頭暈目眩，只得抬頭朝上仰望。

「倒是這巨岩還真是高大呀。說來汗顏，置身如此高處，實在教小弟——」

「那——就是北林城了。」

右近佇立石上，伸手指向前方。

在巨岩邊緣，可以窺見天守的一角。

那兒距離自己有多遠，百介完全無法想像。只覺得遠近感似乎產生了微妙的偏差。

阿楓夫人就是從那天守——

投身自盡的。而且那上頭……

——還有死神棲息。

百介朝夕陽餘暉下的低矮城郭端詳了半晌。

咻。

咻、咻。

這聲音是……？

——還真是啜泣聲。

「右近先生，果真有啜泣聲呢。」

「聽來真是如此。這聲響是——」

右近環視起周遭說道：

「從洞穴中傳來的罷。」

「洞穴？」

「岩層中不是有許多洞穴？其中幾個或許穿透了整座山，遇上風從穴中吹過，便可能產生此種聲響。」

的確有幾個洞穴是完全透空的。

但仍難以確認聲音是否真是從這幾處傳來。

只聽得這聲響在巨岩與岩山之間迴盪，完全聽不清這啜泣聲是來自哪幾個洞穴。

巨岩的黑影將百介完全吞噬。

另一頭的天際，已被炙烈的夕陽染成一片火紅。

即使走出了斷崖，腳下仍是一片岩山，踏腳處也依然難尋，走起來仍舊教人放心不得。雖說已是朝下的緩坡，但一失足還是註定得喪命，再加上這下雙腿已是疲累不堪，走起來更須格外謹慎。百介戰戰兢兢地循青苔上殘留的足跡前行。生苔處畢竟路滑，唯有踏在青苔被刮除的足跡處較為安全。

「山岡大人，不該往那兒走，城下在這頭。」

「噢，但足跡真是從這兒來的。」

絕無可能，右近說道：

「一如大人所見——鑽過該裂縫下山，乃穿越此天險之唯一通路。倘若朝這頭走，僅能前往折口岳之頂峰，到頭來不是碰上斷崖，便是為楚伐羅塞岩所阻。」

「可是這足跡——」

卻一路延伸至巨岩那頭。

「山岡大人。」

突然間。

右近壓低身子，躲進了岩石的陰影中。

「山岡大人，快。」

百介只得彎下身子，驚慌失措地朝右近身邊移動。這下腳下的路可就變得更難行走了。

「怎、怎麼了？」

「方才——聽見了人聲。」

「人聲？」

百介不由得倒抽了一口氣。

但耳中依然只聽得見岩石的啜泣聲。

「那是……？」

在楚伐羅塞岩前。

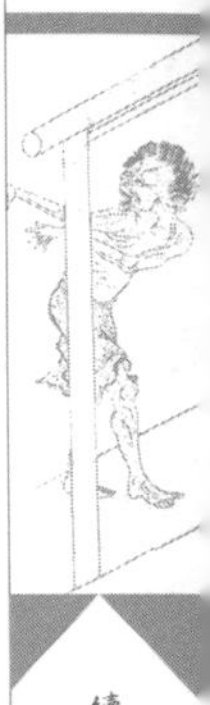

竟然站著一個妖怪。

「是天、天狗？」

「不，不是。」

那是個女人。

一個一身奇異裝扮的女人。

與其說是優雅——不如以妖豔形容或許較為妥當。只見她一頭烏黑長髮紮成了馬尾，身穿短袴與長袖單衣（註32），上頭似乎還罩著一件鳳凰紋飾的小掛（註33）。

若她身上的袴再長那麼一點兒，看來還活像個遠古女官（註34）。

若在宮中也就罷了，但這身打扮絕不適合在此處行動。

晚霞在天邊綻放著深紅餘暉。

女人則一臉陶醉地眺望著火紅的天際。

輪廓在夕陽裡顯得十分朦朧。

「這、這人是打哪、哪兒出現的？」

先前完全沒感覺到有人接近。

彷彿是突然冒出來似的。

「原本還沒見到任何人的——不是麼？」

右近比出食指湊向唇前。

此時，又有其他人循著百介倆走過的路趕了過來。

來者是一名頭戴陣笠、身穿陣羽織（註35）的武士。百介連忙縮起頸子、蜷起身子。幸好這名武士並未察覺百介倆也在場，對方快步通過兩人藏身的岩石前，神色匆匆地朝楚伐羅塞岩的方向跑去。

陣羽織的背後——

繡有一片飛龍紋飾。

「番頭大人，守備情勢如何？」

只聽見那女人嬌媚的嗓音，在這片魔域迴盪。

「不太妙。在近國境處手刃了兩人——但有約四人逃出了領外。首謀者落水後讓我給親手斬殺了，其餘三人則逃進了岔道。我已經派人追上去了。」

「讓他們給逃了？」

「方才也說過，已經派人追了。」

「噢。」

女人轉過身來，背對著夕陽說道：

「番頭大人為何老是慢了一步？」

註32：意指無襯裡的薄和服。

註33：平安時代以後的貴族女性所穿著的寬袖服飾，既可當日常穿著，亦可當禮服。

註34：於宮中服侍皇室之女性官員。

註35：陣笠為日本古時足輕、雜兵等下級武士所佩戴的斗笠狀頭盔，陣羽織則為披掛於盔甲之外的大衣。

從說起話的抑揚頓錯聽來，這女人似乎是貴族出身。

「這可不成呀，番頭大人。看來徒士組頭這位子對你而言，擔子似乎是太沉重了些。瞧你嘴上說得威風，實際上卻落得這副慘相，豈不辜負了繡在你背上那飛龍？」

妳這是在嘲諷我麼？這武士走到女人身旁，一臉不悅地說道。

「手下悉數為窩囊的鄉下武士，根本無從大展身手。不過，應不至於有什麼大礙罷。」

「縱使沒什麼大礙，你認為藩主殿下會怎麼說？」

「藩、藩主殿下豈會在意這等瑣事？」

「住嘴！」

女人突然以強硬的口吻怒斥道，並以手上的扇子抵住武士的咽喉。

「白、白菊，妳想做什麼？」

——白菊？

這女人——就是白菊？

原來她就是那飛緣魔。那麼這名武士……

——豈不就是青龍？

「夢話還是少說為妙罷。」

白菊突然轉變語氣說道：

「藩主殿下想必認為，即使百姓死、藩國滅亦不足惜，唯此祕密萬萬不可外洩。這下，你還認為讓人逃了沒什麼大礙？」

十日內真能辦妥——白菊問道。

「不是說過已派人去追了麼？」

廢話少說，白菊狠狠敲了這武士一記並怒斥道：

「此處僅你知我知，這祕密萬萬不可外洩。引領手下至此原本就有錯，難不成你忘了這祕密僅能由你自己一個人守？」

「這——」

「再者，徒士組就連那姓東雲的浪人都還沒逮著。」

這下就連百介也感覺得出右近渾身緊繃。

「連這種事都差手下去辦，所以才連人都逮不著罷？桔梗都已經親自出馬安排，讓他蒙上了斬殺那油販的罪名，將緝拿他的路都給鋪妥，你竟然還出了這等岔子。怪都得怪徒士組動得太慢，才會惹來這麼多麻煩。只怪沒能在逮到他的妻子前先行將他逮捕，才會落得這下場。」

「此事——也已著手進行。」

「別再說這種蠢話。都過多久了，你以為還能拿那小姑娘當誘餌？那浪人也不是個傻子，想必早已逃出藩外了。」

——小姑娘。

百介朝右近窺探了一眼。

只見他依舊一臉緊繃，正屏氣凝神地注視著這兩隻妖怪。

白菊背對著鏑木。

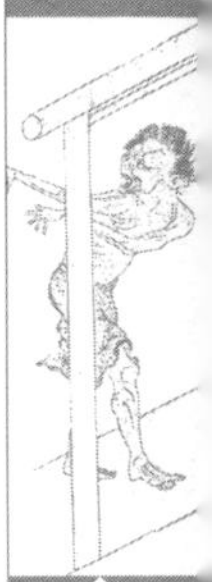

鏑木也背對著白菊。

「那可是傳藏鬧出的岔子。只能怪他擄人時教人給瞧見，可不是我出的錯。」

「是誰鬧的岔子，有什麼不同麼？」

「哼，瞧妳怕成這副德行，該是我嘲笑妳辱了朱雀阿菊的威名罷。白菊呀，區區老鼠一隻，不，螻蟻一隻，何足畏懼？」

「那傢伙可是有樫村在後頭撐腰的呀，再加上武藝也不容小覷。」

呵呵呵，鏑木笑著說道：

「樫村？那窩囊的老頭哪有什麼能耐？瞧他傻到連亡魂出沒的傳聞都信以為真。那傢伙大概是擔心遭到廢藩，近日為了抑制流言擴散，還捧著金銀在城下四處封口，真要教人笑掉大牙，反倒幫了咱們不少忙哩。」

當心別得意忘形了，白菊說道：

「那場阿楓亡魂的戲碼——會不會是樫村安排的？」

「哼，即便真是如此又如何？他也不可能有任何作為罷。」

「樫村應該也知道，當初就是咱們倆將阿楓給推下去的罷？」

——推下去？

原來她的死因並非自盡。

鏑木再度晃動著身子高聲笑道：

「知道又能如何？我說白菊呀，即使他連當初臥病在床的義政公其實死於咱們下的毒都知道，那窩囊廢也拿咱們沒輒，依舊會是那副畏畏縮縮的模樣。難不成妳忘了他那副蠢相？」

義政公即為前任藩主。

原來前任藩主也非病死，而是死於謀殺？

鏑木誇張地挺起胸脯，看來似乎在虛張聲勢地說道：

「管他是家老還是什麼的，若礙了咱們的事，這等傢伙殺了也無妨，反正大家都會認為又是亡魂幹的。至於那名浪人，哪管武藝再怎麼高強，也不過是隻區區螻蟻。瞧他見到妻子遇害時哭成那副德行，說不定如今已經追著他老婆的腳步殉情了哩。」

斬殺那身懷六甲的女人時可真是痛快極了，鏑木一臉開心地說道：

「藩主殿下想必也看得很開心罷。還真得感謝那名浪人呀，否則像那女人這麼好的貨色可是可遇不可求的。在剖開她肚子時，藩主殿下那開心的神情，至今依然難忘哩——」

這番話根本已非人話。

簡直是死神的對話。

看來百介的推測果然正確。

兇手就是——

「混、混帳東西——」

「右、右近先生！」

右近低聲咒罵道，手已握上了刀柄。

「右近先生，別衝動。」

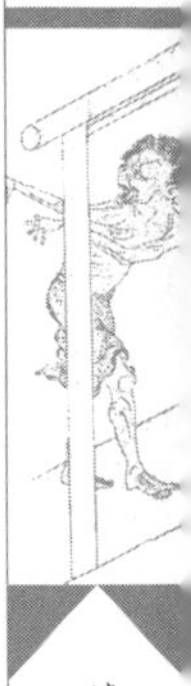

「山岡大人，請收下這個。」

右近將直訴狀強塞給了百介說道：

「請儘速逃離此地，並將這交給又市大人。這其中——必有什麼玄機。」

「右、右近先生，千萬別衝動，這下若出去——」

「別再說了。在下已……好了，請快走罷。」

右近輕輕按了按百介的肩膀，緊接著便躍上了岩石，霎時鏑木為之一驚，立刻拔刀出鞘。

「來、來者何人？」

「在下就是那隻妻子被你剖了腹的螻蟻。」

「什麼？你就是東雲——右近？」

「不過是隻螻蟻，並沒有名字。」

「真是教人不敢相信哪——看來你並非螻蟻，而是隻撲火的飛蛾罷。」

鏑木笑著說道：

「白菊妳瞧，不是說過沒什麼好擔心的？」

白菊緩緩轉過身來。

果然是個教人屏息的美女。

右近朝下方縱身一躍，旋即又快步朝楚伐羅塞岩的方向移動。

顯而易見的，這是為了確保百介的退路而採取的行動。只不過……

百介竟絲毫沒有動彈。看來是被嚇壞了。

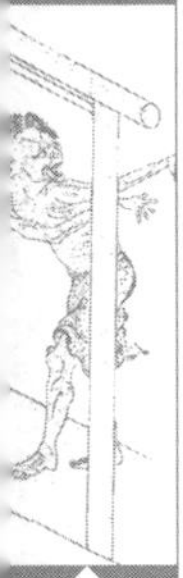

「放馬過來罷——螻蟻。」

鏑木將刀朝頭上高舉。

右近則舉刀架向臉旁。

「看來你這傢伙果真是身手不凡，可惜就是太沉不住氣了點兒。不過竟能找到此處，還真是值得欽佩。只不過，太重情可是會誤事的。怎麼了?眼裡都是淚水，哪能看得清楚？」

——贏不了。

百介的直覺如此判斷。

只見鏑木一臉嘲諷的笑意。

看來他對死亡毫無畏懼。

一副對一切毫無留戀的模樣。

當然，右近如今也無任何東西好留戀，但他心中有個大窟窿，窟窿裡想必是填滿了傷悲。相較之下，僅追求一時之快的鏑木心中，想必是連這點兒情緒都沒有；死神心中的窟窿裡，註定僅有無限的黑暗。

右近保持文風不動。

「怎麼了?來殺我呀，殺了我呀。我這把傢伙雖不是什麼名刀，但畢竟也剖開過你老婆肚子，砍起來可鋒利了。」

右近明顯開始動搖了。

只見映照著夕陽的刀尖正在微微顫抖。

天上是一片火紅。

——白菊呢？

白菊竟然已經消失無蹤。

到底給躲到哪兒去了？

百介舉目環視，人應該還沒走遠才是。

背後是岩山，巨岩的另一頭則是斷崖。一如右近所言，此路不分前後都是僅此一條，不管怎麼走，勢必都得打百介藏身的岩石前頭經過。

——不對。

差點忘了岩石之間有裂縫。仔細瞧瞧，這才發現巨岩上原來有幾個洞穴。雖位於百介視線的死角而難以一探究竟，但或許楚伐羅塞岩上頭就有幾個可供人容身的裂縫，白菊可能正藏身其中。不，或許她原本就躲在裡頭——稍早就是從那兒現身的罷。

就在百介如此推敲時，右近跨出了步伐。

喝，快步躍上岩山的他高聲吶喊。

鏑木以手中邪劍撥開了他向前刺出的刀尖。

火花四散，劍戟相擊的聲響在這魔域迴盪。

鏑木奮力抽出刀子，順勢朝下揮斬。

右近快步退至白菊原本佇立處，敏捷地擺出了架式。看來論劍術，右近是比對手高強幾分；只不過……

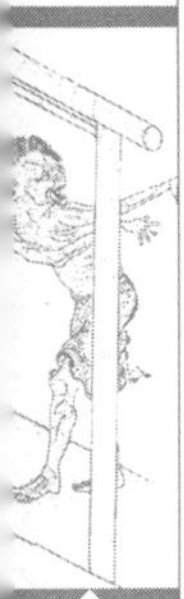

此處畢竟是一塊魔域。

當然對妖魔較為有利。

由於身處逆光處，右近成了一個漆黑的影子。

鏑木單手持刀，將刀尖指向右近臉前，並揮了揮高舉的左手揶揄道：

「覺悟罷，螻蟻。像你這種螻蟻是死是活，我哪可能在乎。只怪你不時冒出來礙事，弄得我像方才那樣受白菊責備，這可真……」

把我給惹惱了，鏑木在如此高喊的同時出刀。

右近閃過了這一擊。

納命來、還不快納命來！鏑木邊喊邊胡亂揮刀。

這瘋狂的刀法，已無任何章法可言。

這下即使武藝高強的右近，也僅有閃躲的份兒，而且腳下的岩山還教他難以踏足。在兇刃的威脅下，右近一路退到了楚伐羅塞岩前，直到背部貼上這塊巨岩才停了腳步。這下鏑木發出一聲怒吼，宛如一隻瘦骨如柴的餓犬般朝他撲了上來。

只見一道閃光掠過。

右近一把撥開了對手的刀。

霎時，鏑木的刀刃隨著一聲沉悶的金屬撞擊聲斷裂。

「哼。」

右近乘機擺好了架式。

但就在他即將揮刀劈砍時。

動作突然停頓了下來。

「住手。」

只聽到一個洪亮的嗓音喊道。

想不到後頭還有個人。

百介連忙彎下身子定睛窺探。

只見從巨岩的陰影中——

有個手持薙刀的男子走了出來——

「鏑木，瞧你這狼狽相。」

不對，從嗓音方才聽出來者是個女子。不過並非白菊。

在即將落下的淡淡夕陽映照下，看得出來者是個身穿小廝男裝的——

女子。

「這副窩囊德行，還真是教人不忍卒睹呀。」

這女子——或許就是桔梗——如此喊道，並在同時朝右近揮出了薙刀。

右近撥開這一刀跳向一旁。不過在他的背後……

還有另一人。

而且是個武士。

右近單膝跪倒，整個人停了下來。

只見這武士抱著一個姑娘。
「給我乖乖的別動。瞧瞧她是誰罷。」
「加、加奈小姐。」
「呵呵，瞧你給嚇得。」
第二名男子——想必就是楠傳藏——持刀抵著小姑娘的頸子哈哈大笑道：
「桔梗呀，妳瞧，留這姑娘一條命，這下果然派上用場了罷。雖然藩主殿下直叫咱們殺了她。光是看到這浪人這副窩囊相，這個活口就算是沒白留了。」
「他的德行真有這麼可笑？」
「難道不可笑麼？十內呀，一般人哪擺得出這麼愚蠢的神情？」
「混、混帳東西！」
「哎呀，千萬別輕舉妄動，否則這小姑娘可要小命不保喲。聽到了麼？」
楠以刀抵著這小姑娘的臉頰，只見她身子不斷痙攣，看來已是相當衰弱。
「住手！混帳東西，可別用如此卑劣的行徑。在下不逃也不躲，咱們堂堂正正一決勝負罷！」
「堂堂正正？大家都聽見了麼？這是哪個地方的話呀？你這傢伙還真自以為是呀，竟敢要求我和你這種渣滓堂堂正正一決勝負？」
「那——那姑娘是清白的，放、放了她罷。」
「是清白的就殺不得麼？」
這句話聽得右近也啞口無言。

這群妖魔們齊聲笑了起來。死神的狂笑，頓時響徹這片黑夜即將降臨的魔域。
「肅靜！」
這是白菊的聲音。
「恭迎藩主殿下大駕。」
藩主殿下？
——藩主殿下也來了？
百介不禁懷疑自己是不是聽錯了。
堂堂一介藩主，竟然既沒乘轎也沒乘馬，而且連一個隨從也不帶，就來到這種地方？
——究竟是怎麼到這兒來的？
要來到這兒，不是得走過獸道、攀上岩山？難不成——
北林藩的藩主真是個妖魔？
天色迅速暗了下來。
太陽已經下山了。
死神終於降臨折口岳這塊魔域。
咻、咻，只聽到陣陣岩石的啜泣聲。
就在此時。
死神從巨岩後頭現身了。
「汝即為東雲右近？余乃北林彈正景亘。」

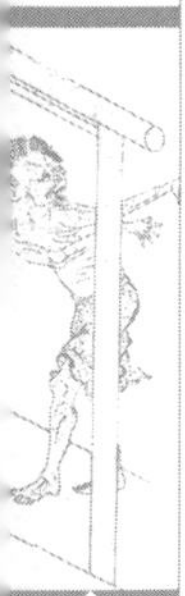

他以低沉得宛如自地底傳來的嗓音說道：

「呵呵，原來生得這副寒酸模樣。」

百介定睛凝視。但四下已是一片昏暗。

白菊與桔梗隨侍在藩主兩旁。

這妖魔——看來的確是個氣宇軒昂的大名。

「雖不知樫村對汝吩咐了些什麼，但見汝如此賣力執勤，的確是值得褒獎。那麼，至今可找到真兇了？」

膽敢裝蒜——右近怒斥道。

放肆！鏑木怒吼一聲，並朝右近踹了一腳。

待右近身子向前撲倒，彈正便以手上的鞭子猛烈地朝他臉上揮。

「噢，未料汝這人竟如此饒舌。不過……」

這死神以稀奇的眼光直盯著右近說道：

「汝那妻可是個打著燈籠都找不著的貨色。哼，這是什麼眼神？余可是在褒獎汝呀。」

「混帳東西！」

鏑木緊扭右近的胳臂將他給壓倒在地，一張臉都給貼到了岩石上，刀子也被奪走了。

「疼罷？那麼就老老實實回話罷。」

彈正一腳踩上右近的腦袋說道：

「汝雖是狗嘴裡吐不出象牙。但余還是順道多誇獎汝些罷。汝那妻一張臉蛋生得還真是標緻，痛苦時的神情堪稱賞心悅目哩。」
這死神身子前傾，以益發低沉的嗓音說道：
「孕婦的生命力可真是強韌，拖了大半天才絕命，教余等觀賞得可樂了。只可惜……」
腹中胎兒。
竟與汝那妻同時斷了氣。
聽到這死神這番話，百介腦海裡頓時變得一片空白。世上竟然有……
竟然有此等慘事。
這怎麼可能？
「嗚。」
此時傳來右近的呻吟聲。
「嗚哇哇哇哇！」
呻吟旋即轉為吶喊。
為了什麼？這是為了什麼？右近高聲喊道。
「為了什麼？」
彈正一臉愉悅地笑道：
「汝果真是愚昧無知。行這等事哪需要什麼理由？不就是求個高興、求個痛快？」
不就是如此？
瞧她血流如注。

難耐疼痛高聲哭喊。
拜託吾等饒了她、救救她。
最後便不再有絲毫動靜。
不論再怎麼劈、再怎麼砍。
「看得余等實在是太高興、太痛快了。有什麼事比這等光景更賞心悅目?難道有麼?」
哪需要什麼理由——彈正突然激動了起來,一腳將右近給踢開。
嗚哇,右近死命高喊:
「爾、爾等全瘋了!這簡直是厲鬼羅剎幹的勾當!此、此等邪魔歪道的行徑,老天爺是絕無可能放任不管!絕、絕對會將爾等打入地獄!」
「喂,大家可聽到這傢伙說了什麼?」
「在下聽見他承認自己是個渣滓。」
楠如此回答。鏑木也說道:
「在下聽見他懇求小的什麼都肯做,只求諸位放條生路。」
接著又傳來幾聲沉悶的敲擊聲響。
右近仰面倒了下去,從此便一動也不動。
「還真是無趣,原來汝也不過就這麼點兒能耐。反正只是個下賤東西,哪可能有多少志氣。」
彈正湊向右近的臉龐說道:
「余今晚就特別開恩,姑且聽聽汝的要求。汝——想怎麼死?是想給剝掉臉上的皮,還是給斬斷兩手兩腳？不妨說來聽聽罷，好讓余開恩成全。」

「懺——」

「什麼？」

「——懺悔罷北林景亘。」

「汝說什麼？」

「再怎麼說，你畢竟是個代幕府統領一國一城的藩主，卻犯下此等忤逆倫常、比妖魔畜生還不如的罪孽——簡直是人神共憤。爾、爾若還當自己是個武士、是個人，就該為一己愚昧贖罪自清。切……切腹罷。」

切腹罷——

右近使盡最後一絲氣力說道。

彈正站起身來，傲氣十足地笑道：

「噢，切腹聽來是有點兒意思。不過，身分如余者，何須聽汝這種下賤東西發號施令？」

「這、這可非在下之命，而是上蒼天命。」

「大膽狂徒，閉嘴！」

沉悶的敲擊聲再度響起，百介已看不清究竟發生了什麼事兒。

「看來汝這下賤東西還是沒參透。比妖魔畜生還不如？此言何解？汝這愚蠢的混帳東西，余的確非人，但絕非不如人，而乃超越人。余不僅超越世人，甚至也超越神佛。汝這等蠢才哪懂得箇中道理？可知道因果報應這種牢騷話，不過是傻子為自己的愚昧開脫的說辭。世上哪可能有什麼冤魂作祟？死人哪還能做什麼？人只要死了，就不過是個東西，再怎麼劈、再怎麼砍也不會有任何動靜。倘若懷恨而死的人會化為鬼魂回來尋仇，那麼第一個該找的不就是余？但如汝所見，余這下尚活得好好的。若要找余尋仇、取余性命，何不放馬過來！」

此時右近的慘叫聲再次響起。

死神的嘶啞狂笑，響徹這片已為夜幕所籠罩的魔域。

岩石的啜泣聲也隨之傳來，而百介則是……

逐漸失去了意識。

【柒】

百介清醒時，天色已經亮了。

四下當然不見任何人影。

岩山上是一片靜寂。

直到過了許久，百介才終於意識到昨晚所見並非夢境，也憶起了自己被嚇得進退兩難的尷尬處境。

——果真像是作了一場惡夢。

不，的確是一場夢魘。

百介並未遭到任何毆打，光是那死神的強烈惡念，就嚇得他喪失了神智。

若這不叫夢魘，還有什麼能叫做夢魘？

倒是……

已見不著右近的蹤影。

在白晝看來，眼前的巨岩依然是碩大無朋。

——楚伐羅塞岩。

他還記得這名字，代表這果真不是一場夢。

站起身來時，他感覺腰、背、和腦袋均疼痛難耐。

他踉踉蹌蹌地攀上岩山，連走帶爬地來到巨岩旁，並攀上了巨岩前的岩層。

被粗暴刮除的青苔上殘留著雜亂的腳印。

這是此處曾發生過一場慘鬥的證據。

他走向楚伐羅塞岩，邊伸手刺探邊爬向絕壁邊窺探，看見了一道裂縫。

與其說是裂縫，或許稱之為洞窟較為合適。只見裡頭是一片深邃漆黑，寬廣得擠進五、六人也是綽綽有餘。或許那群傢伙原本就躲在裡頭。

——但為何要藏身此處？

理應不是為了攔截百介和右近。

直到發現鏑木的斷劍，百介才認清了自己的現狀。

——不妙。

著實不妙。

不知右近情況如何？或許已經遇害了。

那姑娘也是性命堪虞。不，若右近已死，那姑娘當然也沒可能沒被斬殺。即使他們倆目前還活著，兩人的性命也有如風前殘燭。

畢竟他們倆已遇上了死神，並且為死神所吞噬。

百介茫然地在岩山上左右徘徊。

只覺得自己簡直要給逼瘋了。眼見自己竟然束手無策，心中的無盡焦慮真要將他給活活逼瘋。百介伸手摸向自己的胸口。

——直訴狀。

——又市。

得儘快交給又市才成。

又市他……

「絕無可能坐視不管。」

百介自言自語道，接著便從岩上躍下，打自己原本藏身的岩石前通過走出了折口岳，並穿越裂縫滿布的岩山，離開了這塊不祥之地。

下了岩山後，他又走過草木蓊鬱的獸道，穿越幾片森林，終於走到看見梯田的地方時，陽光已經轉弱了。

飢餓與疲勞已將他折騰得神智不清。

教百介錯覺數度在樹蔭和岩影下窺見了妖怪的蹤影。

他看到了七人御前。

船幽靈。

飛緣魔。

以及死神。

這些妖魔鬼怪揮之不去的影子，就這麼在他的腦海中或眼簾深處忽隱忽現。

其實他所看見的每一個影子，都不過是自己心中的惡念。

穿越村落進入城下市鎮時，開始下起了雨來。

他快步跑進房舍屋簷下避雨，喘了一口氣後，百介這才發現這鎮上的光景的確怪異。

不論是大街、小巷、還是空地，都見不到半個人影，甚至連隻狗都看不到。

每個店家均垂下布簾，每戶住宅均門窗緊閉。

雨依然下著。

百介茫然地眺望著一道道雨絲。

這下他才想起在來到城下途中，的確沒見到過半個人影，既沒看見任何人在田裡耕作，也沒見到有人牽著牛馬行走。炭坊煙囪上不見一縷黑煙，百姓民宅也紛紛蓋下了遮雨板。原來在路上沒遇著任何人，並非因他僅挑岔道走的緣故。

右近曾以人心頹廢形容此地。

但這下看來，這個藩已經儼然亡國。

雨依然下著。

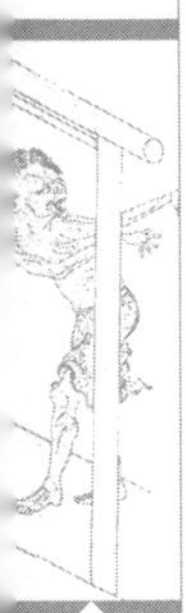

別說是客棧，就連一家開著的館子也找不著。

百介敲了敲幾棟看似客棧的屋子的門，但也不見任何人應門。

這下即使身懷鉅款，只怕也派不上任何用場。若找不到地方稍事歇息，就連肚子也無法填飽。在這種情況下，想找著又市已經夠難了，想救出右近更幾乎是不可能。不，倘若再這麼下去，就連百介自己這條小命都可能不保。

鎮上一片死寂。

百介懷著再如此閒晃下去，性命彷彿也將隨時辰流逝而遞減的慘澹心境，在細雨瀟瀟的死寂街頭徘徊著。

真的是一個人影也見不著。

他僅能漫無目的地往前走，也拐了幾個毫無意義的彎。

接著在大街的正中央，抬頭仰望降雨的天際。

山巒、山城、楚伐羅塞岩以及高聳的折口岳，看來均是一片漆黑。

一道電光掠過山頂，旋即傳來一聲雷鳴。

「終於來了——」

「噢？」

「妖魔現身的日子終於來了。」

是個人。

只見一個披著一張草蓆的老人，正蹲在岔路口旁一棟房舍的屋簷下。

「這、這位老先生——」
「御前夫人終於現身了。」
「什麼？」
百介跑了過去，兩手緊抓著老人的雙肩問道：
「老、老先生方才說了什麼？」
一聲遠雷響徹天際。
百介緊盯著老人的臉龐。
只見他兩眼茫然，一臉齷齪。
一頭散髮也沒梳成髻，整張臉上布滿摻雜著白鬚的鬍子。
老先生、老先生，百介搖了搖這看似乞丐的老人肩膀好幾回。
「妖魔現身的日子指的是什麼？」
「妖魔現身了，要結束了。」
「結束了——什麼要結束了？」
「一切都要結束了，老人張著不剩半顆牙齒的嘴直打著寒顫。」
「老先生，這妖魔是什麼身分？」
「御前，御前夫人。」
「御前夫人……？」
原來這傳言不僅只在城中流傳。

就連此等卑賤者都知道這個名字——代表這御前夫人不僅在城中，即使在城外也廣為人們所畏懼。

可怕呀、可怕呀，老人喃喃說著，整個人縮進了草蓆裡。百介剝開草蓆追問道：

「老先生，這御前夫人究竟是何許人？這傳言是從何時開始流傳的？」

「城下所發生的一切慘禍，均為御前夫人所下的手。真是駭人哪。」

「且慢。為何就連領民都得遭此威脅？」

這御前夫人理應為阿楓夫人——亦即前任藩主之正室。豈可能迫害一己之領民？

哎呀，老人發出一聲慘叫，雨滴順著齷齪的臉頰滑落下來。

「都、都得怪咱們不好。大夥兒從前都戲稱她御前夫人，如今才會招來這等天譴。饒、饒了咱們罷，救救咱們的命呀。」

戲稱她御前夫人？

這句話是什麼意思？

「那麼七、七人御前——七人御前肆虐又是怎麼一回事兒？」

「僅犧牲七人，豈足以平息其怒？同時還有百姓挾此風聲趁火打劫。不論是町民還是百姓，個個全都幹過壞事，只曉得乘機為惡，從未對其心懷畏懼，再加上城中的傢伙們也沒祭祀過御前夫人，因此……」

如今才教御前夫人更為憤怒呀，老人高喊道。

一陣遠雷響起。

「放、放開我！」

不躲起來哪行？得趕緊找個地方藏身才成，老人甩脫百介的手，抱起頭來不住打著哆嗦。

「何以需要躲藏？」

「不躲起來勢必難逃劫數。先前鳥居倒塌，昨日河裡的魚死亡殆盡，今天可就輪到咱們了。」

「鳥居倒塌？河裡的魚——死亡殆盡？」

「是呀，就連鎮守（註36）都不再保佑咱們了。因此所有町民百姓，如今全都躲進了檀那寺或神社內，貼上護符祈禱乞饒。咱們也不想喪命呀。」

「大家全躲進了廟裡或神社裡？」

看來民居內果然真的沒人。

「若是如此，老先生為何……？」

「我身無分文，哪買得起護符？這下得趕緊、得趕緊找個地方……」

即便想躲回家中，他也是無家可歸。

啪啪，此時傳來陣陣涉水聲，只見兩名男子從水渠那頭跑來。其中一名頂著涼席充傘、僅穿著一件褌（註37），另一名則是身披襤褸破布、看來應是個乞丐。

「喂，阿丑，原來你在這兒呀。」

老人聽了搖搖晃晃地站起身來。

「大家都到橋下去了。別擔心，咱們已經安全了，安心罷。瞧瞧那位修行者給了咱們什麼。」

看似乞丐的男子從懷中掏出一紙護符，在老人眼前攤了開來。

「這、這護符是……？」

「這是保平安的陀羅尼符。那位修行者將護符也分給了咱們，並說只要把這藏在懷中祈禱便可。來罷阿丑，這張是給你的。」

噢，老人高聲感嘆道，連忙奪下護符，虔敬地塞進了懷裡。謝謝老天爺、謝謝老天爺，只見他低頭合掌，感謝上蒼。

「那位修行者不收分文，還真是慈悲為懷呀。」

「還提醒咱們今兒個是個雨天哩。」

「雨、雨天會發生什麼事兒？」

聽到百介這麼一問，身穿褌的男子一臉訝異地轉過頭來問道：

「你是什麼人？」

「小、小弟是個旅人。」

「旅人？看來你可是碰上災難了。偏偏挑上這種日子到這兒來，可是你的不幸呀。阿寅，你說是不是？」

是呀，看似乞丐的男子邊攙扶著老人起身，邊應和道：

「可怕的災厄逢雨將從天而降。是罷，亥之？」

註36：守護一國、一城、乃至一寺廟、村落之土地神。

註37：即日式丁字內褲。

「是呀，除了註定將國破家亡，說不定還會發生更駭人的災禍——不過，只要依照那位法師的指示，便能安然無恙了。」

「法師？可就是那位修行者？」

——修行者。

「說來還真是嚇人，這位修行者可是法力無邊呀，所預言的事兒全都教他給說中了。阿寅，你說是不是？」

「沒錯。他曾預言城下將發生些什麼災厄，全都一一應驗了。」

——聽來似乎就是又市。

「若想保住性命，最好儘快找到他求個保佑罷。」

「快去罷。」

「這、這位修行者人在何處？」

「在橋下將護符派給咱們後，又搖著鈴四處找還沒拿到護符的人去了。能獲得他的保佑，真是三生有幸呀。」

這下似乎是朝武家屋敷那頭去了，半裸的男子說道：

「今日想必就連武士們也紛紛貼上護符躲在家中。如今全城下還不信那位修行者的，大概僅剩藩主殿下一人了罷。」

——這鐵定是又市。

上武家屋敷去了是罷？百介稍事確認，便告辭上路。

事態的發展常超乎百介的預料。總而言之，這下非得趕緊見到又市不可。

雨依舊下個不停。

走過不見人影的大街，終於來到了武家屋敷町。

倘若碰上太陽下山，可就萬事休矣。

畢竟身上沒一盞燈籠，天色暗了將伸手不見五指。

武家屋敷町同樣是一片靜寂。

不過，稍稍可以感覺到屋內似乎有人。看來那看似乞丐的男子說的沒錯，武士們似乎都藏身家中，力求迴避這場劫難。

家家戶戶的門前和玄關，都貼有那教人眼熟的護符。

稍早沒能仔細瞧瞧，這下百介才確認這些的確是又市常沿路派發的辟邪護符。

看來又市已有所行動。看到這護符貼滿每一戶人家的所有門窗，教人對又市的高明手腕還真是由衷佩服。說服學識匱乏的百姓或許容易，但就連武士們都讓他給——

——不對。

這回可是武士先被說服的。

御前夫人亡魂現身的風聲先是起於此地的武家屋敷，稍後又傳進城內，最後才在領民之間散播開來。

百介四處搜尋又市的身影。

夜色緩緩降臨。

每一棟屋子上……

都貼滿了辟邪的護符。

有些貼了兩、三張，有些則貼了更多。

從稍早那乞丐的話裡不難聽出，領民們對又市似乎極為信賴。

走到最大一棟宅邸前時，百介停下了腳步。

——這屋子沒貼護符。

就連一張也沒貼。門牌上的姓氏寫著……

——樫村。

樫村兵衛？

這棟就是那家老的宅邸？

宅邸的大門敞開著。不僅外頭沒人守衛，就連個小廝的影子都見不著。

百介像是被什麼給吸引似的，恍恍惚惚地走進了大門裡。

雨勢愈來愈大。雖然百介早已是渾身溼透，但仍覺得不想再被淋得更溼。他先是為了避雨走到了軒下，最後又不自覺地走到了玄關外。

他發現屋內門戶洞開。

和其他宅邸正好相反，這屋內所有門窗竟然全都開著。

這是怎麼一回事？難道此人對妖魔毫無畏懼？

——不可能。

昨兒個黃昏時分，才聽到那幾個死神們嘲諷樫村是個教亡魂出沒的傳聞給嚇破了膽的窩囊廢。平八亦曾提及，這家老曾舉行法會祈禱求神拜佛，聽來對這妖魔理應是心懷恐懼。

百介呆立於玄關外。

畢竟他從未造訪過地位如此崇高的武家宅邸。樫村是本藩的城代家老，和上八丁堀的窮酸同心家作客完全是兩回事兒。

就連該如何打聲招呼都不知道。

「請問——」

雖然試圖朝屋內呼喊，但百介還是把話給吞了回去。由此入屋畢竟有違禮節，像百介此等賤民，理應由後門入內才是。

是何許人？突然聽見屋內有人應聲。

大概是察覺有人站在外頭了罷。

昏暗的廊下浮現出一片白影。

來者是個個頭矮小的老武士，身穿水色無紋的裃，上著白衣白袴。

——看來穿的似乎是喪服。

一張小臉看似和藹，不過神情明顯帶著倦意。

「爾為何許人？」

老武士有氣無力地問道。

「大、大爺可是北、北林藩家老樫村大人？」

「在下正是樫村兵衛。」

個頭矮小的老人心平氣和地回答道。

「請、請大人寬恕小的無禮！」

百介尖聲喊道：

「小、小的來自江戶，名曰山岡百介。」

百介趕緊跪下身子，磕頭致歉道：

「——如此冒犯，懇請大人多多包涵。」

「無禮——這字眼是社稷尚須遵循禮儀度日時才說得通的。對禮儀早已淪喪殆盡的本地而言，可是一點意義也沒有，請起罷。爾大老遠自江戶來到此窮鄉僻壤，想必是有什麼緣由，就入內說個清楚罷。」

想不到他的嗓音竟是如此沉穩。

「但一如大人所見，小的已是渾身溼透。」

「這何須在意？」

「恐有沾污貴府之虞。」

「這也無須在意。倒是如今屋內僅剩在下一人，也無法端出什麼招待。」

「宅邸內——僅剩家老大人一人？」

「不論什麼人——死時終將是孑然一身。」

死？

座敷周圍掛滿了白布幔。

中央鋪著一床五幅（註38）寬的木綿被褥，文房四寶上頭擺著一支以奉書紙（註39）包裹的白鞘平口（註40）短刀，一旁則擺著一封致大目付的書狀。

「家、家老大人……」

「這等事原本應在庭園內辦才是——只是不巧碰上天雨。」

況且這場雨看來還真是冷哪，樫村望向庭園說道。

面向庭園的白布幔已被拆除，紙拉門也被拉開，昏暗的庭園活像一張開在門上的嘴。

「可笑罷？都這種時候了，還在講究武士的矜持。隨意找個位子坐罷。」

「家老大人——」

他究竟知道多少實情？

倘若在一國家老面前輕挑地指證藩主為殺人狂魔，即使所言屬實……不，正因所言屬實，通常性命都將不保。

「小的曾與東雲右近大爺同行。」

百介在房內一角就坐後說道。

註38：丈量布匹寬度的單位，一幅約為三十四公分。
註39：以桑科植物纖維製造的高級和紙。
註40：原文作「平造り」，為刀刃的形狀之一，刀背幾乎呈直線且無稜，多見於小刀或脇插。

「爾認識東雲大人？」

他還真是個直率的漢子呀，樫村語帶懷念地感嘆道，接著便在被褥上坐了下來。

「堪憐的是，只因在下委託其進行一樁了無意義的搜索，導致其失去了一切。一切都——」

「如此說來，家老大人也相信右近大爺的清白？」

「一個人是否會殺害妻小遁逃，這在下還看得清楚。」

「那麼……」

樫村有氣無力地搖了搖頭。

「右近大爺他——已被捕了。」

「東雲大人回來了？」

「昨夜回來的。」

為何還要回來？樫村神情苦悶地問道：

「可是被徒士組給逮捕的？」

「是藩主殿下親自出馬逮捕的。」

「藩主殿下？」

樫村的臉色頓時變得一片蒼白。

「家老大人。膽敢請教家老大人——知道多少實情？」

「什麼事的實情？」

「這……」

「大人方才提到自己姓山岡？」

是否為大目付大人麾下的使者？樫村問道。

「並不是。小的不過是江戶京橋某蠟燭盤商之隱居少東，絕非高官使者——」

看來這解釋是無法取信於這位家老的罷。

江戶蠟燭盤商的少東，竟然千里迢迢來到這遠方藩國，想必再怎麼解釋也難以教人信服。至於在此地該做些什麼，就連百介自己也不知道。

是麼——未料，樫村竟爽快地接受了這番解釋。

「本事經緯，大人知道多少？」

「一切不明，僅知道藩主大人他……」

嗯，樫村抬起下巴，面向百介端正坐姿說道：

「其他的事就千萬不可提了。雖不知爾究竟知道多少，但奉勸爾就將至今為止的所見所聞悉數忘記罷。」

「這可不成，右近大爺都已經落入彼等手中了。」

「倘若是昨夜遭逮的……」

這下應已不在人世了罷，樫村把頭別向一旁說道。

「看、看來家老大人對藩主殿下的所作所為——果然也知情？」

「不。」

在下什麼也不知道，頭已別得不能再開的樫村說道。

「昨夜曾聽聞徒士組頭鏑木大人提及，前任藩主義政公之死，實乃……」

「別再說了。」

「可是小的……」

「這些在下都知道。不過山岡大人，這些事，悉數為妖魔詛咒所致。」

樫村有氣無力地坍下了身子。

「膽敢請教肆虐的是何方妖魔？可是御前夫人——亦即阿楓夫人的亡魂？抑或殺害三谷彈正而遭極刑的七位百姓？」

這下樫村突然睜開了雙眼。

「山岡大人。」

「大人有何指教？」

「絕非在下搪塞，這妖魔詛咒的傳聞可是千真萬確的。於我藩肆虐的——的確就是阿楓夫人的亡魂。」

能否懇請大人對此稍作解釋？百介請教道：

「為何——此地居民對阿楓夫人是如此畏懼？阿楓夫人之死因的確不尋常，但據傳亦純屬自盡。小的實在參不透，上自家老大人，下至平民百姓，何以均對其如此懼怕？」

樫村低頭沉思了半晌，接著突然開口說道：

「前任藩主義政公……」

聽得出他語帶失落。

「自幼體弱多病，大夫多認為其難以長命。其父君義虎公為人膽大陽剛，故對身體孱弱之義政殿下多所嫌棄，並為此積極另覓子嗣。後來，遂與一身分低下之女子產下了現任藩主——虎之進殿下。」

亦即北林彈正景亘。

也就是那死神。

話及至此，樫村先是停頓了半晌，接著才繼續說道：

「噢，真是對不住。義虎公對健康的虎之進殿下疼愛有加，雖對義政殿下冷淡異常，對虎之進殿下卻是關愛備至。只是嫡子畢竟為義政殿下，再加上其母身分欠妥，因此虎之進殿下，不，景亘公僅能在見不得人的情況下，以私生子的身分被扶養成人。」

不過其於孩提時期，也曾是個聰穎過人的孩童，說到此處，樫村又停頓了下來，接著又說：

「義虎公曾言——活不久的子嗣必是一無是處。不過義政公並未於早年夭折，而是成長為一光明磊落的青年，並於義虎公歿後繼任為藩主。相較之下，景亘殿下只得長年不見天日地蟄居於部屋之內。」

想必他就是在這段期間。

嚐到那死神的殺戮滋味罷。

「義政殿下天性溫厚，待人誠懇，生前是個廣受臣民愛戴的藩主。但由於體弱多病，多年無法覓得姻緣，直到九年前，方自小松代藩迎娶了阿楓公主。」

九年前？不就是彈正景亘——也就是北林虎之進觀賞過那場傀儡展示後，犯下連環兇案的那一年？

而且，為這場展示雕製栩栩如生的傀儡的，正是原本與阿楓公主之母訂有婚約的小右衛門。命運的交錯，就是如此教人剪不斷、理還亂。

「阿楓夫人年輕貌美、心地善良。殿下入嫁北林家時，包括在下在內的全體家臣不知放下了多少心，個個期待兩位殿下能早生貴子，繼承家世。未料……」

「義政公卻在當時一病不起？」

樫村點了個頭，手遮著眼說道：

「阿楓夫人入嫁後不出兩年，義政公便病倒了。雖曾自遠方找來大夫，亦曾積極求神拜佛，但不論用什麼法子，病情就是無法好轉。阿楓夫人為此悲慟不已，感嘆兩人結縭時日雖短，但既已有夫妻之緣，便應畢生侍奉夫君，因此對藩主殿下的看護可謂無微不至。待病情惡化到無以復加時——阿楓夫人甚至開始親身祈禱。」

「祈禱？這……」

這可就成了禍端了，樫村說道。

「何以成為禍端？」

「祈禱過後，義政殿下的病情果然略有起色。」

「那祈禱果真有效？」

的確有效——樫村緩緩環視著周遭垂掛的白布說道：

「那可真是一種奇妙的祈禱。正室夫人殿下實為神靈付體，是個法力無邊的巫女一類傳聞自此不脛而走——不僅是城中，就連城下都為此讚嘆不已。」
百介曾於土佐見識過這種祈禱。
儀式本身的確是頗為怪異。
這類祈禱不僅可辟邪癒病，祭祀先祖，有時甚至可施咒取人性命。據說這種儀式在當地頗為常見。阿楓的族人中，似乎也不乏此類稱為大夫的法師。
似乎是如此，聽了百介如此解釋後，樫村說道：
「這東雲大人亦曾提及。但此類儀式並未流傳到本地來，因此大家看了紛紛直呼不可思議。再加上藩主殿下之病情在祈禱後雖略見起色，但依然無法完全痊癒。因此經過一番研議——」
只得將虎之進從江戶召了回來。
連同那幾個自稱四神的惡徒。
「但阿楓夫人猛烈反對景亘殿下繼任藩主。至於是為了什麼理由……」
可就不清楚了，樫村的視線茫然地停駐在半空中說道。
這理由其實是——
「藩主殿下蟄居部屋時代的所作所為——不知家老大人可有聽聞？」
模仿那場傀儡展示所犯下的七件殘虐兇殺。
雖一度為田所給逮捕，但虎之進馬上給放了出來，之後就再也沒能將他繩之以法，只能任由他為所欲為地四處肆虐；看來應是藩國施壓，為其撐腰所致。
但樫村卻搖著頭回答：

「殿下在江戶做過哪些事，在下真的是一無所知。雖一度聽聞殿下與町奉行所有過摩擦，但據說也不過是誤會一場……」
「誤會？」
難道藩國真的從未施壓？
「沒有任何人知道藩主當時做了什麼事。即使向自江戶返回領內的藩士質詢，也看不出彼等有任何隱瞞，想必就連派駐江戶屋敷者亦是毫不知情罷。但——這也是情有可原。」
「為何是情有可原？」
樫村蹙眉回答道：
「派駐江戶屋敷之藩士們，對殿下皆是多所畏懼，個個對其避之唯恐不及，故對殿下的真面目幾乎是毫不知悉。景亘殿下其實——」
是個殺人兇手。
「樫村大人，藩主殿下當時……」
什麼都別說，樫村制止了百介說道：
「或許其行徑真的有失檢點。雖然原本分隔兩地，未能聽聞任何風聲，但在下為此也倍感心痛。只不過，其之所以為派駐江戶的藩士們所畏懼，真正的理由實乃——景亘殿下似乎身懷某種懾人力量。」
「懾人力量？」
「只是由於藩主殿下從未提及，詳情在下也不清楚。不過，當時就任藩主的義政公對這位弟

君似乎也是疼愛有加。山岡大人，雖不知藩主殿下曾於江戶做過些什麼，但其未受任何制裁亦屬事實，一切都『自行悉數擺平』，故此從未為家族或藩國添過任何麻煩。因此，實在找不出任何拒絕其繼位的理由。」

這究竟是怎麼一回事兒？

向奉行所乃至目附、大目附施壓者，究竟是何許人？

「如此說來——」

「阿楓夫人對藩主殿下繼位心有不滿的理由，在下亦無從得知。但見阿楓夫人人品高潔，想必其中自有道理——遺憾的是，對推舉景亘殿下繼位的家臣而言，推論此舉必定是以占卜結果為依歸。不過，此事原本就是欲反對也無從。不論推不推舉景亘殿下，義政公畢竟膝下無子，除非是收個養子，否則除了召回景亘殿下繼位之外，的確別無他法。未料就在這當頭……」

「城下就發生了慘案？」

年輕姑娘教人給開膛剖腹。

「沒錯。城下接連有年輕姑娘遭到慘殺。由於北林從未發生過這等事件，導致城下大為恐慌。這些慘案其實也是——」

這些慘案……

百介認為其實也是虎之進——亦即彈正景亘所為。

幾起事件均是在四神黨移居北林之後不久就發生的，類似的兇案原本都在江戶發生。若推論同為四神黨所犯下的，理應無誤。

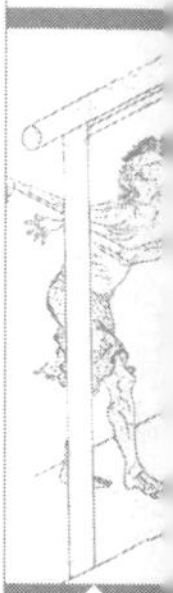

但樫村的回答卻教人大感意外。

「有風聲指稱——這些姑娘遇害的慘案，實乃阿楓夫人所為。」

「什麼？這未免太……」

為何——會出現這風聲？

「傳言指稱——阿楓夫人為助義政公延命，故從城下擄來年輕姑娘，活剁其生肝，煎成藥供義政公服用——簡直就是子虛烏有的誹謗中傷。」

如此說來，調書上的確載有遇害者肝臟遭兇手拔除一事。

即便如此……

「此謠言實在過分，難道忘了阿楓夫人可是當時藩主之堂堂正室？分明是毫無根據——竟有人散布此等荒誕無稽的惡意中傷。」

「想必是那怪異的祈禱被當成了根據。」

「噢——」

「謠傳必是指稱該祈禱源自某淫祠邪教，並誘稱阿楓夫人祭拜的，乃遠古三谷藩藩主所信奉之邪神。」

的確曾有此傳言，樫村無力地垂下雙肩，語帶顫抖地說道：

「但眾所皆知，事實絕非如此荒唐。遺憾的是，一些無謂巧合，助長了這謠言繼續流布。」

「無謂巧合？」

「首先，遇害姑娘的人數，與本地傳說中殺害城主之百姓人數相同。再者，據傳阿楓夫人的

故鄉有名曰七人御前之殺人妖怪出沒——這似乎是阿楓夫人入嫁本藩時，隨行之小松代藩士所提及的怪談，原本與阿楓夫人毫無關係，但卻讓家臣領民起了無謂聯想。」

原來是這麼回事兒。

傳說是會隨人產生變化的。記錄雖不變，記憶卻可變。僅棲息於記憶中的妖怪，有時也可能隨懷此記憶者遷徙，而在他處獲得新生。

原本這只是個玩笑，樫村說道：

「起初大家僅是把這當個玩笑。雖然真有姑娘遇害，的確引起不小恐慌，但這麼一個地處窮鄉僻壤的小藩，若不找個解釋來搪塞，大家豈能安心？正由於未能逮到真兇，才會有人——捏造出一個惡人，好求個心安。」

都、都得怪咱們不好——

從前都戲稱她御前夫人——

如今才會招來這等天譴——

「原來是……這麼回事兒呀。」

「從前對其崇敬有加，敬稱其為御前夫人的領民們，這下悉數變了個樣，稱其為嗜食生肝的厲鬼御前、統領七人御前的御前夫人等等。當然，無人敢在其面前如此稱呼，而是僅在街頭巷尾流傳。後來——義政公便逝世了。」

這亦為四神黨所犯下的惡行。死神彈正景亘毒殺了臥病在床的親哥哥。

從那夥人的言談聽來，樫村理應也知道真相。

樫村瞇起雙眼繼續說道：

「縱使已是如此，阿楓夫人對反對景亘殿下繼任藩主一事，依然是一步也不願退讓。阿楓夫人的立場，也因此每況愈下。」

意指她已無法全身而退？

「阿楓夫人就這麼在城內遭到孤立。在下也曾想方設法，盡力勸說，畢竟已無他法可循，但阿楓夫人對此就是堅決不願退讓。」

看來她的確賢明，看透了那死神的本性。

「但面對幕府與其他諸藩，畢竟得顧及國體，因此不出多久，大家還是決定正式推舉景亘殿下繼任藩主。而依然堅決反對的阿楓夫人，就這麼被誣指為企圖謀反——」

樫村停頓了半晌，也不知是向什麼鞠了個躬，接著才又繼續說道：

「就此被打入了地牢幽禁。」

「地牢？城內有地牢？」

「本藩之城曾有個駭人傳說。山岡大人，城內確有據傳曾幽禁過三谷藩藩主的土牢。阿楓夫人就這麼被禁錮其中，在神智錯亂後，方從天守投身自盡。」

「神智錯亂？」

「是的，的確是神智錯亂，猶記當時夫人遺骸是一絲不掛。」

「一絲不掛地——自天守……？」

「唉，還真是慘絕人寰——」

樫村以皺紋滿布的手掩面說道：

「在下卻什麼忙也幫不上，哪配當什麼城代家老？本藩現下之所以瀕臨覆滅，都得怪在下的無為無策。因此即使夫人真的化為冤魂肆虐，也是大家罪有應得。未能保護阿楓夫人的在下、同樣未盡保護之責的眾家臣、乃至瞎起鬨的領民們——全是由於心懷愧疚，心中才會如此惶恐。畢竟全藩上下，原都是將夫人逼上絕路的兇手。」

由於心懷愧疚，心中才會如此惶恐？

「不過，家老大人……」

樫村緩緩放下掩面的手。

「何事？」

「倘若阿楓夫人的死因並非自盡——將會如何？」

「豈、豈有這可能？大人可有任何根據？」

「昨夜曾聽聞徒士組頭大人與藩主妾室白菊提及——阿楓夫人實乃……」

死於該夥人之手。

「鏑木、白菊兩人……？」

「之後藩主殿下亦曾表示——倘若懷恨而死的人會化為鬼魂回來尋仇，那麼第一個該找的不就是余？」

「如……如此說來，阿楓夫人難道也是……這、這怎麼可能？」

樫村雙手拄在被褥上，語帶嗚咽地問道：

「景旦殿下他……還說了些什麼？」

「藩主殿下還表示，因果報應這種牢騷話，不過是傻子為自己的愚昧開脫的說辭。世上哪可能有什麼冤魂作祟──並嘲諷死人哪還能做什麼，若要取其性命，儘管放馬過來。」

「這實在是太不敬了。」

太過分了，實在太過分了，樫村不住搖頭，並喃喃自語地感嘆道：

「冤魂復仇這種事，是真可能發生的。」

「而阿楓夫人──果真現身了？」

御前夫人的亡魂首度現身，據說就是在這位家老的寢室。

亦即出現在這棟宅邸內。

樫村頷首回答：

「在下不僅親眼看見了阿楓夫人，也親耳聽見了阿楓夫人的聲音。不過在下之所以堅稱真有冤魂現身一事，絕非基於此一親身體驗。」

「那麼──是因何故？」

「不分城內家臣、城下領民，個個對此事均深感內疚。而凡心懷愧疚者，想必皆可能看見此類幻象。若僅有一、兩人瞧見，則或許純屬虛幻，但若所有人皆得見其形、聞其聲，並因此對其畏懼不已──必可證明其絕非幻象，到頭來也真可能發生超乎世人所能理解之災厄。這就是報應。大人說是不是？」

「不過就小的所見，藩主殿下似乎未懷一絲愧疚。如此看來，不就如其所言，世上並無冤魂作祟一事？」
「這……」
「樫村大人。」
百介終於下定決心說道：
「恕小的無禮直言。藩內所有臣民，或許果真為背負將阿楓夫人逼上絕路的罪孽，個個深感愧疚。不過——」
不過……
「——最應為此事心懷愧疚的，豈不是藩主彈正景亘大人？最為阿楓夫人所痛恨者，理應為藩主大人與其側近。倘若亡魂現身一事屬實，阿楓夫人豈不是找錯了報復對象？豈有領民、藩士、以及樫村大人得成為藩主大人的替死鬼，代其受罪之理？」
「此言或許不無道理。但倘若藩主有難，其家臣、領民——本來就有共同承擔劫難，以為救主之義務。」
「這不過是武家精神，不應強迫平民百姓共同承受。再者——」
再者……
「假使奪了義政公性命的是現任藩主與其側近，不，甚至誅殺年輕姑娘並嫁禍予阿楓夫人、進而殺害夫人亦為現任藩主所為，情況可就有所不同了。諸位忠臣理應效忠者，應為藩主義政大人，難道從未懷疑彈正景亘大人即為覬覦藩主寶座，進而謀害明君的奸賊？」
「絕非如此！」

樫村低頭高聲喊道：

「藩主殿下，亦即景亘大人，從未覬覦藩主寶座。」

「但他畢竟將義政公給——」

「此、此類作為之動機，絕非肇因於對藩主寶座有所覬覦。山岡大人，一切……一切均是在下的錯。」

樫村羞愧得當場趴下了身子。

看來他似乎忘了武士應有的矜持。

——這是怎麼一回事？

樫村長歎一聲解釋道：

「藩主大人曾向在下表明，其對前任藩主厭惡至極。」

「厭惡至極？」

「是的。只因義政公為人溫厚聰穎，即使陽壽將盡，依然心平氣和，力圖匡正飽受財務窘況所迫之藩政——在在教景亘公難以忍受。」

「這是何故？如此聽來，前任藩主豈不是位英明賢君？」

「沒錯。說來義政公的確是位明君。不過，景亘公於日後曾言——瀕死之人，豈有不號哭之理——」

「什麼……？」

「景亘公表示，即便貴為大名或是將軍，瀕死前必然要為死亡的恐怖高聲號哭，凡為人者均應如此。但義政公天生體弱多病，於成長歲月中隨時與死亡比鄰，對此想必是早有覺悟。只是，景亘公對此就是無法理解。」

「因此方會下毒？」

「對阿楓夫人亦如是。夫人對義政公可謂鞠躬盡瘁，絕不僅止是表面工夫。即使在義政公歿後，其心意似乎仍是絲毫不改。這教藩主殿下——」

難道這也教他看不順眼？

「因此，藩主殿下的作為——絕非出於對藩主寶座之覬覦。」

「但這也沒因此就有資格取人性命的道理罷？光是看、看不順眼就殺人，豈不是說不過去？」

「話是如此，不過……」

「再者，樫村大人。藩主殿下之所以對亡魂毫無畏懼，是否可能因坊間傳為妖魔所犯下的慘案，實為藩主殿下所為？或許殘殺領民之真兇，正是……」

「荒……」

荒唐，不可放肆——

樫村雙肩不住顫抖著，接著又以自言自語的口吻喃喃說道：

「方才不也說過，這一切均是在下樫村兵衛的錯？」

「家老大人有哪兒錯了？」

「有的。」

樫村平身回答：

「凡本藩所遭逢之災厄，以及藩主殿下所犯下之暴行，在下樫村兵衛均難辭其咎。藩主殿下夜夜殘殺無辜確為事實，但將之歸類為妖魔詛咒所致亦絕不為過。不，若說這些慘禍本身即為妖魔詛咒，亦不為過。」

「樫村大人，忠臣事君亦應有個限度。大人無須承攬分毫罪責。」

「山岡大人有所不知。藩主殿下之所以變成這般模樣，的確全都是在下的錯。」

這下樫村終於回復了武士應有的尊嚴，端正坐姿面向百介說道：

「如此下去，本藩終將覆滅。人心退廢、治安敗壞，藩政早已是破綻百出。相信大人亦曾聽聞，已有非人所能理解之災厄發生——」

那幾個乞丐的確曾提及鳥居坍塌、川魚盡死等情事。

「沒錯。本藩有一流貫領地中央之閻浮提川，先日河中魚隻竟悉數……死亡。先前亦有落雷擊中北林家菩提寺，導致北林家代代先人墓地慘遭破壞殆盡。」

「墓地遭破壞殆盡？」

「再者，鎮守領內之金屋子神社，亦有鳥居坍塌之情事。一切災厄，均為阿楓夫人顯靈所致。這下領民們悉數為之震懾，紛紛開始求神拜佛，並臆測必將有更為駭人之災厄來襲。不過依在下之拙見——這實為阿楓夫人賦予大家的最後機會。」

「最後機會？」

「御前夫人——亦即阿楓夫人顯靈後，原本恣意為惡的領民由於對阿楓夫人心生畏懼，竟也個個變得恭篤虔敬。原本漠然的不安先是轉為明確的恐懼，再化為敬畏，到頭來竟也教神佛重返領民心中。百姓一心求神明加持、佛祖慈悲，原本籠罩城下的暴戾之氣終於得以消散，暴動與劫掠亦悉數止息。」

「噢——」

——原來這才是真正目的。

又市所採取的第一步行動，目的原來是抑制領民的暴行與城下的混亂。

誠如樫村所言，敬畏之念的確有收束民心之效。不過這光憑恐怖，可是無法辦到的。教人不寒而慄的恐懼，畢竟不等同於出於崇敬之心的平服。

七人御前終究是他國妖物，上溯百年之古老怨念亦不過為陳年往事，憑這類看不見的東西，絕收不到任何效果。哪管有多兇暴、多駭人，若不見妖魔形體，只會徒增人心之混亂與不安。

欲使眾人自心懷畏懼轉為虔敬自誡，必須清楚描繪出恐懼對象，並明確展現其懾人威力。為此，又市賦予了這妖魔名字與輪廓。之所以讓無人不知、無人不懼的阿楓公主亡魂——亦即御前夫人在此時顯靈，正是為了達成此一目的。

而且，阿楓夫人所為，並非僅止於報復——樫村說道：

「夫人實乃憂慮本藩現狀才特地顯靈，為眾人指點迷津的。」

「指點迷津？」

猶記平八曾提及該亡魂指名繼位藩主一事。

「沒錯，此言果真不假。在下先前亦曾找出阿楓夫人英靈所指名之繼任者，並辦妥繼任所需之一切手續。」

「噢？」

難不成江戶屋敷內真有此人？

「可有任何標記？」

「的確有。據說奉派前去求證之使者親眼瞧見，該名藩士背後果真有靈光照射，並有阿彌陀如來於眾藩士眼前顯靈，伸手指向該名繼任者一事。多人見證此事，看來果真有神佛加持。」

「此、此事可當真？」

「完全屬實。看來果真是天降祥瑞。因此吾等立刻達成協議，敬邀此人正式成為北林家養子，並趕緊以藩屬主景亘患病為由，向幕府稟報將由此人繼任藩主一事。當然，此人實為區區一介藩士畢竟無法據實以報，故表面上仍須偽稱此人為義政公之私生子。」

「不過，對藩主殿下該如何交代？」

「此事——藩主殿下當然尚不知情。向幕府稟報純粹出於在下一己之獨斷。不，除了山岡大人之外，此事僅有少數重臣知情。」

「若是如此……」

若是如此，藩主殿下哪可能同意？

一個以超越神佛者自居的人，絕無可能向阿彌陀如來的意向低頭。

殿下當然不可能同意，樫村回答道。

「樫村大人您難不成正意圖切腹，以明對此事負責之志？」

「正有此意。」

「萬、萬萬不可，恕小的直言……」

家老大人這想法未免過於天真。切腹自裁絕無可能教那死神乖乖低頭，只會掀起又一波腥風血雨的鬥爭。

「大人即使切腹明志，藩主殿下也絕無可能接受此一安排，甚至可能禍殃其他家臣……」

「山岡大人。」

樫村深深嘆了口氣說道：

「只要在下一死，藩主殿下——亦即景亘大人，也應能就此收手。方才已數度提及，一切過錯，在下均難辭其咎，真正教藩主殿下懷恨在心者，僅有在下樫村兵衛一人。無論如今危害本藩之災厄為何，均肇因於在下昔日的所作所為。因此，阿楓夫人方才選擇於在下眼前顯靈。」

樫村挺直背脊繼續說道：

「山岡大人於在下下定決心切腹明志的當頭出現，看來冥冥中確有因緣。不知山岡大人——是否願意聽聽在下這老糊塗的一番傻話？」

「大人請直說無妨。」

語畢，百介也端正了坐姿。

「這已是陳年往事了。在下曾於年幼的景亘大人眼前——手刃其母。」

「什麼？」

「此乃奉當時藩主義虎公本人之命。」

「前任藩主為何下達此令？家老大人方才不是曾提及，義虎公對景亘大人疼愛備至？」

「這事即肇因於此。義虎公對嫡子義政大人百般疏遠，僅將景亘大人——不，虎之進大人當成唯一子嗣疼惜。理所當然，城內亦因此衍生出諸多衝突。當時前任藩主之正室猶健在，因此虎之進大人之母亦曾遭殘酷迫害，眾人皆指其不顧一己身分之卑賤，竟懷了藩主殿下之骨肉，並質疑其圖謀侵佔北林家之權位。」

為何家族、武士必得拘泥於此類執著？

百介抿緊雙唇心想道。

「然而，其母絕無任何不良居心。正因無此邪念，於是便被迫遁逃。」

「遁逃？」

「想必是認為自己母子倆已成北林家之禍種。」

樫村眉頭深鎖，閉上了雙眼繼續說道：

「某夜，虎之進大人之母帶著虎之進大人自城內逃離，意圖亡命他國。義虎公得知此事，自是怒不可遏，因此召來在下如此交代……」

將兩人給逮回來——

若膽敢反抗，則可逕直斬殺其母——

但務必確保余兒平安歸來——

「欲逃離本藩，僅有一條路可行。區區一介弱女子手攜稚子，欲穿越險峻岔路必是至為艱難。近天明時分，這對母子終究在折口岳山腰的夜泣岩屋一帶為在下給追上了；不知山岡大人是否曾聽聞該處？」

此處百介當然知道。

就是昨晚事發之地。

「當時天色將明，但岩石竟發出咻咻聲響，聽來的確宛如陣陣啜泣。在下眼見虎之進大人正於岩陰下休憩，其母則隨侍其側溫柔看顧。在下一現身，虎之進大人即清醒過來，歡天喜地的直呼兵衛、兵衛。」

「樫村大人——」

一滴淚水，自樫村緊閉的雙眼淌下。

「猶記藩主大人——亦即虎之進大人，當時笑得是那麼的天真無邪，張開一雙小手對在下表示——今將偕母遠行，兵衛也一起來罷。其母則緊抱著欲走向在下的藩主殿下不住哀求，放了咱們母子倆罷。若您還是個人，就放了咱們罷。」

接著樫村便咬牙切齒地低聲說道：

「在下便……」

遵照主君之命——

「手刃了該女——」

「樫村大人——」

只見一道淚水自樫村的臉頰滑落。

「樫村大人所背負的辛酸——」

實在超乎常人所能想像。尤其是百介這等人，更是無從理解。

畢竟百介非武家之人。對武士而言——恪遵主君所下達之命令，當然是天經地義、理所當然。只不過，這道理只會教百介感到不可思議。

但樫村卻搖頭說道：

「當時在下想必是教死神給附了身。在以武士之身盡一己之義務前，竟然忘了身為一個人應有的人性。」

語畢，這年邁的忠臣捶了膝蓋幾記。

不禁教人想起右近也曾這麼做過。

「當時，藩主大人渾身沾滿其母所濺出的鮮血。或許是在下心生怯弱，該女並未立即斷氣，在下只好持續揮了好幾回刀，最後才鐵著心腸，硬是解開了藩主殿下緊抓其母的手，一把將直哭號母親大人、母親大人的藩主殿下給搶了過來，接著便頭也不回地走下了岔路。為何朝母親大人揮刀？為何殺了母親大人？不論藩主殿下如何哭問，在下仍是默不作答。事後，義虎公僅表示在下做了件該做的事，在下也為完滿達成任務大獲表揚。」

在自己眼前手刃自己母親的兇手，被下令斬殺母親的父親……

大肆表揚。

事後，樫村繼續說道：

「藩主大人的眼裡，就開始有了那無以名狀的眼神。」

他那眼神——

漆黑空洞有如無底深淵——

看來完全不像人的眼神——

田所曾如此說過。

「打那日起，在下便立誓今後將捨身護衛虎之進大人——亦即藩主殿下。但對藩主大人而言，在下畢竟是個弒母仇人。因此倘若藩主殿下行徑是如何邪門乖張，在下終究難辭其咎。畢竟在下的所作所為，曾教藩主大人傷心欲絕。」

「但樫村大人——」

「山岡大人，在下的所作所為如此泯滅人性，如今也該遭到報應了。實不相瞞，那死於……死於在下刀下的女子……」

此時傳來一聲遠雷。

「曾為在下之妻。」

雨勢驟然轉強，百介的聽覺也為猛烈的雨聲所吞噬。

只見雨滴飛沫從敞開的緣側濺入房內。

「因此，山岡大人，藩主殿下的乖張行徑——實為對在下這弒母仇人的復仇。在下愈是不知所措，藩主大人就愈是欣喜。打從在下手刃其母那時起，藩主殿下便不斷強迫在下捨棄為人應有之倫常，遵循武士應行之道——即便主君是個殺人兇手，亦應盡責護主，無論其行徑如何殘酷，亦不得有任何異議，僅能盡忠職守，默默盡一介臣下應盡之義務。錯不在他人，一切均應由在下獨自承擔。倘若在下於當日清晨不曾忘卻人應有之倫常——」

情勢便不至於惡化至此。

話及至此——樫村語不成聲地嚎啕大哭了起來。

「因此，值此駭人災厄將降臨城下之夜，在下必得切腹明志。如此一來，阿楓夫人、義政大人、以及景亘大人便可……」

樫村將手伸向放置於文房四寶上頭的小刀。

鈴。

夾雜在雨聲中。

鈴。

「是鈴聲——」

雨勢霎時放緩。

災厄將至。

災厄將至。

只見一片漆黑的庭院中，浮現出一個白色人影。

「來、來者何人？」

樫村跪坐起身子問道。

「災厄將至——此乃亡魂所言。」

「什、什麼？」

——又市。

身穿白麻布衣，頭纏白木棉的修行者頭巾。胸前還掛著一只偈箱。來者正是手持搖鈴的御行

又市。

「御行奉為——」

鈴。

「這、這位不就是上回那位修行者——」

樫村望向百介。但百介卻是沉默不語。不知又市——將如何收拾這局面？

樫村轉頭望向庭院問道：

「請問法師為何而來？發……發生了什麼事麼？」

「小的並非修行者，不過是城下百姓如此稱呼罷了。實不相瞞，小的不過是個浪跡諸國，以撒符唸咒維生的乞兒。」

「不、不過據說修行者大人之神諭均一一應驗——」

「一切均應歸功於此偈箱中護符之法力。倒是家老大人這身裝束，看來似乎是喪服？」

「確、確是喪服沒錯。」

「難道大人意圖隻身攬下一切罪孽穢氣？」

樫村並未回答。

「奉勸大人切勿行此無謂之舉。」

「什麼？」

「此舉——註定將告徒然。小的正是擔憂忠肝義膽、德高望重之家老大人，是否要做出什麼不智之舉，出於一片關心，特此前來勸說。」

「不智之舉？」

「沒錯。倘若家老大人就此切腹辭世，將無助於解消往生者之任何遺恨。」

「但、但修行者大人……」

鈴。

「含冤而死者，並非僅阿楓夫人一位。」

噢，樫村聞言，當場跌坐在地上。

「小的清楚瞧見了盤據本地不去之眾多亡魂。古時為百姓所弒之城主、該城主所手刃之百姓、為此因緣殃死之眾人、乃至死於非命之前代藩主大人、以及慘遭殘殺之多位領民，個個均仍心懷忿恨。大人難道沒聽見……」

又市仰望天際說道：

「御前夫人之詛咒聲、以及眾死者之號哭聲？」

「阿、阿楓夫人，義政大人——」

樫村站起身來，步履蹣跚地走到緣側坐了下來。

「哎呀，那些個個生得一臉凶神惡煞的亡魂，正群聚於城上盤旋不去。這副光景可真是駭人哪——」

「群、群聚於城上？」

「現下城內可有任何人在？」

「城內已是空無一人，關於這點，修行者大人理應比任何人更清楚；災厄將於雨夜降臨，尤其將屬城內最為危險——不就是出自修行者大人之口？因此上至武士、下至女僕小廝，均恐遭此劫難波及，紛紛返回各自屋敷藏身迴避——不……」

噢，樫村突然失聲大喊：

「藩、藩主殿下尚在城內！」

「小的曾言，今宵陰陽之氣紛亂交錯，勢必將有妖物現身，無可迴避之災厄亦將降臨該城。看來，藩主殿下將有生命危險。」

「不過，藩主殿下堅稱世上絕無妖魔。」

「這可是大錯特錯。」

「什麼……？」

「大人過去之所作所為，的確曾打亂了藩主殿下之人生。不過，藩主殿下如今之惡行，絕非大人所須負責。」

「難道不是在下的錯？」

「童年心傷的確可能改變一個人之性情。不過要選擇什麼樣的路，尚可由當事人自行決定。世上不乏於傷痛中領悟慈悲心者，亦有一帆風順卻步上邪魔歪道者。故此，一個人若因酷好死亡而塗炭生靈，除了為死神所惑，絕無其他道理可解釋。」

「死神？」

「凡為人必有傷痛，人生在世必是充滿辛酸，故每個人均曾為死神所蠱惑。心中湧現惡念時，任何人都可能化身為死神。只不過——若僅是如此，尚不至於發生任何事。」

「要如何才會出事？」

「欲使惡念凝聚，須具備喚醒、孕育惡念之條件，本藩領內有遠古惡氣殘存之魔域，一切條件可謂均已具備。因此，藩主殿下之瘋狂行徑——」

的確為妖魔詛咒所致。

「妖、妖魔詛咒？」

「這回，藩主殿下將承擔最多隨此災厄而來之劫難。畢竟其長期受妖魔蠱惑而恣意為惡，如此下去——藩主殿下之性命也將於今夜告終。」

「這……這可不成。在下曾立誓保護藩主殿下，即使其權位終將不保，至少也、至少也得保全藩主殿下之性命——」

為、為此，在下即使丟了性命亦不足惜！樫村高聲大喊，從緣側爬下了庭院中。

「修行者大人，難道已無任何拯救藩主殿下之良策？」

鈴。

又市再度仰天回答道：

「或許已經太遲了。」

「遲了些也無妨，若有任何法子，都請修行者大人傾囊相授。只要尚有一絲希望，在下樫村兵衛即使赴湯蹈火，亦在所不辭。」

「藩主殿下如今身處何處？」

「應在寢室——不。」

樫村一張沾滿泥濘的臉孔望向百介問道：

「東雲右近已為藩主殿下一行所擒，是麼？」

百介點了點頭。

「那麼——如今應在土牢裡。」

這土牢，難不成是三谷彈正與阿楓公主曾遭幽禁之處？

又市自偈箱中掏出一紙護身符說道：

「此乃經驅百魔、焚穢氣之陀羅尼咒法加持之護符，大人宜將此符張貼於藩主殿下置身處之房門外。」

「將、將此符張貼於門外？」

「所有出入口均需以此符封之，以組成一結界守護。家老大人可聽清楚了？所有出入口均需張貼此符。」

「土、土牢出入口僅有一處，乃一道位於城內中庭一隅之密門。」

「那麼，便應以此符將該門妥善封印之。早晨之前萬萬不可開啟。在聽見第一聲雞啼前，萬萬不可讓藩主殿下踏出門外一步。」

「在下知道了。」

榁村將護符塞入懷中說道。
「不過，家老大人。」
「什、什麼事？」
「今宵的妖魔可是來勢洶洶。」
「這，這在下已有覺悟。」
「倘若有任何其他出入口未妥善封印——此法亦將功虧一簣。」
又市語調沉靜地說道。
榁村深深吸了口氣，使勁點了個頭表示了解。接著這年邁的武士便將大小雙刀朝泥濘滿布的白衣上一插，奔向仍降著雨的黑夜裡。
轟隆隆，遠方傳來一陣雷聲。
「又市先生。」
「從這身模樣看來，先生似乎也受了不少折騰。」
又市說道：
「雖然教先生為此事所牽連，絕非小的本意。」
「這——小弟不過是……」
「聽聞玉泉坊通報後，小的對先生亦是擔憂不已。」
「先生將——如何收拾這局面？」
這回的差事的確棘手，又市回答道：

「付出如此辛勞，倘若僅懲罰了惡徒，絕稱不上划算。再加上領民人心惶惶，下起手來實難拿捏。若不慎招致此藩遭撤廢，亦有導致藩士顛沛流離之虞；故為了這回的差事，小的實在是煞費苦心。」

又市的神情變得嚴峻了起來。

「再過不久，最後的災厄便將降臨城下，一切亦將就此告終。」

「何謂——最後的災厄？」

先生很快便能見到了，又市說道，接著又抬頭仰望主城。

只見折口岳已經化為一片較夜色更為黝黑的黑影。

又市就此不發一語，教百介想問什麼也無從。又市默默遞出一只以竹葉包裹的飯糰，百介收下後，狼吞虎嚥地吃了起來。

約有整整一刻。

百介就在樫村宅邸內靜候事情發生。

這段時間內，又市都佇立在雨中的大街上，也不知是在等待什麼。除了偶爾傳來陣陣雷鳴，四下完全不見任何變化。百介腦子裡是一片空白，畢竟即使想思索些什麼亦是無從。就在這種情況下——又過了一刻。

終於。

鈴，只聽見一聲鈴響。

百介連忙奔出門外。

「怎麼了？」

「災厄降臨了。」

「災厄？」

鈴、鈴、鈴，又市激烈地搖起了搖鈴。

「現身罷，現身罷，個個都現身罷。」

鈴、鈴、鈴。

「瞧罷，瞧罷。」

鈴、鈴。

屋敷的門開了，幾個武士步出屋外。

「修、修行者大人——」

「各位請瞧。御前夫人即將顯靈。各位已無須隱遁屋內，請至屋外祈禱——」

是，只聽到大夥兒如此應道，接著便有數名如傳令般四處奔走，挨家挨戶敲起了門來。這下家家戶戶的門都開了，武士們紛紛依照又市的吩咐，一個接著一個步入雨中，不出多久，便擠滿了整條大街。看來，又市於事前便已向大家交代過自己的安排。

「各位宜出聲祈禱，以央請御前夫人息怒——現下，御前夫人就在那頭。」

又市指向那片碩大的黑影——亦即主城上空。

「也應立刻通報藏身寺廟神社內之領民百姓，須乘此刻齊聲祈禱。唯有城下萬眾一心，方能化解此一災厄。」

遵命，人群中四處有人如此回應，亦見數名武士朝各方奔馳而去。這下，降雨的大街上已充斥著武士們的陣陣唸佛聲。

「齊心祈禱罷，不願祈禱者恐將性命不保。不畏鬼、不敬神、亦不尊佛者，唯有被打入地獄一途。」

鈴。

——難道大家真的看得見？

百介只看見一片黑暗，但或許這些武士們還真的見到了籠罩天際的御前夫人亡魂。就在此時，在武士引領下的百姓們也紛紛趕到，整個武家屋敷町已為齊聲唸佛的人潮所淹沒。

——真是駭人哪。

百介凝視著又市的側臉。

此事想必耗費又市不少時間張羅。

這回他一步步掌握人心，將整個藩玩弄於指掌之間。想來他這能耐還真是駭人，憑著這張嘴，要想煽動眾人群起抗暴、覆滅藩國，亦是大有可能。

鈴。

又市再度搖起了搖鈴。

就在此時。

一道閃光劃過天際。

緊接著，傳來一聲驚天動地的爆炸聲響。

這下——

「天、天守竟然……」

人群中有人喊道。唸佛聲霎時止息，眾人不約而同地抬頭仰望。

「主城——天守失火了。」

在碩大無朋的楚伐羅塞岩前——主城正燃起熊熊烈焰。

難道是為落雷所擊？

似乎也只能如此解釋。但又市再神通廣大，也不可能操弄落雷。如此說來，難道這真是個偶然天災？即使並非偶然——理應也不可能是人為。

人群中響起陣陣驚呼，但又市依然不為所動地說道：

「這妖魔果然是威力驚人哪。」

藩、藩主殿下——武士們異口同聲地喊道。

「藩主殿下尚在城內，殿下他——」

「藩主殿下曾言，世上絕無鬼神。」

「唯有藩、藩主殿下從未採信妖魔詛咒之說。」

「難、難道這就是不敬畏神佛的報應？」

武士們的動搖開始在人群中擴散開來，藩主殿下、災厄果真降臨於藩主殿下身上，許多人如此說道。

肅靜！又市向大家喊道：

「藩主殿下絕非不敬神佛，而是個無懼於妖魔之堂堂武士。若藩主殿下真仍滯留城內，代表其為捨身救民，不惜隻身擔下本應降臨全城之災厄。」

祈禱罷，又市說道：

「倘若祈禱得不夠——」

又見一道閃光掠過。

這下……

百介目睹了一個超乎想像的光景。

楚伐羅塞岩竟然——

被炸得四散迸裂。

看來原因絕非落雷，應是爆破所致。這光景——果真只能以天譴解釋之。

原本遮蔽天際的巨大黑影隨著低沉聲響緩緩傾塌，旋即便傳來一聲彷彿地面也隨之撼動的巨響。事實上，這場地震應是不假，畢竟坍落的是一塊碩大無朋的巨岩。

這下，就連原本充斥四下的念佛聲也軋然止息。

只見半毀的山城籠罩著熊熊烈焰。

「御行奉為——」

聽到又市這句話，百介這才回過神來。

「各位無須擔憂，御前夫人已經息怒。」

一股騷動於人群中擴散開來。

「看來英勇的藩主殿下與那塊巨岩，已攬下降臨本地之一切災厄。原本籠罩全城之烏雲，亦將就此散去。」

好！人群中響起一陣歡呼。

「既然已無須擔憂，還請各位儘快趕往主城滅火。此城乃貴藩之要地，萬萬不可任其毀棄，否則豈能恭迎繼任藩主入駐？畢竟主城乃全藩眾人之資產，即便對百姓領民亦應如是。」

又一陣歡呼在人群中響起。去救主城、去救咱們的主城，只聽見眾人此起彼落地說道。大家點亮了幾把火炬，不分武士百姓，甚至就連乞丐都隨著人潮，齊步朝主城走去。至於百介，則只能一臉茫然地眺望著這奇妙的光景。

「咱們也動身罷——」

又市笑著說道。

【捌】

一行人抵達主城時。

東方天際已射下一道朝陽。

此時，雨似乎也停了。

天降災厄的一夜就這麼過去。

主城的大火雖已為眾人所撲滅，卻已化為一片傾頹的斷垣殘壁。天守慘遭焚燒殆盡，現場只見幾縷裊裊黑煙，原本的形跡已不復見。倒塌的楚伐羅塞岩幾乎填滿了夾在主城與折口岳之間的斷崖，原本巨岩矗立的地點也開了個巨大的窟窿。看來主城近山的那頭似乎毀損得極為嚴重。

不分武士、百姓，這慘狀教眾人看得是啞口無言，過了半晌，才在帶頭的幾名武士指示下魚貫步入城內。

崩落的畢竟是塊巨石，當時的震動想必是十分驚人，震得城內亦是一片狼藉，看來光是清理裡頭的落塵，就已是件夠辛苦的差事了。

看來，找來這麼多人是對的。

不過，這群人還真是群烏合之眾。

在起初的半刻裡，眾人是一片混亂，後來才終於有了點兒統率分工的架式。果然是船到橋頭自然直，只見有人開始領頭指揮，也有人開始著手清理。人群終於開始俐落地清理起這片斷垣殘壁來。

稍事觀察大夥兒的工作情況後，又市這才邁開腳步，鑽過來來往往的人群步入城內。百介也默默地跟在後頭進了城。

身為百姓的百介從沒進過城，因此心裡頗為緊張。城內雖是一片狼籍，但實際損害看來似乎並不嚴重，雖不知裡頭是什麼狀況，但走道、牆壁、和天花板都安然無恙。

家老大人，家老大人，這下突然聽見有人如此喊道。

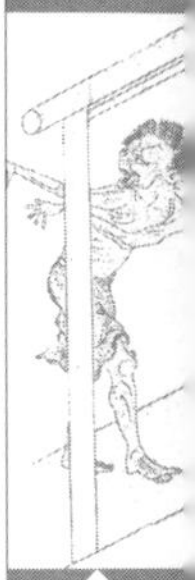

——樫村。

這才想起——事發當時樫村應該也在城內。百介轉頭望向又市，只見又市點了個頭，接著便以宛如對城內方位瞭若指掌的架式，引領著百介朝喊聲來處走去。

兩人穿越走道走出城外，並步下一段石階。

來到一處看似中庭的地方。

只見數名武士正聚集在一棟看似倉庫的屋舍前。

修行者大人，武士們一認出來者是又市，便向他說道：

「修行者大人，家、家老大人他——」

又市快步朝他們跑去。

只見一名武士正抱起滿身泥濘的樫村。

「家老大人——」

「修、修行者大人，發生了什麼事麼？」

「楚伐羅塞岩崩落，天守亦於祝融中坍塌。」

「天守坍塌了？」

仍被抱在武士懷中的樫村仰望天際嘆道。

「劫難業已告終，還請大人寬心。降臨貴藩之災厄——已於昨夜悉數消退。」

「是、是麼……」

樫村兩眼圓睜，一臉驚訝神色。

「倒是家老大人，藩主殿下人在……？」

「藩、藩主殿下就在裡頭。」

樫村指著下方回答道。

在武士的攙扶下，樫村蹣蹣跚跚地站了起來。

只見其腳下鋪石地面上，貼滿了沾滿泥巴的陀羅尼符。

「家老大人，此處是……？」

「藩主殿下怎會在裡頭？」

看來這群武士們對土牢的存在亦是一無所知。

「此處僅有極少數人知情。」

樫村再度趴到了地上，將紙符逐一撕下，並於鋪石上四處摸索，最後使勁按下了其中一塊。

喀，只見鋪石應聲沉了下去。

樫村將手伸進凹陷的窟窿內，握住某個東西使勁一拉，噢，武士們隨即發出一陣驚嘆。隨著宛如石臼轉動般的低沉聲響，幾塊鋪石升了起來，一個恰可容一人進入的洞口就這麼在眾人面前出現。

「此處是個土牢。由於結構牢固，幾乎是堅不可摧。值此驚人程度之天變地動——反而就屬此處最為安全。」

「藩主殿下——果真藏身其中？」

「沒錯。」

大人曾親眼確認過？又市問道。

「當然確認過。雖未親眼看見藩主殿下，但在下開啟此門朝裡頭呼喊時，曾聽見有人回應，從嗓音聽來，也的確是藩主殿下無誤。在下依修行者大人吩咐，堵此入口並封以紙符後，便於此處坐鎮至今。此牢之出入口僅此一處，在下確定藩主殿下絕對還在裡頭。」

「藩、藩主殿下可曾說了些什麼？」

「倒是藩主殿下為何會在這種地方？」

藩主殿下、藩主殿下——樫村並未回答這群家臣所提出的任何問題，只是一逕將頭探進洞內連聲呼喊。

只聽見陣陣回音。

沒傳來任何應答。

樫村抬起頭來，沾滿泥巴的臉上滿是惶恐。

「修行者大人……」

「昨夜之災厄來勢兇猛。一如小的所言，藩主殿下確已承擔了最多隨此災厄而來之劫難。難不成……」

藩主殿下——樫村短促地喊了一聲，隨即鑽進了洞穴中。

家老大人，武士們異口同聲呼喊道，個個緊跟在樫村後頭。

又市朝百介瞄了一眼。

百介隨即恍然大悟，也隨眾人踏入洞內。

雖然洞內頗為冰涼，但教人難以呼吸，還瀰漫著一股腐臭。

一行人沿狹窄的石階走了約有十尺，便來到一個稍稍寬敞些的石室。先前至少還有點光亮，但從這兒起就成了一片漆黑，同時也不見任何燈火。

誰能點個燈火——武士們喊道。

又市這才帶著兩支蠟燭步下了石階。

石室內有座通往下方的木梯。

看來，此處其實是個利用天然洞窟修建而成的地底密室。

再往下走個十呎，一行人便來到一個寬敞的空間。

「這——」

只見岩石裂縫上，嵌有幾支粗大的牢檻。

牢檻後頭似乎有個人。

樫村解開牢拴打開了門，快步跑進了牢檻內，將此人給抱了起來。武士們旋即以燭光照亮他的臉孔。

此人——竟是東雲右近。

「右、右近大爺。」

百介也踏進了牢檻中，並發現右近身旁還躺著一個百姓姑娘，想必就是加奈罷。

醒醒呀，武士們喊了幾聲，右近旋即恢復了神智。

「右近大爺。」

「噢，是山岡大人。樫、樫村大人也來了？」

「東雲大人、東雲大人。藩、藩主殿下上哪兒去了？原本不也在此處麼？」

「藩主殿下他——不對。」

右近不住地搖著頭回答道：

「噢，事實上……」

「事實上？究竟發生了什麼事兒？」

「有位扮相高貴的女子突然現身。」

「女子？」

家老大人！武士們驚呼道：

「難道果真是……？」

「不，絕無這可能。出入口全教在下以紙符給封印了——豈可能發生這種事？」

「藩主殿下一見到該女子的容貌，旋即發出一陣慘叫。」

「慘叫？」

死神也能被嚇出慘叫？

「緊接著——」

右近指向石室後方說道：

「便狂亂揮刀，鑽進了後方那道裂縫裡。」

「後方有裂縫？」

「難道就是傳說中那密道的入口？」

百介說道：

「家老大人，看來此處即為傳說中曾囚禁三谷彈正之土牢。倘若如此，那麼傳說中曾讓三谷彈正脫逃的密道——似乎也真的存在哩。」

「密道？意即此處尚有另一個出入口？這下可糟了。」

樫村驚訝地睜大雙眼，轉頭望向又市。

又市只是默默不語地搖著頭。

「修、修行者大人——」

「遺憾之至。若有其他入口未加封印，必無法組成結界。」

待一名武士為自己鬆綁後，右近便坐起身子朝樫村說道：

「看來，後方似乎有座與此石室銜接之坑道。」

「什麼？坑、坑道？」

「在下原本以為家老大人亦知情，這下看來並非如此。」

「在下什麼也不知道。」

樫村接連搖了好幾回頭說道：

「哎——這土牢在囚禁阿楓夫人前，一直都被封著。原本雖然知道有這麼個地方，但值此太平盛世，如本藩這等偏僻山國，哪用得上什麼土牢。因此在下原先不僅從未進入過此處，就連所在位置也不知道。」

「阿楓夫人也曾被囚禁此處？」

右近一臉辛酸地環視牢內，想必曾在此吃過不少苦頭。

「阿楓夫人即使遭誣指意圖謀反，但畢竟還是前任藩主之正室，原本應被軟禁於北林家菩提寺，但藩主殿下指稱——傳言阿楓夫人心智錯亂，恐有逃亡之虞，故宜將之囚於牢內。但藩主殿下亦表示，畢竟不宜將夫人與平民百姓一同囚禁，必得找個適合之處——故覓得此土牢。開啟此牢者……」

即為藩主殿下，樫村說道。

原來如此，右近解釋道：

「此城看似利用天然地形建造而成。面向城下一側看似有道石牆，牆後便是岩山。想必是築城時發現此洞窟，因此才將之改建為地底土牢。再者，折口岳約七合高處——亦即楚伐羅塞岩下方亦掘了不少坑道，或許就是在偶然間挖到了此處，銜接出一條密道的。」

「是如何銜接成的？」

「或許是挖坑道時接上的，也可能起初便有坑道與此處相通。」

「挖坑道——此處難道是座礦山？」

看來似乎曾是座礦山，右近回答。

這……怎麼可能——樫村驚訝地幾乎要站了起來。

「礦山？這種地方怎麼可能有礦山？亦不可能有什麼坑道。本藩從未採過任何礦。再者，此處位處主城之中心，豈可能自城內進入任何礦坑？且倘若真有礦坑，採的又是什麼？」

「家老大人，楚伐羅這字眼……」

又市說道：

「實乃黃金之意。」

「黃、黃金？」

「是的。因此楚伐羅塞岩，意即塞住金礦入口之岩。」

「修、修行者大人，這等玩笑萬萬開不得。本藩豈可能挖得出任何黃金？即使翻遍藩史，亦無可能找著任何類似記載。」

「的確找不著。因此事乃至高機密。據說折口岳曾為三谷藩之祕密金山。」

祕密金山——樫村失聲大喊，這下幾乎要給嚇得渾身發軟。

「又、又市先生，此事可當真？這種事小弟可是連一次都沒——」

——不對。

百介的確曾聽說過。

該地的確有盛產黃金之傳說——

這下他才想起，平八亦曾提起過這件事。

雖是個道聽途說的傳聞——又市說道，並將蠟燭湊向岩石上的裂縫。

只見裂縫內的確有微弱金光射出。又市將燭火上下移動了幾回。

「百年前三谷藩遭撤廢後，幕府之所以將此地劃為天領，乃因傳說此地盛產黃金之故。但據說經過幾番搜尋，到頭來還是未能發現金礦——」

找不著是理所當然，右近說道：

「通常，這種地方絕無可能是礦山。挖礦這等事，通常需要龐大的人力物力，需要在坑道中架樑汲水、搬入物資器材，工程應是十分浩大。」

當然是如此。採礦絕非易事。

「不過依在下所見，折口岳內似乎有著多如密網、四通八達的坑道。」

聽來這座山裡頭似乎像個螞蟻窩。

「想必先人就是利用這些坑道採礦的罷。如此不僅可省下許多力氣，也無須擔心水淹，更不須專人架樑汲水，只要帶支鋤頭便可開採。」

「因此才沒教幕府發現？」

應是如此，右近回答道：

「不過，折口岳中開有多處通往坑道的洞穴，故金礦被發現恐怕只是遲早問題。想必應是為此，三谷藩方將所有洞穴悉數填封，僅留下最難發現者——亦即位於楚伐羅塞岩下方之洞窟一處出入口。」

「原來那洞窟……」

就在該處。

原來，這就是楚伐羅塞岩這名稱的由來。

「風僅能打該處吹過，因此才會發出聲響。」

原來，這就是夜泣岩屋的由來。

「如此說來，當時——」

原來白菊與鏑木，就是經由此坑道自土牢到達那塊魔域的。一看到右近現身，白菊立刻折返，吩咐楠與桔梗將囚禁於牢內的加奈給架出來，接著又請出彈正，一同回到那片不祥之地。

「意即該處距離城內——其實是出乎意料的近？」

「的確沒多遠。若是直接攀爬而上，距離就和此處至天守差不了多少。」

「那麼，藩主殿下就是循此坑道……」

「應是如此。」

右近站起身來回答：

「只見其宛如為冤魂所追趕般地倉皇逃了出去。應該就是從楚伐羅塞岩下方——逃到夜泣岩屋去了罷。」

「逃到那兒去了？」

對樫村而言，該處也是個魔域。

那兒正是樫村兵衛手刃愛妻的地方。

而對北林彈正而言……

那兒也是自己的生母慘遭殺害的地方。

要不就是從哪條岔道進坑道去了罷，右近說道，看來他果真是個臨危不亂的漢子。藩主殿下！樫村失聲喊道，接著便甩開眾武士試圖攔阻的手奔出了牢檻，一腳踏入了穴內的裂縫中。又市按著他的肩膀說道：

「家老大人。」

「別、別阻止在下。在下還得……」

「夜泣岩屋業已不復存在。」

「噢……?」

「楚伐羅塞岩、乃至該坑道，業已悉數崩毀。」

「哇——」

樫村短促地高喊一聲，緊接著便甩開又市的手，一把握住插在腰間的小刀。看來他是決意要切腹。

「藩主殿下!」

「大人請冷靜。」

「但——事到如今……!」

「劫數業已告終，家老大人。」

「豈、豈有如此告終之理!」

「一切均已告終。」

又市以嚴峻的口吻說道。

只聽見又市的聲音在土牢內的岩壁之間迴盪，接連傳回陣陣回音。

「已有多人死於非命。但正因如此，從此不該再有人喪命。家老大人，藩主殿下……不，北林彈正大人——並未對任何人心懷怨恨。」

「不，絕無可能。」

「一切問題均源自樫村大人之內心。藩主殿下之種種惡行，絕非出自對樫村大人心懷怨恨，或許，亦不是對樫村大人的報復。」

這下樫村不再抵抗，改而轉過身來面向又市問道：

「此言何解？」

「樫村大人，藩主殿下似乎確有超乎常人之處。故此一切行徑，均出自其憑一己之意志所做出的裁量。」

不過——又市凝視著樫村的雙眼繼續說道：

「樫村大人不過是個常人。」

「常人？」

「因此樫村大人是死是活，對彈正大人來說均是無關痛癢。」

「真、真是如此？」

「對超乎常人的彈正大人而言，身為常人的樫村大人根本無足輕重，但仍有為數眾多的臣民需要大人的照料指導。容小的在此向樫村大人，不，向北林藩的城代家老大人諫言，倘若家老大人於此時此地心懷尋死之惡念，好不容易消退的劫難必將再度來犯。下一回的凶神——可就是彈正大人化身而成的了。」

「藩主殿下化、化為凶神？」

「若家老大人就此殞命，便等同於死於凶神詛咒。」

唉，樫村嘆了口氣，放下了手中的佩刀。
「萬萬不可讓彈正大人淪為凶神，只是雖然該讓彈正大人——亦即北林虎之進大人靜靜安息，不過，家老大人可千萬不能倒下，接下來還有太多事務等著大人料理。在新城主繼任前，城代家老不就該盡守護主城之責？難不成大人想告訴小的——」
將不會有任何人繼任藩主？又市斬釘截鐵地問道。
「繼任藩主……」
樫村宛如欲追逐亮光般搖搖晃晃地離開那道裂縫，朝光源——亦即出口的方向走去。右近和加奈則在眾武士的攙扶下跟著走了出去。
「各位出去罷。此處沾滿血腥，充斥著一股不祥邪氣——」
語畢，又市拾起一張落在腳旁的紙。這張紙原來是沾滿鮮血和泥巴的——
世相無殘二十八撰相裡頭的奧州安達之原黑塚。
原來百介一行人所在之處，就是暴行的發生地。右近的傷痛、加奈的恐懼、樫村的悔恨、以及死神們的惡念，悉數在此處聚積，充斥著一股邪氣也是理所當然。
百介心想，倘若此刻自己心懷任何惡念……
想必將立刻與瀰漫此處的邪氣相呼應罷。
當天，是個天氣好得教人難以置信的大晴天。
全藩領民均傾巢而出，同心協力清理瓦礫與砂石。想必事發當時城內若有人在，必定會是一場大慘禍。換作是平時，城內絕無可能空無一人，因此武士們對又市這位修行者不僅滿懷感激，也對他佩服得五體投地。

最後。

在主城後側崩塌的落石下，發現了幾具屍體。

第一具被發現的，是事發當時似乎在天守裡頭的白菊，只見她全身被燒成了焦黑。這嗜火如命的女人，到頭來竟然也在烈焰中結束了一生。

看似與她一起藏身天守的桔梗，屍身則是幾乎斷裂成碎片。

楠傳藏的屍體則是在掩埋主城面山處的大量砂石中被發現的，額頭不知教誰給剖成了兩半。同樣在土石中找到的鏑木十內，背部也是被砍了好幾刀。

看來此二人應是死於北林彈正的刀下罷，百介心想。

依狀況判斷，楠與鏑木應是在楚伐羅塞岩倒塌前，便已在坑道下方遇害。看來彈正的確是神智錯亂，才殺害了這兩名爭先恐後逃離土牢的手下。

若右近所言屬實——現身地牢內的應該就是阿楓公主。原本完全不相信詛咒之說的彈正一行人，看見阿楓公主真的出現在自己眼前時，想必是陷入了一陣混亂。但出口已教樫村給塞住，唯一能供這夥人逃離此處的，僅剩下自那道裂縫通往夜泣岩屋的坑道。

這夥極盡殘虐之能事的死神，倘若真有冤魂尋仇這等事，必將成群結隊地朝他們攻擊。若果真如此——

還真是駭人哪。

或許——不知恐懼為何物者，其實並非天生無畏，不過是從沒嚐過害怕的滋味罷了。此等人不知如何對抗恐怖，碰上教人畏懼的事物時，說不定要比膽小如鼠者還要來得脆弱。

看來，彈正在手刃鏑木與楠之後，應曾試圖爬到坑道上方。若是如此——北林彈正大概是隨楚伐羅塞岩一同坍落，如今已被封印在巨岩底下了罷。

北林彈正的遺體，到最後都沒被找著。

不知他在死前的最後一瞬間，心中曾湧現什麼樣的念頭。

可有任何悔恨？即使只是一絲絲。

是傷悲、痛苦、嫌惡、恐懼？

還是歡欣、愉悅、熱愛、鍾情？

可是懷著任何刻骨銘心的感情死去的？

抑或……

當時他的心中僅有恐懼？

對御前夫人——亦即阿楓公主的恐懼。

——阿楓。

對了，這阿楓該不會是……？

先生，聽到有人朝自己這麼一喊，百介回過了頭去。

只見又市身旁站著一個一身百姓裝扮的姑娘。

「先生是專程趕來的麼？還真是講義氣呀。」

「阿、阿銀小姐？」

又市露出了一個微笑。

「如此說來，那御前夫人難不成是……？」

這種話可說不得，百介先生，又市將食指湊向嘴前說道：

「阿銀這張臉，在小的這回所布的局裡頭可是最後的王牌。只要知道那密道的位置，便能自由自在地進出主城——」

「原來如此。不過，阿銀小姐原本是在何處藏身的？發生那樁大慘禍時——」

「阿銀一直在此處。」

又市說道：

「直到那夥人進入土牢為止，阿銀一直都藏身在那土牢深處的裂縫中。倘若稍往坑道上方移動——即便是阿銀這女魔頭，也將難逃此劫。」

「如此說來，方才……」

又市在樫村欲鑽入裂縫時出手攔阻。

——原來是因為這緣故。

而又市讓武士們先行離開，自己留在最後頭，就是為了讓阿銀出來。

差點兒沒給嚇出一身冷汗哩，阿銀說道。

「畢竟右近大爺也在裡頭，萬一讓他認出我這張臉該如何是好？幸好那裡頭十分昏暗，我現身時，從右近大爺那頭看不大清楚——若是讓他喚了聲阿銀小姐，可就萬事休矣了。」

語畢，一身農婦打扮的阿銀拍了拍自己的雙頰。

「不過又市先生，右近大爺與那名曰加奈的姑娘雖得以逃過此劫——但兩人為何沒立刻遭到殺害？就小弟所見，兩人即使於被捕後旋即遇害，亦不足奇。」

「原因正是先生懷中那東西。」

百介連忙將手探入懷中。

「直、直訴狀——糟糕。」

竟然完全給忘了。

「這究竟是……？」

「此直訴狀，乃出自彈正雇來開採的人伕之筆。」

「雇人伕來開採？難道彈正他……？」

「沒錯，一直有在開採。彈正打從很早以前便知道金礦在哪兒。」

「打從很早以前？難道一當上藩主便發現了？」

比那還早，又市說道。

「比那還早……？」

「楚伐羅塞岩的那處洞窟，便是四神黨的資金來源。這夥人得以恣意妄為——全都拜這黃金之賜。」

什麼——百介失聲驚呼，但連忙又堵住了嘴。

「但、但這夥人不都在江戶？」

「這種事僅需要差人伕前來開採便可，即使本人身處異地也辦得到。該處被喻為不祥之地，

常人避之唯恐不及。這夥人僅需每年循岔道祕密返回領地一、兩次，將挖出來的黃金運回便成。不過，畢竟不能明目張膽地開採，因此僅雇用五、六名人伕挖掘。但光是如此——便能採到足夠的黃金。」

先生瞧瞧，又市指著崩落的巨岩碎片說道。

只見裡頭的岩層已暴露了出來。

「這折口岳本身便是個大金塊。雖無法與佐渡或甲府匹敵，但若由一人獨佔，可就算是充沛的財源了。就是這黃金的威力——教虎之進那傢伙一步步走火入魔。」

難道樫村口中那懾人力量，指的就是這黃金？

「如此說來，意外發現三谷藩被劃為天領時期未能尋獲的祕密金山，反而教北林虎之進步上了歧途？」

一點兒也沒錯——這回輪到阿銀接手回道：

「這純屬我個人臆測。若欲找尋金礦的入口，絕不可能有任何人想到該上那地方找。想必是重返故鄉後，虎之進第一件想做的事，便是上生母喪命的夜泣岩屋瞧瞧。」

雖是難以置信，但哪管是厲鬼還是死神，畢竟他也曾為人子呀，阿銀說道：

「否則哪可能找得到這入口？那傢伙想必是想上該處憑弔先母。原本只想來個睹物思人，卻不經意碰上了不該看見的東西，走下坑道後不僅找著了黃金，甚至就連那地底土牢都讓他給發現了。這下——」

可就僅能任憑惡念擺佈了。

原來如此。彈正為何知道就連樫村都不清楚的地底土牢在哪兒，這下終於有了解釋。打從返回領地繼位前，這夥惡棍就已經在那片魔域上胡作非為了。

是呀——又市解下了頭巾說道：

「如此說來，最萬惡不赦的大惡棍——似乎就是告知虎之進此地藏金的傢伙了。這傢伙為虎之進撐腰，收取黃金作為報酬，並利用這筆財富，毫髮無傷地在官場中扶搖直上。」

「難、難道此人……？」

就是掩飾彈正一夥人的殺戮與暴行的幕後黑手，亦即虎之進的——懾人力量？

「這傢伙——究竟是……？」

此事還是別打聽比較保險，又市說道：

「畢竟此人如今已位居幕閣中樞。」

「這傢伙為幕府權要？」

「此人即為——賜予北林景亘與傳說中的三谷藩主相同的彈正頭銜之高官，亦是死神彈正的幕後靠山。」

「竟……竟然有如此高官為其撐腰？但如此位高權重者，豈不是毋須利用彈正一夥人，亦可自行下令開採黃金？只要找著入口不就成了。」

哪還需要如此掩人耳目？

情況並非如此，又市回答道：

「先生——謊言愈大愈不易被拆穿，但祕密可是愈小愈不易被揭露。該保密的事兒，參與者是愈少愈好。而且，即便是幕府要職，亦無法擅自開採他藩之礦山。」

這倒是有理。

「再者，若此事為北林藩所知悉，金礦便將為本藩所有，如此一來，此人必將無利可圖。即便找個理由廢了北林藩，情況也好不到哪兒去。一旦再度被劃為天領，挖出來的金子可就成了幕府的資產；想必這是此人所不樂見的罷。」

這傢伙還真是貪得無厭哪，阿銀說道：

「簡直是利慾薰心哪。彈正這傢伙畢竟不是個傻子。依我推論，他雖向那靠山通報自己發現了金礦，卻從沒讓對方知道入口在哪兒。就雙方勢力高低來看，如此安排也是無可厚非。反正僅需按時將金子乖乖奉上，自己便可恣意胡作非為——」

「姑且不論當上藩主後的情勢如何，繼位前的彈正根本是毫無權勢。那幕後黑手對他而言，是個雖縱容自己胡作非為，同時卻也握有自己把柄的心腹大患。因此若沒能掌握任何籌碼——自己遲早要讓那靠山給收拾掉。」

「即使當上了藩主，彈正仍不擴大採礦規模，僅由四名側近與人伕一點一點地開採，這個就是證據。」

此處僅你知我知——

這祕密萬萬不可外洩——

白菊的確曾如此說過。

「那傢伙毫不在乎自己治下的藩國將會如何，即便遭到廢藩，只要這金礦仍在手，便無須擔憂。噢，雖然藩主的身分或許是個不錯的掩飾，但一如家老大人所言，看來彈正對當個藩主這種事的確是毫無興趣，僅想活得快活罷了。」

「那——這東西究竟是……？」

百介伸手探入懷中問道：

「那麼，那些遇害的人伕又是什麼身分？」

是我為他們帶的路哩，阿銀回答道：

「全都是從江戶找來的無宿人。雖然事前從未被告知任何詳情，但坐擁祕密金山這等事，就連無宿人也知道是違法之舉，便前來找我商量，表示自己打算逃出去直訴。因此，還真希望他們能活著逃出去哩。」

阿銀一臉遺憾地別過頭去說道：

「鏑木那傢伙竟然派出徒士組的手下們守在那兒。我都在入夜後才打那兒潛入，因此從來沒發現。」

百介掏出了直訴狀。

已經是縐得不成原形了。

又市自百介手中取下直訴狀，立刻將之揉成了一團。

「即便能順利上達天聽——這些人想必也終將沒命；畢竟那幕後黑手就等在上頭。只是對彈正一夥來說，這直訴狀可就是個攸關存亡的命脈了。不過他們擔心的，並非此事為人揭露後有遭廢藩之危險，而是不願讓那幕後黑手知悉詳情。」

「因此這夥人才四處尋找這紙直訴狀，只是一直沒找著。那些武士們和人伕們的屍體，也全都教玉泉坊給埋了。因此這些傢伙才推測東西會不會是在右近大爺手中，也擔心是否還有其他同黨，為此焦慮不已。而這位立了大功的同黨，便是——」

又市拍了拍百介的肩膀，接著又繼續說道：

「但不管怎麼說，小的原本以為右近大爺會早點兒抵達，未料竟會為那夥人所擒。情況發展至此，也教小的多少操了點心。」

沒能早點抵達，是因有百介同行使然。

不不，沒這等事兒——又市說道：

「小的還應好好感謝先生才是。」

阿銀呀，又市如此一喊，阿銀也附和道：

「是呀——不過，還真為先生擔了點兒心哩。」

妳還有閒情為人擔心麼?又市揶揄道。這倒是，阿銀說道：

「倘若那幾個傢伙是貨真價實的妖怪，我這小命可就要不保了。不過那藩主殿下，還真是教我給嚇破了膽。」

阿銀望著主城說道：

「鏑木和楠能嚇唬人的也不過是那兩張嘴，一見到我這張臉，還不是立刻給嚇得臉色鐵青？但他們倘若真的不怕，別說是我，右近大爺和那位姑娘也都要小命不保。瞧你這回的局，設得有多險？」

阿銀不屑地瞄了又市一眼，接著卻又問道：

「不過，我和她生得真有這麼相像？」

「想必是很相像。」

又市僅如此回答。

「又市先生，這回這規模龐大的局，究竟是……」

百介實在是怎麼都想不透。

咱們走罷，又市向百介催促道。

「這回的局，先生，是御燈小右衛門起的頭。」

「小右衛門先生——起的頭？」

「先生也知道罷，小右衛門與阿楓公主之生母原有婚約，但愛妻竟為主君所奪。由於無法容忍將一己之妻奉為夫人扶侍，故揮刀斬殺助主君橫刀奪愛之家老，旋即脫藩隱遁。」

這的確曾有聽聞。

「事後，小右衛門開始過起自暴自棄、四處為惡的日子，最後便成了江戶無人不知的大魔頭。只不過……」

又市偷瞄了阿銀一眼。

「那傢伙對與自己曾有姻緣的千代夫人似乎仍無法忘情，因此便從街頭撿回這丫頭扶養；還真是純情呀。阿銀，妳說是不是？」

我哪知道？阿銀說道：

「這與我何干?」

「呵呵，都已是個糟老頭了，仍難以忘懷年輕時期的摯愛。為此，小右衛門也不忘留意故鄉土佐的大小情事。在千代夫人從土佐銷聲匿跡後，想必仍在背地裡為其費心費力。後來，千代夫人之女阿楓公主入嫁此藩，對他而言不啻是喜事一樁。未料此地藩主體弱多病，再加上——」

「又有彈正從中作梗?」

沒錯，又市說道：

「阿楓公主入嫁的先任藩主殿下之弟，竟然就是彈正——亦即虎之進這傢伙。此人恣意姦殺擄掠，在江戶可說是個臭名昭彰的大惡棍。知悉此事後，小右衛門自是焦慮不已，只得為此而遷居北林。」

「可是為了保護阿楓公主?」

可有其他任何理由?又市回答道：

「雖本人一再堅稱志不在此，但這傢伙可是個不見黃河心不死的老頑固哪。」

御燈小右衛門——

百介尚不知此人生得是什麼模樣。

「遺憾的是，其疑慮終究還是應驗了。阿楓公主入嫁後不出兩年，便與藩主殿下天人永隔，緊接著虎之進便改名彈正景亘，率四神黨重返此地。」

接下來的事兒，先生全都知道了。又市繼續說道：

「小右衛門似乎曾試圖救出遭到囚禁的阿楓公主，但即使再藝高膽大，畢竟僅是個不法之

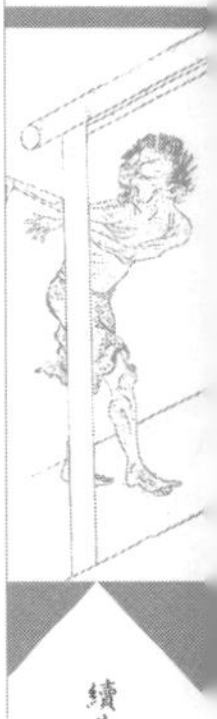

徒，欲潛入城內也是毫無辦法。因此，小右衛門便使出渾身解數，找著了那條坑道——亦即楚伐羅塞岩下的岔道。未料……」

「阿楓夫人並非自天守投身自盡。」

阿銀語帶失落地說道：

「而是教那夥人給拋下去的罷。」

「是的。夫人被架上夜泣岩屋，剝去全身衣物，慘遭彈正還是鏑木盡情褻弄後，再活生生地——教那夥人給拋下了斷崖。」

「阿楓夫人也是在該處遇害的？」

原來彈正是在自己的生母遇害之處殺害阿楓夫人的？

「先生不妨想想，阿楓公主原本被囚於土牢內，即使有辦法自牢中脫身，又怎能爬上天守？」

此言的確不假。

「小右衛門親眼目睹此一慘禍。」

「是親眼瞧見的？」

「不，應是在公主被拋下斷崖時碰巧撞見的；這下欲救人也已無力回天。打那時起，小右衛門便虎視眈眈地觀察起彈正的一舉一動。不過對手畢竟是個堂堂藩主，欲與之抗衡談何容易。就在這當頭……」

城下已為詛咒之說給鬧得人心惶惶。

「小右衛門這傢伙可真不老實，向小的求助一聲不就得了，在小的主動找上他前，竟然絲毫不動聲色。這種局一個人哪設得成？即便勞駕阿銀出馬，又有小的四處奔走，布置起來仍須如此曠日費時。」

又市停下腳步，指向遠方的山丘說道：

「那——就是小右衛門。」

「噢？」

百介定睛一瞧，看見山頭上站著一個身穿火事裝束的老人，雖看不清他的長相，但看得出一身氣度頗為威武。

——這下終於見著他了。

小右衛門高舉右手，不出一眨眼的工夫旋即消失無蹤。

「那傢伙就是從那山頭擊發的。」

又市說道。

「擊發？」

「沒錯。那玩意兒小的也是首度見識，果真是威力驚人哪，小的可是連碰也不敢碰哩。」

「威力驚人——難道那並非落雷？」

「雷哪可能落得如此湊巧？倘若得仰賴這等巧合，性命再多只怕也不夠用。倘若天守沒碰巧在那當頭起火，巨岩沒在那當頭崩落，小的這御行修煉多時的法力，可就要化為烏有了。」

「如此說來，是小右衛門擊毀天守、打碎巨岩的……不，這種事豈有可能？」

「沒錯，先生，還真是可能。那正是土佐川久保一族密傳的絕技——」

——那就是飛火鎗？

「原、原來如此。不過……」

果真是威力驚人。雖曾聽聞此技可輕而易舉將整座山夷為平地——

「那麼，菩提寺的墓地與神社鳥居等，不也都是……？」

「悉數為小右衛門以火藥擊毀的。河魚暴斃亦為空川流所致。雖然還真是對不住河中枉死的魚兒哪。小右衛門此一絕技，和阿銀這張臉，就是這回助小的決勝負的兩張王牌。」

又市笑著說道。

原來一切——均是造假？

雖然小的連碰也不敢碰，但缺了那玩意兒，這回的局可就無法成事，又市說道：

「倘若手中沒兩張王牌，這回的局可就設不成了。欲在既不招致廢藩、亦不教任何領民喪命的前提下消弭此一詛咒，果真是難事一樁哪。」

但一切目標均已圓滿達成。

百介驚訝地望著這御行的側臉。

又市則是望向阿銀，一臉愉悅地笑了起來。

「話說回來，阿銀這回可真是立了大功哩。一下是公主、一下是冤魂，到頭來又化身成百姓姑娘，想必就連治平也要自歎弗如罷。不過阿銀呀，有道是人要衣裝，佛要金裝，從沒見過任何裝扮比這身骯髒打扮更適合妳哩。乾脆就穿個一段時日如何？」

你這臭御行可別得寸進尺呀，阿銀鼓著腮幫子說道：

「難道不知我最怕的就是骯髒、土氣的東西？還老把我給關在洞窟裡，姑娘我早就受夠啦！」

就別再鬧彆扭了罷，又市說道：

「總而言之，妳扮的御前夫人真的立了大功。果真是張厲害的王牌呀。」

百介也認為阿銀這回的確厲害。

「總之——倘若捉摸不清對手樣貌，人心惶恐絕難平復。若沒讓大家知道詛咒從何而來，任誰都會畏懼不已。不過，一旦見著了對方的模樣，不論是要洩恨、致歉、還是憑弔，可就都有個方向了。」

「阿楓夫人是否將為臣民們所供奉？」

想必——領民們應會供奉她罷。

若能如此，原本的凶神便能化身為守護神。

若能如此，想必也能多少化解御燈小右衛門的遺憾罷。

若能如此，含冤而死的阿楓夫人，多少也能瞑目罷。

「不過，這御前夫人的威力果真懾人呀。藩主禪讓、家督繼承的手續能夠順利完成，全都得拜她之賜哩。」

「真能順利完成？」

「這——即便少了坑道，依然採得出黃金。不過，往後可就將由全藩堂堂正正地開採了。如此一來，那幕後黑手也就無法從中圖利，幕府對此藩的態度，勢必也將有所轉變。」

家老大人已告知小的，一切均已順利成事，又市說道。

「那麼，關於那位繼任藩主——」

樫村堅稱曾有阿彌陀如來顯靈一事。

「噢，那不過是小的委託德次郎所使的障眼法罷了。」

原來那不過是幻術。

算盤名手德次郎，亦是個擅長表演集體幻視的高手。

「不過，被指名的藩士又是什麼人？」

「噢，不就是個適任的人才麼？」

又市賣了個關子，但百介仍欲打破砂鍋問到底。

「好罷。此人實為更名後成為北林藩士之——小松代志郎丸，亦即阿楓夫人之弟。」

「什、什麼？」

這回百介喊得可大聲了：

「是如、如何找著他的？」

「小右衛門一直都知道此人身居何處。千代夫人歿後，志郎丸便為京都某御家人（註41）納為養子。聽聞阿楓夫人自盡之傳聞，警覺其中似有隱情，便掩飾其出身，投身北林藩仕官以伺機調查其姊死因之真相。」

「不湊巧的是，志郎丸被安排在江戶屋敷值勤，而且還是無法參與參勤交代之常勤，故一直苦無機會調查真相。」

「這回的事兒不過是個造假的局，志郎丸大人可知情？」

「當然不知情。但就連親生姊姊都現身顯靈推舉了，應能逼得他至少也得賣個情面罷。」
原來你連這也沒盤算清楚，阿銀忿忿不平地說道：
「倘使他拒絕繼任該如何是好？到時候這個藩不就只能遭廢撤了？」
若是如此，就只能到時候再說了，又市回答道：
「反正，再另想個法子不就成了？」
未免也太有欠周詳了罷，阿銀嘆道。
「不過，短短數個月便能讓藩士與領民團結一致，各位的手段果然高明。」
不不，這種奉承話就省省罷，阿銀斥責道：
「先生，這僅有現下靈光，不出三個月，一切可就要恢復原狀了。總而言之，詛咒劫數終將為人所淡忘。屆時，本地終將回復成一個尋常的藩國。」
「真會如此？」
「這豈不是理所當然？」
又市轉過身去，眺望著半毀的山城說道：
「倒是，昔日曾統治此地的三谷家亦源自平家。」
「噢？」
「而且，為三谷家納為養子的彈正景幸，亦為土佐士族出身。若據此推論，我說先生哪，三

註41：江戶時期，與旗本同為將軍直屬，俸祿一萬石以下之家臣。

谷彈正與阿楓夫人所信奉的，說不定是同樣的神祇。」

「如此說來，三谷彈正並非淫祠邪教之信徒？」

「應是如此罷，心智錯亂一說亦是虛實難辨。總之，世上總有些事是超乎常人所能理解的。」

又市說了這麼句絲毫不像是出自他口中的話。

「唉，這樁差事規模如此浩大，即便小的如此賣力奔波，卻僅賺著了一點點兒護符錢。可真是損失慘重哪。」

「還在胡謅些什麼？整個城下都買了你的符，早讓你填滿了荷包不是？」

分給妳那份兒可不會增加，又市笑著說道：

「畢竟，還得解決盤據千代田城中那隻大老鼠。」

此事也該做個了斷了，語畢——

鈴——又市又搖了手上的鈴一聲。

老人火

木曾深山中
有名曰老人火之妖物
欲施水滅之
則火勢更形猛烈
須覆以獸皮
則火與老人將悉數煙滅

繪本百物語・桃山人夜話卷第貳／第拾參

【壹】

距當年那災厄之夜後正好過了六年的夏季，山岡百介再度造訪北林領內。

不同於六年前，這回他悠悠哉哉地花了兩個月的時日，享受了一趟悠閒的旅程。

雖說是悠閒，但旅行本身就是件危險的事兒。如今雖不再聽聞有人遭山犬野狼襲擊，但攔路打劫、討買路財、偽裝旅客順手牽羊的土匪依然不絕於途，再加上日子愈來愈不好過，時局絕稱不上安穩。有消息靈通者宣稱世間將有劇變，且改變的規模勢必將涵括全國。雖不能將治安敗壞歸咎於這傳言，但坊間百姓紛紛議論時局將產生何種變化，感覺上時光也流逝得更快速了。原本就生性慵懶、不擅交際，如今欲追上時局變化，更是教百介深感力不從心。

即使如此。

如今畢竟不同於六年前，無須擔心後有追兵，亦無命喪兇賊刀下之虞，更沒有必須得隱匿身分的旅伴同行。再加上這回旅費充沛，故得以騎馬乘轎，亦可上差強人意的客棧投宿。這回的旅程，百介終於得以在大街上安然前行。

不過，這趟旅程對百介而言，也並非一路都走得心曠神怡。心中其實是百感交集。

在過去的六年裡，百介經歷了極大的變化。

約兩年前，百介的戲作終於得以付梓。

有賴大坂出版商十文字屋仁藏的斡旋，書竟也頗為暢銷。但其內容畢竟是世間人情，別說是

百介念茲在茲的百物語，甚至就連怪談都稱不上，因此也沒教百介感到多少興奮。但若要說是毫無成就感，其實倒也不盡然。

雖然沒有書寫上的愉悅，但畢竟有幾分伴隨銀兩而來的歡欣。

此戲作為他帶來的收入之高，絕非昔日撰寫考物時的酬勞所能比擬。對長年心不甘情不願地當個吃軟飯的隱居少東的百介而言，這的確是個新鮮的歡喜。

再者，他的成就也教店家內的眾人歡欣不已。生駒屋的大掌櫃夫婦認為這下對過世的東家終於有個交代，不僅在佛壇前虔誠膜拜，甚至誇張地舉辦了一場宴席慶功，宴席上還擺滿了未去頭尾的鯛魚（**註1**）。不過是一本閱畢即拋的閒書，竟然教大夥兒如此小題大作，著實教百介十分難為情。

此事也教百介那身任八王子千人同心的哥哥，亦即山岡軍八郎歡欣不已。聽聞百介自謙這不過是本無用閒書，竟回以一紙檄文，力陳閒書亦是不可輕忽，宜以此為墊腳石晉身文人之林，好讓家姓山岡千古流芳。

百介對家姓、名聲本無矜持，對此戲作之內容與文筆亦是多所顧慮，深恐此書或許可能牽累山岡一家，絕無可能名傳後世。為此，百介在本書付梓之際，還刻意用了個筆名。

不過，眼見唯一的親人如此欣喜，的確也教百介倍感欣慰。

原本習於隱居避世、終日遊手好閒的百介，這下終於意識到非得好好幹點兒活、賺幾個子兒不可了。

一本書賣得好，生意自然接二連三上門。不過出版商們委託他寫的，淨是些空洞無趣的世話

物（註2），沒任何一個是百介想寫的東西。反之，每當百介詢問能否寫些奇聞怪談時，便悉數遭到對方婉拒。因此即便不願迎合俗世所好，百介也僅能依照出版商的要求，辛辛苦苦地撰寫了幾篇戲作。

雖不至於心不甘情不願，但畢竟不是自己想寫的東西，寫起來也算是苦行一樁，但百介還是耐著性子寫下去。長年對汗流浹背、辛勤工作者心懷愧疚的百介，總認為工作愈辛苦，便代表自己愈有出息。

雖然有的叫座、有的不然，但風評倒是都還算差強人意，讓他終於無須再仰賴店內眾人照料，也能填飽自己的肚子。以前從沒人勸他成家，最近也開始執拗地逼他討個老婆。雖然為顧及體面，或許真有個家室較為穩當，但百介對此依然是躊躇不已。畢竟不論怎麼看，撰寫戲作都不像個穩當的差事，倘若討了個老婆進門後，哪天突然不再有生意上門，百介豈不成了個不負責任的丈夫？

此外，百介也有幾分猶豫。

至於是為了什麼猶豫，百介也不清楚。不，或許是自己也不想弄清楚罷。

這可說是一種逃避。

不過在旅途中，百介為此作了一番思索，也得到了答案——這應是個關乎覺悟的問題。

註1：連同頭尾一起烤的鯛魚，僅見於祭祀或祝賀時供應。

註2：歌舞伎、淨琉璃中，以江戶時代當時的民間百態為背景的通俗故事。

自己該以何種心態活下去的覺悟。
這是個他遲遲下不了的覺悟。
與又市一夥人相識，數度與這夥人同進退，已有一隻腳踏進了黑暗世界的百介，在那段時日裡不時徘徊於明暗之間。過了幾年曖昧不清的日子，遲遲無法決定自己是該棄暗投明，還是棄明投暗？僅能渾渾噩噩地跟在這群匪類後頭，窺探那頭的世界一眼，再回到生駒屋的布簾與哥哥官位的保護下，在這頭過著舒舒服服的日子。
身處晝夜之間、宛如黃昏或拂曉般的朦朧之地，這就某層意義上甚至堪稱卑鄙懦弱的處世態度，對生性窩囊的百介而言，魅力可謂不小。
不過。
這夥人的蹤影，如今已不復見。
小股潛又市自百介眼前消失，至今已過了兩年。
宛如原先就在等待百介事業有成，待他的戲作一付梓，又市就毫無預警地從百介的生活中銷聲匿跡。至於山貓迴阿銀、算盤名手德次郎、御燈小右衛門——
這些原本圍繞著又市生息的同夥們，也悉數消失無蹤。
兩年前的確曾發生了一件大事。據傳，當時在黑暗世界裡，曾起了一場驚天動地的大衝突，就連百介也知道，江戶和京都之間曾發生過一場規模龐大的殊死鬥。不難想見其中必有位高權重的黑手在幕後撐腰，而且個個都是令這群不法之徒難以招架的大人物。
百介曾耳聞事觸治平為此丟了性命，雖然就連喪事也沒辦，多少教人感到真偽難辨，但根據一位與又市一夥人交情匪淺的陰陽師的證言，那面目可憎的老頭的確已在當時命喪黃泉。

此外，京都那夥不法之徒的頭目十文字狸——亦即為百介與江戶的出版商斡旋的十文字屋仁藏，也是沒來得及見到百介的戲作付梓便告亡故。就連治平這種老滑頭、以及十文字狸這等豪傑都落得壯志未酬身先死，這場衝突想必是十分激烈。

不過。

百介聽說，最後的贏家還是又市。

至於又市是和什麼人、以何種手段、為了什麼事抗爭？到頭來還是沒能打聽清楚。就連治平都賠上了性命，或許結果僅稱得上險勝。但在這等人的世界裡，能活下來的便是贏家。既然又市和阿銀都保住了性命，贏家還是非他們莫屬。

只不過贏是贏了，這夥人竟就此銷聲匿跡。

頭一、兩個月，百介還沒放在心上。

到了第三個月，百介便開始抱怨起又市的無情了。

他原本以為又市想必又在幹些什麼見不得人的勾當，抱怨為何不乾脆邀自己也湊個一腳。雖然即便湊個熱鬧也幫不了什麼忙，至少讓自己增長點兒見識。

他也曾上麴町的念佛長屋，卻發現長屋早已退租了。向棺材匠泥助打聽，始終也沒能問出個所以然。

半年過去後，百介終於也開始擔心了。

他懷疑，又市是否對已是小有名氣的自己開始有了點戒心。

畢竟又市平日不宜拋頭露面，深知自己終生都得隱姓埋名，如今見到百介終得嶄露頭角，或許也不想對百介有所連累罷。

倘若真是如此。

那麼，就忘了這交情罷。

原來就是這麼回事。

實際上，百介在庸庸碌碌中度日，不時也會忘了又市以及其他屬於另一世界裡的人。

到頭來一年、兩年過去了，他都沒再聽見又市的鈴聲。這段期間，百介可說是拚了老命搖筆桿子，寫起東西來根本沒餘力想其他事兒，但不時仍會在剎那間憶及。

這種時候——

百介便感到分外寂寞。

這寂寞，並非出自見不著又市。

而是不想教他們給遺忘。或許這寂寞，其實就來自教人給遺忘的失落。

倘若一個人在明處過日子，不僅瞧不著暗處的景況，也沒必要窺探。

過去那一切彷彿不過是場夢，近日他甚至有種一切都沒發生過的錯覺。

只不過……

這段過去既非夢，也真的曾發生過。

百介的確曾行遍諸國，助這夥不法之徒布置過一些裝神弄鬼的局。但在表面上的生活中，百介總是強迫自己當這些事都沒發生過。的確，若想正正經經地過日子，或許此類經驗完全派不上用場，反而只會造成阻礙。因此還是忘了比較好。事實上，百介還真把不少事都給忘了。

每當想起這些原本已為自己所遺忘的過去，一股無以名狀的失落感就會在百介心中湧現。

由於心中已有覺悟，這些生息於夜晚的傢伙，是絕無可能在堂堂白晝露臉的。

欲於白晝中生息，也需要有同樣的覺悟罷。

百介就是少了這覺悟。

總希望能永遠在黃昏時分徘徊。

百介終究是個模稜兩可的小鬼頭兒。之所以不想成親，或許就是這個性使然。

這回出外雲遊，暫時遠離日常生活，百介再次體認到自己原來有多窩囊。今回雖得以在大街上悠遊，百介仍不禁懷念起兇險的暗巷。

雖未聞一聲鈴響，但百介仍心懷一絲期待。

【貳】

在約兩個月前的四月中旬，北林藩屋敷遣使造訪了位於京橋的生駒屋。

當時佇立店外的，是一名身穿裃的武士。見到這位畢恭畢敬的訪客，生駒屋從上到下都大為緊張，只能將其請入店內的座敷上座，誠惶誠恐地請示來意為何？未料這位訪客卻表示，自己乃為面見大名鼎鼎的戲作作家菅丘李山先生而來，這回答教大掌櫃為首的眾人再度大吃一驚。

菅丘李山正是百介的筆名。

「菅」、「丘」為「介」、「岡」的同音字，「李」原意為與「百」諧音之酸桃（註3），再加上一個「山」字，即可解出此名乃源自山岡百介。身為百姓的百介本無姓氏，故山岡百介同樣是個筆名，但就是不想用於此途。

使者是個年輕武士，名曰近藤玄蕃。

此人生得是眉清目秀、相貌堂堂，雖然這武士的實際年齡或許不若外表年輕，但顏面五官仍不失稚氣。

看來此人應較自己年輕個兩、三歲罷，百介心想。

「在下今日乃為面見菅丘先生而來，如此冒昧叨擾，還請先生包涵。」

近藤雙肩緊繃地低頭致意，百介亦輸人不輸陣地回以一個額頭幾乎要貼到榻榻米上的禮，同時開口道：

「大爺太抬舉了。小弟不過是區區一介閒書作家，平日靠撰寫戲言餬口，絕不配教貴為武士者如此多禮。」

先生客氣了，近藤說道：

「在下曾聽聞菅丘先生於六年前我藩遭大災厄所襲之際，千里迢迢自江戶趕赴我藩，拯救了城代家老樫村兵衛之性命。先生對我藩恩同再造，對在下而言亦是個恩人——」

「小弟不過是碰巧身處該地罷了。」

這倒是真的。先生客氣了，近藤說道：

「據聞在那場災厄中，前任藩主北林景亘大人隻身攬下一切凶神惡念，犧牲一己解救了藩主與領民——」

對外的確是這麼解釋的。

不，說是對外，也僅限於北林領內。在遙遠的江戶坊間，則傳說由於藩主褻瀆鬼神，故為妖魔鬼怪施咒所殺。但兩種說法均將此事視為一場除了天災之外別無他法可解釋、導致前藩主殞命的異變，唯一差異僅在於一方將導致主城坍塌的大災害歸咎於前任藩主無德，另一方則將僅有少數死傷歸功於前藩主的人德。

而直到這起紛擾完全落幕，百介才了解又市的本意。

即使發生了如此驚天動地的大騷動，又有相關流言四處流傳、甚至還發生了主城半毀、藩主猝死等慘禍，幕府對北林藩竟沒有做出任何懲處。對由景亘之養子北林義景，亦即曾為北林藩士之久保小彌太——真實身分乃前上上一任藩主的正室阿楓夫人之弟——繼任藩主一事，也未曾有任何刁難。

不論其死因是否真為妖魔詛咒，幕府也當前任藩主的確是意外身亡；畢竟災害已嚴重到山崩地裂的程度，怎麼看也不可能是人為。此外，也不知是該說是幸運還是設想周到？將繼任藩主的義景公被納為養子一事，也是在事前便已向上通報，在手續上找不出任何問題。再者，即使有源自飢饉與治安惡化的財政窘況，到頭來又發生了這場大災害，但這些危機都因發現金礦而奇蹟般地獲得了解決。既然此藩的經營危機已不復存在，幕府也無法找碴；畢竟已找不到藉口繼續干涉

註3：「百」日文訓讀為もも，「酸桃」則為すもも。

其內政。

北林藩就此得以浴火重生。

而百介從頭到尾都只在一旁作壁上觀。

「小弟不過是為了稍稍見識那駭人妖魔，而滯留貴藩罷了——」

見到百介如此執拗地誇示一己的無能，彬彬有禮地應對了好一陣子的近藤，到頭來也只能屈服，羞怯地表示——若先生如此堅持，在下也無話可說。

這教百介覺得自己彷彿受了責備，只得改變話題，儘可能有禮地請教近藤此番造訪的理由。但近藤似乎不過是奉命前來的，也問不出個所以然來。

「不知菅丘先生可知道那位修行者如今何在？」

近藤問道。

「修行者？」

「即那位浪跡天涯、事先察覺我藩將降災厄，以法力無邊之護符自死魔手中拯救藩士領民的修行者。」

他指的不是別人，正是又市。

「大爺有事找那位法師？」

「是的。六年前在下已於領地內仕官。事發當晚亦依該修行者指示避忌，方能毫髮無傷地度過劫難存命至今。自那場災厄結束後，那位修行者旋即如雲霧般消失無蹤。雖曾出動所有領民四處搜尋，但仍是一無所獲。」

這——

倘若如今要找，也同樣找不著。

又市的行方，百介自己也想知道。

「或許知道該上何處尋人的東雲右近大人，在離開我藩後亦告行方不明——」

「就連右近大爺，不，東雲大人也……？」

右近在六年前辭去職務，離開了北林。

據說在那場慘禍後，右近仍滯留北林，協助城代家老樫村重建該藩。也曾聽說由於其當時貢獻卓著，再加上著眼於其高強武藝、忠肝義膽，北林曾開出超乎行情的優渥條件延攬，但右近卻拒絕收受北林藩的俸祿。雖然樫村亦曾強力挽留，卻仍無法教右近回心轉意。

樫村認為自己理應為右近所遭逢的慘禍負責，因此欲竭盡所能略事補償。但對右近而言，要在愛妻喪命的土地上落腳，內心必是有所抗拒。

「東雲大人後來上哪兒去了？」

「僅知大人曾到過丹後（註4），後來便音信杳然了。」

近藤回答道：

「事到如今，除了請教菅丘先生，已是別無他法——」

且慢，百介打斷了他的話說道：

註4：日本古國名，位置相當於今京都府北部。

「十分遺憾，這小弟也不清楚。那位法師——」

真的如雲霧般消失無蹤了。

是麼？近藤頹喪地垂下了頭。

想不到這回答竟教他如此氣餒。

「……若無任何不便，可否煩勞告知大爺您欲尋訪那位法師的理由，看看小弟是否能幫得上任何忙？」

「噢——」

近藤有一瞬間面露遲疑。

「實不相瞞，城代家老樫村大人他——」

「樫村大人怎麼了？」

「目前因罹患某種不明的疾病而臥病在床。由於事發突然，對樫村大人一直信賴有加的藩主義景公因此至為痛心。」

「樫村大人他——」

百介憶起了樫村的臉孔。

不過這位老武士矮小的個頭一在他腦海裡浮現，百介便趕緊打散這教人懷念的身影。

因為百介僅見過樫村身穿喪服的模樣；還真是不吉利呀。

「此事還請先生萬萬不可張揚。」

近藤悄聲說道。

可有什麼隱情？百介探出身子問道，近藤則端正坐姿回答：

「在下認為義景公的確是個明君。」

這種事有什麼好隱瞞的？

「即使年齡和在下不相上下；噢，雖然拿主君與一己相較實在不敬。不不，藩主大人那光明正大、對轄下臣民一視同仁的仁德，教在下著實是佩服之至。領民不分貴賤，對藩主殿下亦是虔敬仰慕。不出六年便徹底掌握民心，實非常人所能為。」

現任藩主義景公原本也是個藩士。而且若追溯到更早以前，還曾是可能繼任某藩藩主的嫡子，但卻隨生母一同遭逐出藩國，生母歿後又為御家人所收養，可說是度過了一段奇妙的前半生，想必也曾吃過不少苦。因此如今對臣民如此體恤，似乎也不難理解。

「只不過……」

近藤再度壓低了嗓門說道：

「在他藩與幕府眼中，我藩主君不過是個剛入行的小毛頭。」

不可張揚的原來是這件事。

總之，外界對此有諸多閒言閒語，近藤說道：

「即使沒這些議論，我藩畢竟是個小藩。如今雖有些許金礦可採，對財政的確略有助益。但之前畢竟還是個百姓得靠啃食山林充飢的窮藩，如今也得致力於主城之重建、擴張金礦開採；仍有堆積如山的問題尚待解決，而且每件均須耗費龐大人力財力。由於經驗匱乏，光是採礦一事，便教我藩傷透腦筋，故直到前年，方得以開始延攬工匠、正式採掘。不論能採到多少金礦，財政依舊難有改善。雖不同於六年前，如今全藩臣民對將來均抱持期待，故能安心度日，不似往昔任憑國土荒廢，但境況絕稱不上富裕。只不過，外界對我藩仍是多所誤解。」

「難不成外界將貴藩視為暴發戶？」

正是如此，近藤頷首回答：

「外人正是如此看待我藩，並屢因細故百般刁難。」

「百般刁難？」

「是的。不過既然發現藏金，這也是情非得已。」

「為何是情非得已？」

「金山銀山基本上仍屬國有，不過是由藩國代為經營。原本我藩理應被徵收領地、劃為天領。但如此一來，礦務又得由幕府承擔。看來對幕府而言，亦將是個麻煩。開始採礦後，我藩方意識到經營礦山原來是如此困難。佐渡與伊豆似乎也是如此，若到頭來沒能採出足夠的黃金，將令幕府與現地居民大為困擾。再者，北林究竟藏有多少黃金，目前雖未見分曉，但幕府多少應已有個數。只是即使如此，眼見諸國黃金採掘量逐年遞減，幕府畢竟也得緊抓這筆財源。因此，便告知我藩若欲存續，須滿足幕府所開出的包括高額貢金等條件。」

原來如此，看來北林藩的重建工程也並非一帆風順。

「不僅如此，幕府還屢次以苛刻要求刁難我藩。雖不至於廢藩，但幕府的判斷想必是，儘可能開出不對自身造成負擔的條件，逼迫我藩開採金礦。在與此相關的諸多交涉中，年輕的義景公常遭輕視。每當這種時候，樫村大人都會挺身護主。寧以一己之身充當眾矢之的，隻身擋下一切攻詰，只欲為我藩鞠躬盡瘁。在義景公甫繼任藩主的前四年裡，大人著實吃了不少苦頭——」

看來樫村不惜粉身碎骨，只為保護所有需要自己的人。

果真是條剛正嚴謹的漢子。

「為何僅有前四年？」

「前任御老中（註5）大人於兩年前亡故。也不知究竟是與此事有關，抑或純屬偶然，但打那時起，幕府對我藩之冷淡待遇便大有改善，教我藩終於得以安然休養生息。」

——兩年前。

正好是又市銷聲匿跡的時候。

或許近藤的臆測還真是正確的。

——還得解決盤據千代田城中那隻大老鼠。

又市曾在六年前如此說過。倘若這老鼠指的就是前任老中——

或許又市耗費了四年歲月，才解決了這隻老鼠。在那場激鬥背後，似乎有個壓榨弱者、貪權圖利的大人物身影。這光景——

由於無緣親眼見識，百介也僅能想像。

到頭來，百介就這麼被遺棄在這一頭的世界裡。

我藩即將步上常軌——近藤說道：

註5：江戶幕府最高執政首長的職稱，為幕府直屬，通常為自俸祿二萬五千石以上的大名選出，編制為四至五名。

「宛如大船即將出航。未料肩負舵手之責的樫村大人卻……」
「大人的情況如此嚴重？」
「日益嚴重，而且病因尚且不明……」
「病因不明？大夫可曾說過什麼？」
「據聞——大夫也看不出個所以然來。樫村大人的確是年事已高，或許已不敵勞心勞力之苦。只不過……」
「只不過什麼？」
「大人常為惡夢所纏身。而且，睡夢中還曾高呼前任藩主大人之大名。」
「高呼景亘公之名？」
是的，近藤回答道，旋即低下了頭繼續解釋：
「雖然本人從未說清楚，但據說前任藩主大人曾屢次現身大人床前。」
「現身大人床前？」
北林彈正景亘，一個教百介為之戰慄的——死神。
當然，近藤並不知道實情。
「無人相信前任藩主大人竟會在樫村大人身邊糾纏不去。畢竟前任藩主景亘公為人剛毅，一如先生所知，乃是個因隻身攬下導致山崩城毀之龐大惡念而殞命的偉人，其英靈豈有假不治之症迫害忠臣的道理？」
「的確是——」

沒有可能，百介附和道。近藤慷慨激昂地同意道：

「當然是絕無可能。畢竟如今景亘公已是廣為採礦人伕所供奉的守護神明。」

「為人伕所供奉？受供奉的不是阿楓夫人麼？」

「大家遵照之前的神啟，將於尚在重建的天守中設一座神社，以供養阿楓夫人之靈，但目前仍暫時被合祭於金屋子神社之中。前任藩主大人之靈雖在菩提寺行法事超度後供奉於寺內，但因遺骸深埋巨岩之下無法斂葬，故僅能於原本巨岩座落處，亦即折口岳山腰、可一眼覽盡主城處，擇一祥地立碑祭之——」

祥地？

那兒原本不是塊不祥之地麼？

在那遮蔽視野的巨岩崩落後，百介完全無法想像該處如今是副什麼樣的景象。

「領民與吾等藩士，均相信如今北林有阿楓夫人與前任藩主大人兩英靈一同鎮守，絕無可能再起任何詛咒。因此，在下著實無法理解……」

「因此需要找到那位法師？」

「是的。必須請其判斷樫村大人的病因，否則倘若景亘公亡魂詛咒這無稽傳聞又起，真不知還要牽扯出什麼樣的流言蜚語。」

不。

此事——對樫村而言的確是個詛咒。

只不過近藤並不知道詳情。不，知道的大概僅有百介一人罷。

前任藩主北林彈正景亘——

乃樫村之妻與上上一代藩主所生之子。

當年，樫村之妻不僅為當時的藩主所染指，甚至還有了身孕，因此為藩主納為側室。但由於產下的是名男嬰，樫村之妻預測將引起一場繼位之爭，便帶著稚子逃出城內，遭到藩主差人斬殺，而行刑者正是樫村本人。忠臣樫村兵衛奉主君之命，於如今立碑祭祀景亘公之處——在藩主之子景亘公眼前手刃身為其母，亦為自己愛妻的女人。

還真是一件悲壯的往事。

盡力成全一己之妻與主君的姦情，甚至還奉命取其性命。這男人內心究竟經歷了什麼樣的折磨？百介不僅無法體會，甚至該說是沒膽量體會。光是想像親手斬殺一己愛妻需要經歷何等折騰，就足以教人發狂了。

當時在下想必是教死神給附了身——樫村曾這麼說過。

身為一介武士，倘若主君有命，便應絕對服從。

不過這僅為武士之道，並非人之倫常。

樫村曾向百介如此哭訴。

同時也認為一切災厄，均因一己所為而起；一切惡念，亦是因一己捨棄倫常、斬殺愛妻的罪孽而來。

只是他這想法——

不是在災厄來襲那晚，就被封印在那罪孽深重的地下牢中了？不，經過一夕狂亂，大夥兒步

出地下牢時，一切罪孽不就被淨化了？

百介如此以為。

據說打那時起，樫村便完全變了個人似的，這個身材矮小的老人從此變得精力充沛，為了藩國、新任藩主殿下、以及上下領民四處奔走。從近藤稍早的敘述中，亦不難想像樫村那勤奮工作的模樣。

只是……

也不知是惡念尚存，還是又有悔恨湧現。

難不成還真是亡魂詛咒？

前來向樫村尋仇的，其實正是樫村自己。

「小弟知道了。」

聽到百介這聲回答，近藤這才回過神來。

「小弟將盡力為貴藩尋找這位法師。即使找不著——」

也將親赴北林一趟——雖想這麼說，但百介還是把最後一句話給吞了回去。如今絕無可能找著又市，再怎麼找——都註定是白費力氣。不過，既然又市已銷聲匿跡，如今唯一能理解樫村想法的就僅剩百介一人了。雖然自己能做的，大概也只有聽聽樫村發發牢騷，但即使如此，總也是聊勝於無罷。總而言之，此事畢竟不宜隨便答應。因此百介只得曖昧地把話草草收了個尾，將近藤給請了回去。

接下來——山岡百介便踏上了又一趟旅程。

【參】

如今的北林領內，已是面目一新。

雖然並非蓋了什麼新屋、或開了什麼新路；不過是莊稼漢揮汗耕作、工匠賣力揮鑿、店家吆喝拉客、孩童玩鬧嬉戲，四處聽得到笑聲哭聲——但或許是因為六年前的景況實在過於異常，較之往昔，此地儼然已回復一個尋常村鎮應有的風貌。

屆時，本地終將回復成一個尋常的藩國——

又市曾這麼說過。

在客棧中放下行囊喘口氣後，百介開始思索起接下來該做些什麼。

雖在旅途中也曾稍稍留意過，但沿途似乎沒聽見任何關於北林藩的流言。

客棧裡的夥計也表示，近日未曾發生任何大事，看來樫村尚未過世。畢竟城下距主城近在咫尺，家老若有更迭，不分貴賤應都有耳聞。

向女侍稍事探聽，百介發現新任城主果然是頗有人望。或許與前任藩主實在太差也不無關連，但如今也不見百姓對前任城主有任何抱怨。當然，這也是因為城下沒有任何人知道前任城主的真面目，應此除了有人認為其對臣民頗為嚴苛之外，也聽不到任何惡評。

即使不計較其嗜殺戮、流血如命這難以饒恕的癖好，前任藩主也絕稱不上是個明君。就百介的調查結果來看，不論是苛徵稅賦、濫用公款、乃至與幕府或他藩的關係，各方面的政績均是一塌糊塗，其所作所為與其說是為了治國，不如說是為了滅國來得恰當。光這些爛帳就足以廣招民怨，但或許是那段時期的災變實在過於陰慘，似乎淡化了百姓對惡政的憤懣。如今，大家似乎都將他當成一位隻身擋下巨岩，拯救全城百姓的明君，雖曾從近藤口中聽聞此事，這正面評價還是多少教百介感到意外。又市所設的局，竟然讓這瘋狂的暴君化身為一位剛毅的明君。

拉開拉門。

便得以望見折口岳、與尚未修復的山城。

只見頂端的樑柱已經架妥，想必天守的重建工程也已經開始了罷。

失去巨岩後，如今的折口岳變得較為尖銳，看起來是如此弱不禁風。定睛一瞧，還可在主城後方望見幾塊碎裂的巨岩碎片。雖說僅為碎片，卻片片都是碩大無朋。

該上主城瞧瞧麼？

還是該造訪樫村的宅邸？

究竟該拜訪哪些人？

事前，百介未曾知會北林自己即將前來。雖說江戶屋敷曾遣使邀約，應不至於吃閉門羹，但仔細想想，也不是每位藩士都見過百介，更遑論記得他長相的，大概僅有樫村一人。

也沒先考慮清楚，便花了兩個月上這兒來，與其說是悠哉，不如說是愚蠢。

就在他快想破腦袋的當頭，女侍端茶進了房裡來，態度是出奇的有禮。大概是幾乎沒見過來自江戶的訪客，她對百介似乎頗為好奇。

「近日來的淨是些無賴呢。」

百介還沒開口，女侍便主動說道。百介問都是些什麼樣的人，女侍便回答：

「不就那些四處漂泊的？」

「是無宿人麼？」

「是呀。客官您瞧，全都是上那城山幹活。」

女侍指向折口岳說道：

「這些人來自四面八方，全是聽到傳言來挖金子的。大概是以為至少能當個人伕混口飯吃，但咱們這兒可不比佐渡，他們可是找錯地方啦。原本領內的無賴就已經夠多了，還得從這些傢伙開始雇起呢。如今大家都說挖金子要比幹莊稼活兒有賺頭，甚至有人放著田不耕，打定主意上那兒當人伕哩。」

真有這麼多人夢想一攫千金？可多著呢，女侍回答：

「哪個人不想圖個輕鬆？此地土地貧脊，大家想必都認為同樣是在泥土裡攪和，揮鑿子總比揮鋤頭來得輕鬆罷，更何況還有薪餉可領。不過這些傢伙想得也太容易了，世上哪有什麼輕鬆差事？成天窩在洞穴裡可是很辛苦的，做人還是安分守己的好。」

要填飽肚子，不流點兒汗哪成？女侍呵呵笑著向百介說道：

「糟的是，這種人可多著哩。」

「不過，詳情小弟是不大清楚，但據說託這金山的福，不是讓稅賦什麼的都輕鬆多了麼？」

「或許的確是輕鬆了些，不過和咱們反正是毫無關係。而且人若是被管得太緊可要抱怨，但管得太鬆，只怕又要怠惰。打那場凶神詛咒之後——客官可聽說過這件事兒？」

聽說過，百介回答。

「那場騷動平息時，大夥兒對上蒼的確都是心懷感激。但過了個一年，心中的感激也就消褪殆盡，接下來大夥兒就個個開始懈怠了。再者，那詛咒雖是平息了，但駭人的傳言依然殘存，正經人都給嚇得不敢上這兒來，因此來的淨是些無宿人，全是從佐渡來的賭徒什麼的。即使挖得出再多金子，這種傢伙也是雇不得呀。此類不法之徒與日俱增，四處引發衝突，可造成了咱們不少困擾哩。」

原來情況果真不似事先想像的那麼美好。

百介朝山城望去。

客官是靠什麼吃飯的？女侍問道。

「噢，覺得小弟看來像做什麼的？」

「客官看來不像個生意人，還真是教人猜不透呢。」

小弟其實是個作家，百介回答，哎呀，女侍說道：

「都寫些什麼？」

「這——」

淨是些通俗故事，百介心中倍感失落地回答道。

「小弟浪跡諸國，只為蒐集各地之奇聞怪談。不是有種故事叫百物語？期望哪天能印出一本這種東西。」

這夢想——想必是一輩子都無法達成罷。百介對這幾乎是頗為確信。

而且，如今百介也不再浪跡諸國，而是終日窩在房裡。
不過畢竟才剛入行——要實現這心願，目前還是困難重重，百介說道。
「怪談？噢，原來是為此上這兒來的？咱們這地方駭人聽聞的事兒可多著呢。」
「是麼？」
百介聞言，隨即將手伸向腰際。不過……
這下已摸不著記事簿了。歷年來記載下諸國怪談的幾冊記事簿——如今已被塵封於生駒屋內那小屋的頂棚中。真不知——
自己究竟成了什麼？
女侍這凶神詛咒的故事也就就此打住，並為百介再倒了一杯茶。
「不過，這陣子都沒再聽說了。」
「沒再聽說——那麼，是否也沒聽說過諸如前任藩主亡魂現身一類的事兒？」
客官，說這種話可是要遭天譴的呀，女侍一臉驚訝地回答道：
「景亘大人可是遭那巨岩壓頂，以一人之力拯救了咱們北林的呀。如此明君，豈有化為厲鬼害人之理？」
看來其亡魂騷擾臥病在床的樫村之傳聞，至今尚未滲透到坊間。
據說景亘大人化身為天狗啦——正當百介心裡納悶不已時，女侍突然說了這麼一句讓人出乎意料的話。
「天狗？」

「是呀。客官也看得見罷？如今主城上頭雖是什麼都沒有，但原本可是有座比城還大的岩石。看到落在下頭的碎岩沒有？那些原本可是一塊呢，客官您說大是不大？」

的確是碩大無朋。

「那座巨岩上頭，昔日曾是天狗出沒的場所哩。」

「噢——可就是夜泣岩屋？」

客官也聽說過？女侍開心地說道：

「據說那曾是個駭人的地方呢。據說在從前，而且是很久很久以前，來自諸國的天狗曾在那兒聚頭哩。例如愛宕的太郎坊（**註6**）、鞍馬的僧正坊（**註7**）什麼的。」

「或者是英彥山的豐前坊（**註8**）？」

「沒錯，就是這類的，全都在這兒聚首，還飲酒作樂什麼的。這種時候，就會亮起陣陣藍色火光。那地方如此嚇人，平時根本沒人敢上去，但那時山中卻出現點點藍火——」

這——

水銀在暗處會發出藍白色的火光。女侍所見著的，想必就是煉金時所使用的水銀罷。

註6：八大天狗之一，又名愛宕權現，別名榮術太郎。相傳於三千年前依帝釋天之命，帶領諸天狗前往日本弘揚佛法，定居於京都愛宕山，被譽為日本第一大天狗。

註7：八大天狗之一，別名護法魔王尊，據傳法力高強，定居於京都府鞍馬山。在牛若丸與鞍馬天狗的傳說中，被指為教授源義經兵法武術的恩師。

註8：八大天狗之一，定居於九州的英彥山。

看來，折口岳似乎是某種山岳宗教信徒的修行地。出羽、戶隱、鞍馬、大峰、英彥山——百介也曾造訪過幾個山岳宗教信徒定為聖地的靈場，個個都是地勢險峻的岩山，如今回想，這些地方的景觀和此處的確是頗為相似。

而這些山岳宗教信徒——亦即潛居山中的山民，和礦山也頗有淵源。許多漂泊山中的山民，也從事煉等金屬的提煉工作，因此這些山民常被城鎮百姓視為威脅，基於這種畏懼心理，屢屢將之視為天狗。近代畫中的許多天狗均身著山伏（註9）裝束，就是這個緣故。

由此可見，天狗、修煉、和礦山三者，是如何緊密相繫。

或許——早在三谷藩統治此地之前的遠古時期，這些山民便已在折口岳採礦。百介不禁開始想像起遠古時期的折口岳會是副什麼樣的光景，接著——朝如今的折口岳望去。

「那藍色火光……」

女侍繼續說道：

「至今仍會燃起呢。」

「仍會出現麼？」

「這幾日又看得見火光啦。」

「火光？就在——那地方麼？」

百介指向折口岳問道。沒錯，女侍頷首回答：

「不過並不是藍色的，而是有紅有白，燒起來是又細又長。我也曾看見過——說不定客官今晚也見得著。」

「此話當真？」

若是真的，這可就了不起了。即便百介曾踏遍諸國，但真正目擊到怪火的次數其實是寥寥可數，而且悉數為誤視。

當真見得著呀，女侍說道：

「看來那並不像是個壞東西，看了與其教人感到害怕，不如說是覺得神奇。再加上景亘大人的慰靈碑就立在那兒，因此咱們才這麼說。前任藩主殿下是個不畏凶神詛咒，就連對神佛都毫無畏懼的豪傑，因此得以獲邀加入，擠身眾天狗之林──」

「天狗……？」

的確，天狗常被當成阻撓佛道修行的妖魔，有時也以天狗形容桀傲不遜之人，因此對知悉前任藩主真面目的百介而言，這倒是個不難理解的比喻。

時至今日，百介仍能清晰憶起北林彈正景亘現身那魔域時的模樣。

當時的他還真是教人不寒而慄。這輩子還未曾感到如此毛骨悚然過。

不過，這女侍對真相應是一無所知才是。

因此才會作出如此推論罷。

「那──是否就是天狗御燈？」

似乎就是這麼叫的，女侍冷冷地回答：

註9：遊走於山野之間的修行者。

「和狐火並不相同是罷?」

「是不相同。據傳信州與遠州（註10）國境亦有天狗出沒，但相傳其狀似火球，在山中四處飛竄，有時也會遁入河中捕捉河魚。」

「火球也會捕魚?」

「是的。因此比起僅能燃燒的狐火，應該要來得威猛些。」

說得也是，女侍應和道，接著便笑了起來。

總之，今夜就請客官自己瞧瞧了——她又補上了這麼一句。

百介啜飲了一口茶，道了一聲謝。對了，這下女侍突然又以尖銳的嗓音說道。

「什麼事兒?」

「客官方才不是提到家老大人怎麼了?」

「噢，因小弟昔日曾受過大人諸多關照。請問樫村大人怎麼了?」

「是麼?據說大人似乎是病了。出入其屋敷的園丁是我的親戚，此事是不久前打他那兒聽來的。據說大人近半年來均臥病在床，病情似乎頗為嚴重。噢，此事還請客官千萬別張揚。」

「需要保密麼?」

「是呀。咱們北林可是靠家老大人，方能保有今天這局面。藩主殿下雖是個好人，畢竟還是年輕了點兒。倘若家老大人有個什麼三長兩短，只怕城下又得開始亂了。」

因此，還請客官萬萬別說出去，女侍說完，便闔上了拉門。

天狗御燈。現身樫村床前的彈正。

——得去瞧瞧才成。
百介心想，旋即立起了身子。

【肆】

樫村宅邸是一片靜寂。
猶記六年前初次造訪時，百介雖淋得像個落湯雞，竟還大搖大擺地從玄關入內，如今卻是大門深鎖。
只是這回畢竟不比當年，百介只得繞到屋後，敲了敲木造的後門。
立刻有個小廝前來應門。百介彬彬有禮地說明自己是來自江戶的山岡，期望面見樫村大人，請這名小廝代為轉達。只見這小廝先是一臉驚訝，接著便倉皇退回屋內。
接下來，一名年輕武士現身了。
這武士名曰木島善次郎。
「這位先生可就是山岡大人？」
「小弟名曰山岡百介，乃江戶京橋蠟燭盤商之隱居少東，平日靠撰寫戲作營生，筆名菅丘李山。日前貴藩之江戶屋敷曾遣使通報小弟……」

註10：信州為位於今長野縣之信濃國別名，遠州則為位於今靜岡縣西部之遠江國別名。

此事在下亦有耳聞，木島說道：
「只是……可否證明先生真是山岡大人？」
若純屬在下多疑，還請大爺多包涵——木島說道。
如此懷疑也是理所當然。
不過，百介並未攜帶任何身分證明。
這下只能出示通行手形，木島也審慎檢查了一遍。
「江戶屋敷的同儕亦曾通報山岡大人將前來造訪，不過已是一個多月前的事兒了，再者，對實際情況亦是有欠明瞭。」
「噢——」
這下只能怪自己太悠哉了。想必近藤曾再度造訪生駒屋，並在確認百介離去後向領地稟報。
但打從前出門時，百介便都只是略微提及，從未明確告知家人自己將前往何方。
那麼，山岡大人請進，木島說道。
庭院——
六年前滿掛的白布幔已不復見，如今被整理得一片潔淨，想必此處就是客棧裡那位女侍的親戚所整頓的罷。
雖不知江戶的同儕曾說過些什麼——木島悄聲說道：
「樫村大人他——教亡魂給附身了。」
「附身？教什麼樣的東西給附身？」

「前任藩主大人的亡魂。」

「景亘公的亡魂？」

木島停下腳步轉過身來，以食指堵上了嘴，接著才又迅速地悄聲說道：

「其實是心神錯亂罷。」

「樫村大人他——心神錯亂？」

是的，木島一臉遺憾地說道：

「想必是那詛咒所遺留的報應罷。」

「報應？」

山岡大人想必也知道罷，木島說道：

「或許詛咒這東西並非出於死者的怨恨，而是來自生者的妄想。如今在下不禁納悶——六年前那場騷動之所以如此淒慘，是否該歸咎於生者本身？或許製造動亂、違背倫常、招致凶神詛咒的不是他人，根本就是吾等藩士與領民？若僅有一人製造騷動，尚且可以心神錯亂稱之，但倘若四下皆然，可就不能以心神錯亂解釋了。故此，樫村大人應是心神錯亂無誤。」

「怎知是前任藩主附身？」

「乃因大人常突然驚呼『虎之進大人、虎之進大人』或『城要塌了、城要塌了』。虎之進大人乃前任藩主彈正景亘公之乳名。」

這小弟知道，百介回答。

「大人還不時昏厥倒地，並在夢囈中直呼景亘公之大名，待清醒後又變得異常狂暴，還不住揚言自盡。」

「自盡？」

「是的，直呼自己欲切腹自盡。」

原來，他仍在後悔。

樫村對昔日犯下的過錯，仍抱持強烈悔意。

「不過，大人也並非一直是神智不清，從沒說過任何不辨是非、不講道理的話語。不僅能與人正常對話，腦子似乎也很清楚。山岡大人也知其為人溫厚、思慮甚深，此個性至今未改。但雖如此……」

還是聲稱自己見到了亡魂，木島繼續說道：

「家老職務畢竟非吾等藩士所能相較，尤其是樫村大人，總有堆積如山之案件待其審理。即便有次席家老等居要職者分擔處理，還是不及本人審理來得踏實。故此，起初只得央請樫村大人抱病登城，職務審理上雖無任何不妥——」

「那亡魂之說——還是成了問題？」

「樫村大人不時聲稱自己見著了已故的景亘公。當然，這應是純屬幻覺，旁人不僅沒見著、沒聽見、亦無人感覺周遭有任何異狀。不過，亦有人不作如是想；聽到大人聲稱亡魂就坐在某處時——」

的確如木島所言，這種時候還真會有人認為自己也見著了。

「吾等僅想得出三種對策。」

「哪三種對策？」

「首先，就是求神拜佛。原本吾等以為只要來請高僧法師加持祈禱、或辦神事法會，便能一掃家老大人心中晦氣。只是，這法子應是用不得。」

木島轉身背對百介，走到了庭院內的紫陽花前。

「何以用不得？」

「如此一來，豈不等同於承認詛咒之說為實？」

「噢——」

「此類法事若僅能隱密舉行，想必不會有任何效果。但又不能對外表明我藩仍受凶神詛咒之擾。故若退一步求其次——」

僅能說服家老大人，一切純屬大人一己之錯覺，木島說道：

「不過，再如何使勁說服大人一切純屬錯覺，亦未見任何效果。不過這道理，家老大人自己也明白。」

「大人自己也明白？」

「大人畢竟是知書達禮，這道理當然明白。遺憾的是，大人並不願接受如此勸說，否則心病必然早已痊癒。因此，吾等僅能選擇最後一個法子。經過一番商議——吾等決定教家老大人退居幕後，並央請藩主殿下親令其蟄居自宅療養，對外則封鎖此一消息，並派駐在下負責照料……」

並予以監視之，木島說道：

「樫村大人無親無故，因此生活瑣事均由在下負責打點。不過表面上是如此，真正的職責其

實是進行監視。大人他其實等同於受監禁。」

「第三個法子就是將其監禁？」

「除此之外，已是別無他法。若任家老大人這情況持續下去，遲早會走漏風聲。如今，我藩亟欲改善與幕府間的關係，故無論如何，均得避免往年般的騷亂再度發生。」

雖應慎防臣民騷動再起——木島一臉悔恨地說道：

「但事實上仍有流言傳出。眾藩士曾於城內目睹家老大人昏厥，畢竟眾口難防，也有人口出不祥，表示其乃前藩主亡魂作祟，教藩主殿下至為痛心。如今，吾等終於得以團結於義景公麾下，齊心再造北林。因此哪管對樫村大人如何失敬，亦不可讓此事亂了吾等的陣腳——」

木島揪下一片紫陽花葉說道：

「在下對樫村大人景仰有加，自幼便屢以其為榜樣，盡忠職守至今。再者，樫村大人對我藩之貢獻實難計量，亦是不爭之事實。只不過……」

木島使勁握緊手中的葉子說道：

「只不過，如今……大人已成為我藩之負擔，不再有任何價值。」

「這——」

未免太殘酷了。

木島將捏得粉碎的葉子撒在庭院中，轉過頭來面向百介說道：

「此言是何其冷酷，在下也十分清楚。不過，時代已然改變，如此維持舊態之體制，已是來日無多。想必吾等武士僅憑腰間雙刀便能叱吒天下的日子，也剩不了多久；故吾等亦亟需為自己找尋出路。幸好藩主殿下年紀尚輕，願與吾等藩士議論將來，因此前途尚稱光明。只是……」

家老大人的作為，卻有阻撓我藩發展之虞。

木島正視著百介說道：

「如今，大人不時宣稱受亡魂詛咒，更動輒以自盡相逼，教吾等倍感困擾。倘若我藩家老意義不明地切腹自盡，只怕又讓坊間認為凶神詛咒又起。故此——」

如今唯有將家老大人監禁一途。

「吾等之所以亟欲找到那位修行者，欲請其治癒樫村大人的心病當然是一大要因，但本意實非如此。實際上，吾等欲央請那位修行者做的，乃是為吾等掌握民心。」

「掌握民心？」

「是的。該法師不出數月，便掌握了城下眾人——上至武士、家臣，下至百姓、非人之心，於轉瞬間消弭了一場騷動。若無該位法師相助，那場天崩地裂的巨變將不過是個劫難，想必只會教詛咒傳言益形氾濫。若是如此，如今我藩應已不復存在。」

這話的確沒錯。

同樣一件事，也可能導致完全相反的結果。

「因此……」

這就是力圖復興的北林藩所做出的抉擇。

眾人選擇的並非拯救樫村，而是挽救一己之藩國。

此事唯有又市才能辦到，百介的確是幫不上任何忙。

而百介也——

為此倍感羞愧，不知自己是為什麼上這兒來的。

樫村的苦惱，唯有百介一人了解，倘若自己能與樫村懇談，或許其心病便將不藥而癒。這是百介原本的盤算，這下看來不過是高估了自己。事實上，百介根本是什麼也辦不到。

——看來自己心裡根本沒有足夠的覺悟。

噢，這可不成——木島結束了先前的話題說道：

「在下只顧在庭院中長談，竟忘了招呼千里迢迢自江戶趕來的貴客入座——如此失禮，懇請多多包涵。山岡大人憂心我藩家老安泰遠道而來，請容在下……」

致上由衷謝意，語畢，木島深深鞠了個躬。

這下就帶山岡大人面見家老大人——平身後，木島又繼續說道：

「家老大人正在小屋中休憩。雖有家臣建議將其囚於座敷牢（**註11**）中，但已為藩主殿下所拒，堅稱豈有將我藩恩人囚於牢獄之理。藩主殿下每隔十日，便祕密前來探視家老大人，其宅心仁厚可見一斑。」

百介朝木島所指的方向望去。

果真有棟小屋座落於庭院一隅。

一拉開拉門——

便看到樫村正坐於被褥之上。

面容明顯蒼老了許多。猶記六年前，這位年邁的武士也曾是一副心神俱疲的憔悴模樣。

不過他如今的模樣，卻較當年更為衰老。這位原本個頭就矮小的老人，此時看來更是瘦弱不堪，不僅雙肩無力地下垂著，一頭白髮更是變得益形斑白。

「樫……樫村大人。」

「噢，是山岡大人麼？真是久違了。」

樫村鞠了個躬，但看來僅像是有氣無力地垂下了頭。

退下罷，接著便向佇立於百介背後的木島吩咐道：

「無須擔心，退下罷。」

木島鞠躬退下，並闔上了拉門。

「樫村大人——」

百介一時說不出話來，僅能將額頭緊貼在榻榻米上行了個禮。

「山岡大人請平身。據傳大人已以戲作享譽盛名，實屬可賀。」

「大……大人過獎了。小弟絕稱不上享譽盛名，不過是拙作得以付梓成書罷了。」

「即使僅是如此，成就也已堪稱傲人。大人尚且年輕，往後想必是大有可為。」

「家老大人。」

百介抬起了頭來。

只見樫村雖然衰老，但神情仍十分祥和。

註11：古時設於日式建築中，用於軟禁精神錯亂者等的和室牢房。

「山岡大人前來造訪，實教老夫感激之至。數年前承蒙大人相助，託大人、那位修行者、以及東雲大人的福，我藩方能自絕境起死回生，老夫也方能安養天年。」

「這……大爺太抬舉了。」

「不不，事實正是如此——老夫堅信若無諸位鼎力相助，老夫必無法克盡職守至今。畢竟欲振興本藩，仍有諸多障礙有待排解，也讓老夫這老糊塗多少還能起點用處。」

大人的辛勞，小弟亦有耳聞，百介說道。

「較之義景公所承受的勞苦，老夫的辛勞根本算不了什麼。藩主殿下為人正直、年輕有為，有幸得其繼任我藩主君，讓老夫與有榮焉。」

「不過，貴藩今後仍須仰賴家老大人繼續輔佐藩政。」

「不不，老夫已不再有任何用處。我藩未來之經營，最好能由方才那位木島等年輕人承擔。只不過，老夫似乎就是不懂得該安然引退。」

「引退？」

「是的。」

樫村緩緩伸出雙手掩面。

只見他的指頭滿布皺紋、膚色暗沉，指關節也頗為腫脹。

「人活得太久，好事、壞事都會經歷不少。過往的一切不分好壞，悉數累積在自己的腦海中。其中——若僅能憶及好事，則屬幸運；假使僅憶及壞事，便有如置身地獄。唯有自己，方能在好壞兩方的回憶中做選擇。」

樫村凝視著自己的指頭繼續說道：

「遺忘並不代表消失。不過是將事情予以隱藏，圖個眼不見為淨罷了。若真能從此不再憶及倒也還好，但潛藏於記憶深處的壞事，就是會不時浮現腦海。山岡大人，這也是無可奈何。」

老夫曾以這雙手斬殺一己愛妻。

樫村以沉靜的口吻說道：

「老夫沒能保護愛妻，甚至親手將其誅殺。」

「但當時乃因——」

要找什麼理由解釋都成，這位年邁的武士說道：

「但任何解釋都不過是搪塞。對老夫而言，唯有這雙手上沾染的血腥方為真實。而老夫甚至連虎之進大人也沒能護及。」

噢，這道理老夫也清楚，樫村伸手制止百介解釋。

「虎之進大人他……本已是在劫難逃。不，或許世上沒有任何人罪該一死，但接連犯下如此殘虐暴行者，終究得以死償命。或許一如該修行者所言，虎之進大人之惡行必得由己身負責，其一切行徑，均出自其一己之裁量。在下亦同意虎之進大人最後所遭逢的，不過是應得之報應。只不過——」

到頭來，這終究是老夫的問題，樫村說道。

「家老大人的問題——此言何解？」

「虎之進大人至今仍不時鮮明地出現在老夫眼前。」

百介聞言，嚇得縮起了身子。

「您無須驚慌。虎之進大人已不存於人世，僅出現在老夫心中。不過是一己之悔恨、留戀化為有形苛責老夫，逼迫老夫檢討自己曾做了些什麼、還能做些什麼——」

「但樫村大人畢生如此功勳彪炳……」

「即使一輩子活得唯唯諾諾，活到如此歲數，想必確曾為藩國、領民略盡棉薄。不過老夫所指並非此等功績，而是——」

若問老夫曾為自己積了什麼仁德，但其實是半點兒也沒有；這位年邁的武士說道：

「身為一介武士，老夫捨棄一己之仁德，拋棄人倫手刃一己之妻，事後方才發現自己已鑄下大錯，故在萬般後悔中選擇人之倫常。無奈老夫立誓竭力守護的虎之進大人卻踰越倫常——並慘遭報應以死償命。為此，老夫被迫再度捨棄仁德，拋開守護虎之進大人之職志重返武士之道，為我藩及領民盡忠職守。由於老夫曾兩度捨棄仁德，故如今所見之幻影……」

實為老夫一己之亡魂——樫村說道。

原來家老大人也明白這道理。

木島所言果然不假。

這下，百介已是無話可說。

僅能啞口無言地呆望著年邁武士臉上一道道深邃的皺紋。

【伍】

百介一籌莫展地回到了客棧。

發現客棧中一片鬧哄哄的。

向女侍打聽緣由，原來是天狗火又出現了。

據說還有個挖金礦的人伕，上起火處看熱鬧去了。

想必客官也知道——女侍嬉皮笑臉地說道：

「那些傢伙大多是粗人，不都是從各地來的無宿人？」

似乎是如此，百介一這麼附和，女侍便回答道：

「正是如此呀。管他是天狗還是達摩，區區一介妖怪，竟膽敢猖狂生火。老子這下就去把那火給滅了，看牠還敢不敢放肆——只聽那傢伙如此說完，便朝那頭去了。這下可是深夜子時，這種時候換作是我，可是連客棧大門也不敢出呀。客官說是不是？」

那又如何？百介問道。教他坐在門框上是無妨，但女侍卻壓根兒忘了奉上臉盆和手巾。若沒把雙腳洗乾淨，百介可是無法進門。

據說那傢伙也是打佐渡回來的呢，依舊將臉盆捧在手上的女侍說道：

「結果，那東西還真的出現了。」

「是天狗麼？」

「應該就是天狗罷。就這麼坐在祭祀前任藩主大人的石碑旁。」

「那難道不是前任藩主的亡魂？」

怎會是呢，女侍朝百介肩頭拍了一記說道：

「據說，是個老當益壯的老頭子哩。」

「老頭子？」

是否真有這種東西？這下客棧掌櫃突然現身問道：

「據說客官是個曾為蒐集奇聞怪談遊歷諸國的戲作作家，想必對這等事自是十分熟悉。在此冒昧請教，這生火的老人究竟是何方妖物？」

不都說是天狗了麼？女侍說道：

「絕不是個普通的老頭子罷。你想想看，三更半夜的，有哪個老頭子膽敢到那山上去？而且掌櫃不也聽說過，那個打佐渡來的鄉巴佬吉兵衛，不是打了桶水提上山去，還將水朝燒個不停的火上澆麼？」

「還真是條漢子呀。」

百介驚訝地問道：

「那麼，請問後來如何了？」

「客官猜怎麼著？那火竟然澆不熄。通常火不是澆了水就會熄的麼？」

「是不是水太少了？」

澆了滿滿一桶水，火哪可能不熄？女侍又敲了百介一記說道。

不可對客官無禮，掌櫃說道。

「這火就是怎麼澆也澆不熄？」

據說反而燒得更旺呢，掌櫃回答道：

「這火不僅燒得更旺，據說甚至還像條蛇似的，直朝他燒去哩。」

「像條蛇？」

這怎麼可能？

百介曾於昔日見識過同樣的光景。那是在——

接下來，掌櫃繼續說道：

「據說就連那位大膽豪傑，見狀也是落荒而逃哩——」

此妖名曰老人火，百介回答道。

「老人火？」

「出沒於木曾之深山，是一種看似生火老人的妖怪。相傳可能為山氣燃燒、或珍禽吐息，但多被指為天狗所為。」

果然是天狗罷，女侍說道。

「此物雖為妖火，但據傳並不至於加害於人。倘若於山中撞見，僅需將草履置於頭頂從旁逃離便可。但若不慎驚擾此妖，則不論上哪兒都會一路緊隨而來。」

真是嚇人哪，一旁一個老婦說道。

「總之，這老人火並不會做出任何害人之舉，只是用水的確無法澆熄，若欲滅之，唯一的法子就是以畜類毛皮——亦即獸皮覆蓋其上，便能將之撲滅。在此火熄滅的同時，那老人幻象——亦將於轉瞬間煙消雲散。」

哎呀，女侍嚇得高聲喊道：

「即使不加害於人，也夠嚇人的了。」

是呀，百介把腳抹淨，漫不經心地回答道。這老人火的傳說絕非憑空杜撰，而是百介昔日從木曾聽來的。但雖非杜撰，百介並不認為這怪火就是老人火。

這怪火——

會不會是御燈小右衛門起的？

小右衛門在北林結束當年那樁差事後，便返回江戶，與又市一夥共同行動了幾回。百介也曾見識過他的身手幾回。小右衛門原為土佐山民，深諳駕馭特殊火藥之術，從擊毀折口岳巨岩，到如操蛇般自在操弄火舌，種種絕技總能教人看得瞠目咋舌。

——難道真是小右衛門所為？

百介心中不禁燃起一絲雀躍。

小右衛門也曾隨同又市一夥人，一同自百介眼前銷聲匿跡。

如今小右衛門又有所行動——

——看來這夥人似乎又開始幹起什麼勾當了。

倘若一切又是這夥人所設下的局——當然是保持沉默方為上策。不……若教大家信以為真有妖怪出沒反而更好——這就是百介昔日扮演的角色。因此，百介便急中生智地陳述了那源自木曾的傳說。

——不知又市他……

是否也來了？

百介感到一股莫名的興奮。或許是在會見樫村後，發現自己的無能為力而倍感失望，如今只好藉由這番想像強迫自己振作。但這下他已是心神不寧，坐立難安，就連吃起晚飯來也嚐不出什麼味道了。

迅速用完餐後，百介旋即步出了客棧。

——倘若小右衛門真的回來了……

或許已經回到自己的老巢。

直到六年前為止，小右衛門一度曾在北林領內結廬蟄居，並靠雕製傀儡餬口。百介雖沒有造訪過那座茅廬，但曾從經營租書舖的平八口中聽說過其大致的方位，故也約略知道那茅廬座落在什麼地方。

那座茅廬——似乎就位於百介於夜泣岩屋見到死神，稍稍瞥見人間煉獄後，在九死一生中走過的那條獸道途中。

穿過大街，越過了橋。經過林立的商家民宅，再走過稀稀落落的農舍，不出一刻鐘，便來到了一片荒野。穿越一片灌木叢後，終於在山腳下的竹林中——

看到一座荒廢的小茅廬。

感覺屋中似乎無人。

百介舉起燈籠，端詳起這座毛草屋頂的漆黑茅廬。

走過去朝屋內窺探。門當然也沒掩上。

將燈籠探進屋內一照——裡頭的景象在剎那間教百介為之震懾。

只見有大量傀儡頭戳在成束的乾草上，個個面無表情、皸裂腐朽，屋內還設有一座怪異的祭壇，模樣與百介曾於土佐深山中見過的完全相同，上頭還留有一些乾枯的供品殘骸。屋頂上還懸有一條條繩子，繩上到處懸掛著破爛的碎紙，想必原本是御幣罷。地板上則散落著些許鑿子、刷子等雕製傀儡所用的道具。

四處飛散的塵埃讓眼前變得一片朦朧。六年的光陰，讓屋內四處堆滿了塵埃。

——看來人並沒有回來。

此處依然是一座廢墟。

百介突然感到一陣喪氣——並朝後方退了幾步。

不過原本也知道或許是這種結果，因此百介心中，可說是失落與放心摻雜。

在亟欲再度見到這夥人的同時，百介內心深處似乎也對這重逢有所抗拒。

不，或許僅是出於恐懼罷。

就在百介原本緊繃的神經鬆懈下來的當頭。

突然有個東西抵向他的咽喉。

還沒來得及弄清究竟發生了什麼事兒，百介便教一股強勁的力量給拖倒在地上。

燈籠也被拋向一旁，飛濺出點點火花。

只覺得頸子被人給勒得無法呼吸，直到聽見從竹林深處的黑暗中傳來的低沉嗓音，百介才發現自己的頸子正被一條繩子緊緊勒著。

「想在這竹林中——扮傀儡麼？」

來者將繩子一扯，拉得百介坐起了身子。

「小、小右衛門先生……」

小、小弟是百介呀，百介放聲大喊。

「這位江戶的知名戲作作家，來到此地做什麼？」

「這——小右衛門先生……」

此時只聽到咻的一聲，原本被硬拉起身子的百介，這下又猛力摔向了地上。百介伸手摀住鬆綁後的頸子問道：

「是小右衛門先生麼？」

只見一名男子從黑暗中現身。由於四下已無燈火，看起來不過是團黑影。

「還在鍥而不捨地調查些什麼？你和咱們……」

已經是毫無關係了，小右衛門說道。

「的、的確……的確已是毫無關係。不過小弟仍想冒昧請教，小右衛門先生如今想做什麼？難道六年前仍有遺恨未了？」

「你想問什麼？」

「小右衛門先生是否還有什麼牽掛？」

「這可由不得你打聽，小夥子。」

黑影向前跨出了一步。這下明月清晰地映照出了他的相貌。

滿臉的濃密鬍鬚。細小而眼神銳利的雙眼。身穿鈴懸、引敷、結袈裟（註12）、頸子上掛著最多角念珠（註13），若再戴上一片頭巾，儼然就是一副山伏的模樣。

「即使說了你也不懂。」

「小右衛門先生，小弟的確是個做不了覺悟的窩囊廢。不過……」

即使如此……

這與老子何干？小右衛門說道：

「先生可別搞錯了，你是個大名鼎鼎的戲作作家，老子才是個貨真價實的窩囊廢。我這糟老頭既是個無宿人，還是個大魔頭，今後千萬別再與老子有任何牽扯，也別再到這種地方來了。還不快回去？」

小右衛門以拒人於千里之外的眼神凝視著百介說道。

——看來是什麼道理也說不通了。

百介心想一如樫村——小右衛門也曾親身經歷過人間煉獄。

小右衛門也曾為奸賊所害，導致未婚妻為主君所奪。不過，小右衛門選擇了一條與樫村截然不同的路。他斬殺了陷害自己的家老，毅然決然地捨棄武士之道脫藩，從此下野隱遁，在黑暗世界中沉潛。

而命運這東西也的確離奇。

小右衛門的未婚妻所產下的女兒——阿楓夫人，就死在樫村之妻所產下的兒子——彈正景亘的手裡。

再者，如今樫村立誓守護的北林藩主義景公，亦即小松代志郎丸，即為阿楓夫人之弟。

「小右衛門先生——」

小右衛門默默無語地凝視著百介的雙眼。

「小弟了解了。今後——將不再過問諸位的事兒。不過，請容小弟請教最後一個問題。小右衛門先生這回返回北林——究竟是為了什麼事兒？」

小右衛門轉頭背對百介。

臉上的表情整個融入了背後的黑暗中。

「老子是回來做個了斷的。」

「做個了斷——可是要找誰一決勝負？」

「並非如此。這先生想必是無法了解。噢，不……」

該說是不該了解，這年邁的大魔頭以悲壯的口吻說道：

「老子將幹的事兒不僅是徒勞、消極，而且註定是個錯誤。但雖是個錯誤——此事還是非做不可。只不過，人當真得活得積極？當真只能幹有益的事兒？當真只能幹對的事兒？」

「這——」

註12：鈴懸為麻布外衣。引敷是多以鹿、兔、貍、或熊皮為之的隨身攜帶式坐墊。結袈裟則為以繩子固定輪形細長布條而成的袈裟，又名不動袈裟。三者均為修行者穿著中常見的要件。

註13：修行者所佩戴的念珠。呈劍形的串珠形狀類似算盤珠，象徵不動明王手中斬斷慾望、憤怒、愚昧、煩惱的智慧之劍。

百介還沒來得及回答，小右衛門又再度轉身背對百介說道：

「先生，這世上，總有些無可奈何的時候。」

「無可奈何？」

「沒錯，總有些無可奈何——活到這把年紀，老子也清楚自己已是時日無多，因此非趁這回做個了斷不可。說來滑稽，老子畢生醉生夢死、活得如此窩囊，竟然到了這個關頭，才覺得自己活得真有那麼點兒意義。」

「活得有意義？」

沒錯，小右衛門說道：

「人生在世本是悲哀，欲拋開回憶，不免有所眷戀，任憑回憶蓄積，又教人倍感沉重。但無論是棄是留，過往的一切均無法挽回。但人生走到這當頭，卻又想挽回些註定無法挽回的東西。不，也或許——」

或許僅是希望自己能有這麼個念頭罷了，小右衛門說道：

「雖然阿又嘲諷老子幼稚青澀，但這種難以言喻的想法依然不時在老子心頭湧現。因此一切——註定將是徒然。老子想幹的正是一件徒然的事兒，並非為了造福人世，亦非為了什麼大義名分，更不是為了累積財富，不過是衝著一個毫無意義的蠢念頭。因此——」

話及至此，小右衛門便閉上了嘴，唯有雙眼仍緊盯著百介不放。

永別了，他只補上這麼一句。

這下百介也束手無策，僅能目送著這大魔頭的背影，消逝於漆黑的夜色中。

【陸】

翌夜，百介接獲樫村行方不明的通報。

當時百介正在為返回江戶打點行囊。

面見了樫村，又見到了小右衛門，百介終於下定了決心。

既然一切均已無法回頭，自己也幫不上任何忙了。

今後唯有繼續聽人差遣撰寫戲作，竭盡所能地謙恭度日。

目送小右衛門離去後，百介返回客棧，隔窗眺望折口岳。當他望見了山上燃起的天狗御燈——亦即老人火時，一切就都想通了。小右衛門選擇了黑暗的那一頭，不，他僅能活在那一頭，反之……

自己則活在這一頭。這意味著……

百介對自己該身處何處終於有了自覺，也下了決心在自己該置身的地方好好活下去。

過了一晚，百介的心境變得神清氣爽。

因此百介花了一整天遊遍北林領內，接著又悠悠哉哉地泡了個澡，準備於翌日一早踏上歸途。既然下了決心，如今他迫不及待地想回到自己那江戶的窩。

木島就在這時突然造訪。

只見他神情一片慌張。

根據木島所言，據說在百介離去後，樫村的心情突然大為好轉。據說他打開了原本緊閉的拉門，神情也變得一片豁然開朗。晚飯時還罕見地表示要飲點兒酒，教木島至為驚訝。

接下來——據說樫村一直晚酌到深夜，期間木島一直在主屋內監視著小屋的動靜。待子時過了半刻，小屋方才熄燈。

「原本以為大人晚酌直至深夜，翌朝將醒得遲些，故在下也較平日晚點兒起身。雖然小廝與女僕一早便開始幹活，卻無人發現情況有異。」

「如此說來，樫村大人是在今早失蹤的？」

「這在下也不清楚。」

木島臉色鐵青地緊抿著嘴唇，然後回答道：

「在下送早飯過去時，由於感覺不到大人已經起身，僅將飯菜置於門前便行告退，並未確認屋內狀況，萬萬料想不到大人或許已不在屋內。直到午時過後仍不見大人起身，這才前去探視。由於大人沒應門——」

這才發現小屋內已是空無一人。

在下須為此事負責，木島說道。

但雖然這麼說，他或許認為倘若是百介的造訪打破了樫村原有的生活均衡，或許能將責任推卸到百介身上。木島問道：

「昨日，家老大人可有任何異狀？」

「這——」

百介完全不知該如何回答。

「是否曾略顯頹喪消沉？」

「倒是沒有。大人的神態，與木島大爺所形容的沒有兩樣。」

「在下所形容的——？」

「大人亦坦承自己明白一己所見純屬幻覺。」

「是麼——」

除此之外，百介完全答不上一句話。

聞言，木島先是沉思了半晌，旋即致謝告退。只見大批小廝在客棧門外等候，想必接下來將於城內展開挨家挨戶的搜索罷。

——究竟上哪兒去了？

繼續整理起行囊的百介納悶道。

這也是無可奈何——

樫村曾這麼說過。

總有些無可奈何的時候——

小右衛門也曾這麼說過。

小右衛門。

天狗御燈，老人火。

百介望向拉門外的折口岳。

除了較昏暗的天際更為漆黑的山影，幾乎什麼也瞧不見。今夜的火尚未燃起。

究竟是為了什麼？

這也是無可奈何？

總有些無可奈何的時候？

——原來如此。

這下終於明白了。

原來是「這麼個意思」。

百介倉皇拋下分配妥當的行囊，飛也似的跑下階梯，也沒借個燈籠便匆匆跑出了客棧。樫村大人他——

就在夜泣岩屋上。

原來樫村是應了小右衛門的呼喚。

那片火——就是為了吸引樫村而起的。

昨夜拉開拉門晚酌的樫村，必定瞧見了那片火。

在天守坍塌後，從城下的任何一處都望得見位於折口岳山腹的夜泣岩屋。

北林彈正景亘，乳名虎之進。看到在自己眼裡現身的前任藩主受供奉的地方燃起怪火，樫村絕不可能毫無反應——看來這就是小右衛門打的算盤，而樫村也果真依照他的計畫有所行動。想必小右衛門一切都清楚。

對樫村的一切——要比任何人都清楚。

小右衛門與樫村，可謂一陰一陽，互為表裡。

因此，對於樫村的苦惱、樫村的哀愁，小右衛門必定是感同身受。

百介對此完全無法了解。不，該說是根本不該了解。

百介快步奔馳，越過了橋，穿過了大街。

看來小右衛門在過去數年間，一直在觀察北林藩的一切。有了未能保護未婚妻之女阿楓公主的遺恨，如今其弟志郎丸繼任藩主，為了避免重蹈覆轍，那傢伙對此地的監視想必是更形嚴密。因此，他也留意到……

自己還有個互為表裡的分身。

樫村曾形容自己是個不懂得該安然引退的糟老頭。

亦曾言自己已不再有任何用處。可見樫村認為自己錯過了讓人生閉幕的適當時機。

或許正是因此，才導致其心神錯亂。

小右衛門也表示，自己得做個了斷。

此言指的不是與任何人一決勝負，而是單純地指自己得結束某件事兒。此事不僅徒勞、消極，而且註定是個錯誤。

亦即——

百介飛也似的奔馳著，越過了荒野，穿過了竹林，沿獸道跑向山上。

朝與當年完全相反的方向，奔向那塊魔域。

——不成。

——這絕對不成。

管他什麼表裡，管他什麼晝夜。

這種了斷方式——絕對不成。

四下什麼也看不見，甚至連天地上下都難辨。入夜後的山中暗得嚇人，如今僅能朝漆黑山影那缺了一塊的另一頭跑。也不知是撞到還是絆到了什麼，百介重重摔了一跤。受驚的夜鳥振翅飛起，夜獸亦應聲鑽動。

天際下。

只見一座遮蔽繁星的漆黑岩山。

彷彿有股看不見的力量將百介給拉了起來，繼續朝漆黑的岩山疾馳。

此時，百介腳底的觸感有了變化，當奮力撐起撲倒在地的身子時，他的雙手感覺到堅硬岩石的感觸。

完全感覺不到絲毫疼痛。雖然依舊是伸手不見五指，百介開始憑感覺攀爬起眼前這座看不見的岩山。

爬著爬著。

此時——

雲散了。

一道月光自天際射下。

宛如一座舞台的景象頓時映入眼簾。

此處正是失去了楚伐羅塞岩的夜泣岩屋。

也瞧見了兩個人影。

「樫村大人——」

才剛這麼一喊，百介腳底便踏了個空，在滑落三尺後，一隻腳嵌入了岩縫中。

正欲掙脫，突然感到一陣劇痛。看來是扭傷腳踝了。

幾塊碎石喀啦喀啦地掉落山下。

轟。

突然間，舞台上方被染成了一片火紅。

老人火在此時燃起。

火光映照出兩張蒼老的臉孔。

樫村兵衛身上穿的就是當年那套喪服。而與其拔刀對峙的——

正是一身山伏打扮的小右衛門。

殘酷至極。

殘酷至極。

生如地獄。

死亦如地獄。

轟，一道道細長火舌應聲朝樫村竄去。

樫村果敢拔刀，將之逐一揮散。

但每揮一刀，就竄出更多火舌。

「混帳——！」

「死心罷，這小右衛門火可是揮不熄的。」

喝，年邁武士高舉大刀怒喝一聲。

咻，火舌頓時熄了。

「竟然是你？」

「這也是無可奈何。」

只見小右衛門雙臂大張，宛如欲迎接什麼似的。

「懂了，受死罷。」

樫村換手持刀，在短促地吶喊一聲後，筆直地朝小右衛門衝去。

嗚。頓時傳來一聲呻吟。

樫村的大刀。

刺穿了小右衛門的胸膛。

此時，小右衛門臉上是什麼表情……

樫村臉上又是什麼表情……

從百介身處的地方完全看不清。

兩個人影迅速錯開。在接下來的一瞬間。

小右衛門的刀也從樫村身上劃過。

咚。

兩位老人均在夜泣岩屋上應聲倒地。

「哇啊！」

百介放聲吶喊，抽出嵌入岩縫內的腳爬向這座舞台。

雙手緊抓著岩山。

腳上的劇痛，痛得百介整個人為之清醒。

這……這哪算什麼了斷？

「小右衛門先生！樫村大人！」

舞台上，只見仰躺的樫村、以及俯臥的小右衛門兩具面目全非的屍體。

百介正欲朝兩人伸手，突然間……

「為何非得……？」

「碰不得。」

一個嗓音響起。

這嗓音聽來是——

在舞台內側，一座巨石塔旁。

「此乃天狗是也，萬萬碰不得。不過是——兩位逝去的天狗。」

這嗓音是——

一個熟悉的身影，霎時在百介腦海中浮現。

那身穿白麻布衣、胸前掛著一只偈箱的修行者。

「又……又市先生。」

是又市先生罷？百介高聲喊道，無奈剛才受傷的一隻腳就是不聽使喚，才往前跨了一步便重重跌倒在地。

「抱歉，先生認錯人了。」

「噢？」

現身於石塔旁的——

是個頭戴垂掛黑布的黑斗笠，身穿黑單衣、黑袴的男子。

「小的與先生素昧平生，乃這兩位天狗之同族，名曰八咫烏（註14）。」

語畢便快步走到小右衛門身旁，跪下身子說道：

「這隻天狗可真是傻。生也是孤單一人，死也是孤單一人，是生是死本無任何不同——倘若不死無法閉幕，到死時再把幕拉上不就得了，即便找個對手同歸於盡、共赴黃泉，也無法把幕給拉上罷。」

還真是固執呀。

轟。

突然間，小右衛門身上燃起一道火柱。

「為、為何這麼做？」

「不過是依其生前所託行事罷了。倒是這位先生您的腳似乎受了點傷，最好儘速離開此地。」

此事將被視為城代家老樫村兵衛於此魔域與一天狗一決勝負，為天狗御燈所焚。」

「這——但是……」

八咫烏搖了搖頭。

百介正欲趨前，突然又有隻冰冷纖瘦的手，一把握住了百介的手腕。

「請止步。」

「妳是——」

這瘦小的身影默默點了個頭。

此人同樣穿著一身覆面黑衣。

「這就為先生紮塊木頭。再不快離開，小心被燒著！」

黑影朝百介腳踝貼上一塊碎木，嫻熟地以布纏上。

「能走麼？」

「噢——」

百介使勁站了起來。

看到百介已能獨力起身，這黑影便走向八咫烏身旁。

在兩人背後，小右衛門已為熊熊烈焰所吞噬。

註14：相傳於神武天皇自熊野發兵東征大和途中曾一度迷路，奉上天之命為大軍帶路的神鳥。一說源自中國神話中的金烏，在某些地方信仰中亦被視為嘴形與烏鴉神似的烏天狗。

「還請先生珍重，吾等在此與先生永別。」

八咫烏與黑影——不，毋寧說是兩隻天狗畢恭畢敬地相偕向百介鞠了個躬，接著他們又向烈焰中的小右衛門與樫村瞥了一眼，旋即邁步朝折口岳山頂走去。熊熊火光將兩人的黑衣映照得極為鮮明。

轟，又竄起一道巨大的火柱，裡頭大概埋藏了火藥罷。

夜空被染成一片火紅。

任憑百介再怎麼呼喊，嗓音也為烈焰燃燒聲所掩蓋。

大火中傳出陣陣爆裂聲，百介高喊：

「又市先生——」

兩個黑影霎時止步。

「不管先生如今是什麼身分，最後……最後能否請您姑且為這兩位逝去的傻天狗——略事、略事……」

略事誦經超渡？

百介說道。也不知是何故，雙眼已是淚如雨下。

八咫烏頭也沒回。

僅停下腳步說了一句：

「御行奉為——」

這是山岡百介最後一次聽見又市的聲音。
不過在步下折口岳時，百介曾數度錯覺自己聽到了鈴聲。
回到江戶後，百介終生不再遠遊。
至於理由為何，據說百介從未告知任何人。

〈續巷說百物語　下集　完〉

【主要参考文献】

絵本百物語　桃山人　金花堂／一八四一年
日本古典文学大系・謡曲集　横道萬里雄他校注　岩波書店／一九六〇年
拷問刑罰史　名和弓雄　雄山閣／一九八七年
新潮日本古典集成・謡曲集　伊藤正義校注　新潮社／一九八八年
国史大辭典　国史大辞典編集委員会編　吉川弘文館／一九七九年
江戸社会と弾左衛門　中尾健次　解放出版社／一九九二年
異形にされた人たち　塩見鮮一郎　三一書房／一九九七年
竹原春泉　絵本百物語　多田克己編　国書刊行会／一九九七年